GOLDMANN

W0047279

Buch

Godfrey St. Peter, Professor für Geschichte, lebt in der Nähe von Chicago. Er steht im Zenit seines Erfolgs. Sein Lebenswerk hat ihm wissenschaftliche Anerkennung und finanzielle Unabhängigkeit eingebracht. Doch in dem neuen, großzügigen Haus, das er auf Drängen seiner Frau erworben hat, fühlt er sich nicht wirklich heimisch. So zieht er sich zurück in das Dachzimmer des bescheidenen Hauses, in dem er bis dahin mit seiner Familie viele Jahre gelebt hatte. Dort versucht er, sein Leben zu überdenken. Nicht ohne Folgen: St. Peter entfremdet sich immer mehr von seiner Frau, mit der ihn wenig mehr als eine Zweckgemeinschaft verbindet. Und er distanziert sich von seinen Töchtern und Schwiegersöhnen, unter deren Aufdringlichkeit und Engherzigkeit er leidet. St. Peter verliert sich in Erinnerungen – an die langen Mühen seines Berufslebens, an seine Kindheit und Jugend. Und zunehmend beginnt er, am Sinn seiner Existenz zu zweifeln.

Autorin

Willa Cather (1873–1947) wurde bei Winchester, Virginia, geboren. Als Zehnjährige zog sie mit ihren Eltern in die weiten Prärien von Nebraska, damals noch Pionierland. Nach ihrem Studium arbeitete sie viele Jahre als Journalistin und Theaterkritikerin. Ihrem ersten Buch *April Twilights*, 1902 erschienen, folgten zwölf Romane, zahlreiche Essays und Erzählungen. Willa Cather erhielt 1923 den Pulitzer-Preis.

Von Willa Cather ist außerdem als
Goldmann-Taschenbuch erschienen:
Die Frau, die sich verlor. Roman (41488)
Lucy Gayheart. Roman (42607)
Meine Antonia. Roman (42371)
Sapphira und die Sklavin. Roman (42810)
Unter den Hügeln die kommende Zeit. Roman (42179)

Willa Cather

Das Haus des Professors

Roman

Deutsch von
Elisabeth Schnack
Mit einem Nachwort von
Sabina Lietzmann

GOLDMANN VERLAG

Die Originalausgabe erschien 1925 unter dem Titel
»The Professor's House« bei Alfred A. Knopf, Inc., New York

Umwelthinweis:
Alle bedruckten Materialien
dieses Taschenbuches sind chlorfrei
und umweltschonend.

Der Goldmann Verlag
ist ein Unternehmen der Verlagsgruppe Bertelsmann

Genehmigte Taschenbuchausgabe 8/95
Copyright © 1925 by Willa Cather,
Copyright renewed 1953 by the Executors
of the Estate of Willa Cather. This translation
published by arrangement with Alfred A. Knopf Inc.
Copyright © der deutschsprachigen Ausgabe 1992
by Albrecht Knaus Verlag, München
Copyright © des deutschen Nachworts 1992 by Sabina Lietzmann
Umschlaggestaltung: Design Team München
Umschlagmotiv: Walter Crane »At Home: A Portrait«, 1872
Druck: Presse-Druck, Augsburg
Verlagsnummer: 42958
MK · Herstellung: Stefan Hansen
Made in Germany
ISBN 3-442-42958-7

1 3 5 7 9 10 8 6 4 2

Inhalt

ERSTES BUCH

Die Familie

1

Der Umzug war beendet. Professor St. Peter war allein in dem ausgeräumten Haus, in dem er seit seiner Heirat gewohnt und sein Lebenswerk aufgebaut hatte und in dem er seine beiden Töchter hatte aufwachsen sehen. Es war fast unmöglich, sich ein noch häßlicheres Haus vorzustellen: quadratisch war es, drei Stockwerke hoch, aschfarben getüncht, und die Vorderveranda mit ihrem schiefen Fußboden und den abgetretenen Holzstufen war zu schmal, um noch behaglich Platz zu bieten. Als er an jenem strahlenden Septembermorgen langsam durch die leeren, hallenden Räume ging, betrachtete der Professor nachdenklich all die Widrigkeiten, mit denen er sich ganz unnötigerweise so lange abgefunden hatte: die zu steilen Treppen, die zu engen Flure, die häßlichen Kaminverschalungen aus Eiche mit ihren dicken, runden Pfosten, den pompösen Kugeln darüber und dem grüngekachelten Inneren.

Seit mehr als zwanzig Jahren war er tagtäglich immer wieder zusammengefahren wegen wackliger Treppenstufen oder wegen so mancher knarrenden Diele im oberen Flur – und sie knarrten und wackelten noch heute. Er hätte sie leicht ausbessern können, da er gut mit Werkzeug umzugehen verstand, doch stets war so vielerlei auszubessern, und nie war genügend Zeit für alles. Er ging in die Küche, wo er unter den Blicken einer ganzen Reihe von Köchinnen getischlert hatte; er ging ins Badezimmer hinauf, in dem nur noch eine getünchte Zinnbadewanne stand; die Hähne waren so alt, daß kein Klempner sie fest genug anziehen konnte, um ihr ewiges Tropfen zu verhindern; das Schiebefenster ließ sich erst nach endlosem Hin- und Herrütteln öffnen oder schließen, und die Tür des Wäscheschranks hing lose in den Angeln. Er begriff die Unzufriedenheit seiner Töchter durchaus, wenn er ihnen auch nie ganz zustimmen konnte, das Badezimmer müsse der schönste Raum des Hauses sein. Er hatte die glücklichsten Jahre seines Lebens in einem Haus in Versailles verbracht, in dem dies keineswegs der Fall gewesen war, und er hatte viele reizende Leute gekannt, die überhaupt kein Badezimmer besaßen. Allerdings hatte seine Frau recht: «Wenn unser Land schon dies eine schließlich zur Zivilisation beigetragen hat, warum sollte man dann darauf verzichten?» So manche Nacht, nachdem er seine Lampe im Arbeitszimmer ausgeblasen hatte, war er, nur mit dem Schlafanzug bekleidet, in die Wanne gestiegen, um ihr mit einer der vielgepriesenen Farben einen neuen Anstrich zu geben, die, der Anzeige nach, fast so gut wie Porzellan sein sollten und es doch nicht waren.

Der Professor sah im Schlafanzug gar nicht übel aus; im Gegenteil, je spärlicher er bekleidet war, desto besser. Jedes enganliegende Kleidungsstück ließ den prachtvollen Bau seines Körpers, die schlanken Hüften und die festen, muskulösen Schultern des unermüdlichen Schwimmers sehen. Obwohl er am Michigan-See geboren war

und aus einer Mischehe stammte (Französisch-Kana-
dier einerseits und amerikanische Farmer andererseits),
wurde meistens von St. Peter behauptet, er gliche einem
Spanier. Vielleicht, weil er sehr oft in Spanien gewesen
war und auf gewissen Gebieten der spanischen Geschichte als unbestrittener Fachmann galt. Er hatte ein
schmales, braunes Gesicht mit einem ovalen Kinn, auf
dem er ein sehr kurz gestutztes Van-Dyke-Bärtchen wie
eine Quaste aus schimmerndem schwarzem Pelz trug. Zu
diesem seidigen, sehr schwarzen Haar paßten seine
bräunliche Haut mit den Goldtönen, die Adlernase und
die Falkenaugen – braun und golden und grün. Sie
ruhten in weiten Augenhöhlen und hatten reichlich
Platz, unter dicken, krausen schwarzen Brauen hin- und
herzurollen, die sich an den äußersten Enden spitz wie
ein Militär-Schnurrbart nach oben zwirbelten. Dieser
finsteren Augenbrauen wegen wurde er von seinen Studenten Mephistopheles genannt – und den forschenden
Augen darunter konnte man nicht ausweichen, Augen,
die in einer Menschenmenge im Nu einen Freund oder
einen ungewöhnlichen Fremden entdeckten. Sie hatten
nichts von ihrem Feuer verloren, obwohl der Mann, dem
sie gehörten, gerade im Moment wenig Lebenseifer verspürte.

Seine Tochter Kathleen, die mehrere sehr gelungene
Aquarellstudien von ihm angefertigt hatte, bemerkte einmal: «Was Papa wirklich schön macht, ist die Modellie-
rung seines Kopfes zwischen dem Ohr und der Scheitel-
partie; es ist bei weitem das Schönste an ihm.» Jene Partie
seines Schädels war hochgewölbt und hart wie polierte
Bronze; ein Lichtreflex spielte über das dicht anliegende

schwarze Haar, wo der Kopf sich am stärksten wölbte. Von der Seite war seine Schädelform so individuell und scharf umrissen, daß sie eher dem Kopf einer Statue als dem eines Menschen glich.

Zufällig sah der Professor aus einem der kahlen Fenster in seinen Garten; der erfreuliche Anblick trieb ihn rasch die Treppe hinunter, und er entfloh der Staubluft und dem grellen Licht in den leeren Räumen.

Sein von Mauern eingeschlossener Garten war der Trost seines Daseins gewesen – und das einzige, was seine Nachbarn ihm je zum Vorwurf machten. Er begann ihn bald nach der Geburt seiner ersten Tochter anzulegen, als seine Frau anfing, ihm unvernünftigerweise vorzuhalten, er verbringe zuviel Zeit am See und auf dem Tennisplatz. Bei seinem Vorhaben konnte er stets auf die Hilfe und Ermutigung seines Hausbesitzers zählen, eines deutschstämmigen Farmers, der in jeder Beziehung gutmütig und nachsichtig war, nur dann nicht, wenn es sich um Geldausgaben handelte. Wenn der Professor Familienzuwachs bekam oder ein Fakultätsessen geben mußte oder ein Krankheitsfall oder sonstige unvorhergesehene Ausgaben eintraten, dann wartete Appelhoff in aller Freundlichkeit auf die Miete, aber Reparaturen wollte er nie bezahlen. Doch wenn es um den Garten ging, dann machte der alte Mann manchmal eine Ausnahme. Er half seinem Mieter mit Samen und Stecklingen und verständigen Ratschlägen aus oder gar mit seinem krummen, alten Rücken. Er ließ sogar ein wenig Geld springen, um sich zur Hälfte an den Kosten der Gartenmauer zu beteiligen.

Dem Professor war es gelungen, in Hamilton einen

französischen Garten anzulegen. Kein einziger Grashalm sproß in seinem Garten; es war eine saubere Fläche aus blinkendem Kies und blinkendem Gesträuch und leuchtenden Blüten. Natürlich gab es Bäume; eine Kastanie breitete ihr Laubdach aus, am unteren Ende stand eine Reihe schlanker Pyramidenpappeln längs der weißen Mauer, und in der Mitte wuchsen zwei gleichförmige, kugelige Lindenbäume. In den Ecken wucherte die Stechwinde, und ihre stachligen Ranken waren so ineinander verwoben und beschnitten worden, daß sie großen Büschen glichen. Ein Beet für Salatkräuter war auch vorhanden. Lachsrosa Geranien schäumten von der Mauer nieder. Studentenblumen und Dahlien standen jetzt in schönster Blüte – Dahlien, wie sie sonst keiner in Hamilton ziehen konnte. St. Peter hatte sein Stückchen Land über zwanzig Jahre lang gepflegt und hatte es schließlich ganz gut im Griff. Im Frühling, wenn die Sehnsucht nach anderen Ländern in ihm erwachte oder der Verdruß wegen unvollendeter Taten ihn plagte, befreite er sich hier von seiner Unzufriedenheit. In den langen, heißen Sommern, wenn er nicht ins Ausland gehen konnte, blieb er daheim bei seinem Garten und schickte seine Frau und die beiden Töchter nach Colorado, damit sie der feuchten Prärie-Hitze entfliehen konnten, die so gedeihlich ist für Weizen und Mais und so schwächend für den Menschen. In jenen Monaten, wenn er wieder zum Junggesellen wurde, holte er seine Bücher und Papiere nach unten und arbeitete in einem Liegestuhl unter den Lindenbäumen; er frühstückte, aß zu Mittag und trank Tee in seinem Garten. Und im Garten war's auch gewesen, wo er immer mit Tom Outland bis spät in

die warme, linde Sommernacht hinein gesessen und ge-
plaudert hatte.

Doch am heutigen Septembermorgen begriff St. Peter,
daß er sich den unerfreulichen Folgen des Umzuges nicht
durch ein längeres Verweilen zwischen seinen Herbstblumen entziehen konnte. Er mußte sich wie ein Mann in die
veränderte Lage schicken und sich an das Gefühl gewöh-
nen, daß sich unter seinem Arbeitszimmer ein totes,
leeres Haus befand. Er pflückte eine Geranie, und mit
der Blüte in der Hand stieg er entschlossen die zwei
Treppen zum zweiten Stockwerk hinauf, in dem ein
Zimmer unter dem schrägen Mansardendach noch möbliert war – falls man es überhaupt jemals als möbliert
hätte bezeichnen können.

Die niedrige Decke fiel auf drei Seiten schräg ab; im
Osten wurde die Neigung des Daches durch ein einziges
rechteckiges Fenster unterbrochen, das man kippen und
durch einen Haken im Fensterbrett feststellen konnte. Es
war die einzige Öffnung, die Licht und Luft einließ.
Wände und Decke waren gleichermaßen mit einer gelben Tapete bedeckt, die früher einmal sehr häßlich gewesen, jedoch zu harmloser Langeweile verblaßt war. Die
Bodenmatte war abgetreten und zerschlissen. An der
Wand stand ein alter Nußbaum-Tisch, dessen eine Verlängerung hochgeklappt war und auf dem geordnete
Stöße von Papieren aufgestapelt waren. Davor stand ein
Drehsessel: eine Art Bürostuhl mit Rohrgeflecht. Diese
dunkle Kammer war viele Jahre hindurch das Studierzimmer des Professors gewesen.

Unten hinter dem Wohnzimmer hatte er sein offizielles
Arbeitszimmer mit geräumigen Regalen gehabt, worin

seine Bücherei untergebracht war, und einen richtigen Schreibtisch, an dem er Briefe schrieb. Aber es war ein Schwindel. Hier oben war der Raum, in dem er arbeitete. Und nicht er allein. Drei Wochen im Herbst und drei Wochen im Frühling teilte er seine Kammer mit Augusta, der Hausschneiderin, einer Nichte des Hausbesitzers. Sie war eine zuverlässige, ordentliche alte Jungfer, eine Deutsch-Katholische von großer Frömmigkeit.

Da Augusta ihr Tagewerk um fünf Uhr beendet hatte und der Professor an den Wochentagen nur abends hier arbeitete, kamen sie sich nicht zu sehr in die Quere. Außerdem fehlte es beiden nicht an Rücksicht. Jeden Abend, bevor sie fortging, fegte Augusta die Fetzchen auf dem Fußboden zusammen, rollte die Schnittmuster auf, schloß die Nähmaschine und las die Heftfäden von der Kastencouch, damit keine Fusseln an der alten Hausjacke des Professors haften blieben, falls er sich während der Arbeitszeit einen Augenblick niederlegen wollte.

St. Peter seinerseits, wenn er nach Mitternacht die Lampe löschte, achtete sehr darauf, Asche und Tabakkrümchen fortzuwischen – das Rauchen war Augusta verhaßt – und das Fenster so weit wie möglich offen zu lassen, bis zum zweiten Haken, damit der Nachtwind den Geruch seiner Pfeife hinausblies, so gründlich es eben ging. Die unfertigen Kleider, die sie auf den Kleiderpuppen hängen ließ, waren jedoch oft so gesättigt von Rauch, daß er sich denken konnte, wie widerwärtig ihr am nächsten Morgen die Arbeit daran sein mußte.

Die Puppen waren Anlaß zu ständiger Neckerei zwischen ihnen. Die eine, von Augusta «die Büste» genannt, stand in der dunkelsten Zimmerecke auf einer hohen

Holzkiste, in der alljährlich die Wolldecken und Winter-
sachen verwahrt wurden. Es war ein weiblicher Torso
ohne Kopf und Arme, mit starker schwarzer Baumwolle
überzogen und an der Stelle, der sie ihren Namen ver-
dankte, so üppig entwickelt, daß der Professor sich einmal den Spaß machte, Augusta zu erklären, sie folge bei
dieser Namensgebung einem natürlichen Sprachgesetz,
das man der Bequemlichkeit halber als Metonymie be-
zeichne. Augusta liebte es, wenn der Professor «risqué»
war, denn sie wußte genau, daß er stets äußerst taktvoll
blieb. Obwohl die Puppe so üppig und weich aussah (als
könnte man den Kopf auf ihre sanft schwellenden Wöl-
bungen legen und ewig geborgen sein), bekam man doch
jedesmal einen gehörigen Schreck, sobald man sie be-
rührte, einerlei, wie oft man sie früher schon angefaßt
hatte. Sie besaß die abstoßendste Oberfläche, die man
sich nur vorstellen konnte. Sie war nicht hart wie Holz,
denn Holz antwortet mit lebendigen Schwingungen auf
eine Berührung und wird von der Hand als angenehm
empfunden, auch nicht wie Filz, der etwas von den Fingern in sich aufnimmt, sondern es war eine tote, stumpfe,
dichte Masse, wie Kitt-Klumpen oder zusammengepreß-
tes Sägemehl, und für den Tastsinn eine wahre Enttäuschung. Doch man irrte sich immer wieder, denn ganz
gleich, wie oft man mit dem Torso zusammenstieß, nie
hatte man geglaubt, daß die Berührung mit ihm so
scheußlich sein könnte. Sie besaß die abstoßendste Oberfläche, die man
   Die andere Puppe war offenherziger; eine weibliche
Gestalt in voller Größe mit einem eleganten Drahtrock
und einer schlanken Taille aus Metall. Beine besaß sie
nicht, was man nur zu deutlich gewahrte, und keine Ein-

geweide hinter den glitzernden Rippen, und ihr Busen hatte große Ähnlichkeit mit einem Vogelkäfig. Doch St. Peter behauptete, sie habe ein Nervensystem. Wenn Augusta sie über Nacht in einem neuen Abendkleid für Rosamond oder Kathleen stehen ließ, nahm die Puppe oft eine lustige, durchtriebene Miene an, als ob sie am Abend ausgehen und einer Gesellschaft beweisen wolle, wie leichtfertig, unbesonnen und «folle» sie sei. Sie schien im Begriff, die Treppe hinunter zu tänzeln oder auf den Zehenspitzen den Beginn des Walzers zu erwarten. Manchmal war die Drahtdame sehr überzeugend in der Pose einer Frau von leichtem Lebenswandel, aber sie konnte St. Peter nie täuschen. Er mochte seine schwachen Seiten haben, aber auf ihresgleichen war er noch nie hereingefallen!

Augusta hatte es sich irgendwie in den Kopf gesetzt, daß die Puppen eine unpassende Gesellschaft für jemanden seien, der so gelehrte Studien trieb, und sie entschuldigte sich regelmäßig für deren Anwesenheit, wenn sie von neuem erschien, um sich im Haus einzurichten und ihre Hausschneiderei zu erledigen.

«Aber wieso denn!» hatte der Professor oft gesagt. «Wenn sie für ‹Monsieur Bergeret› recht waren, sind sie's bestimmt auch für mich!»

Heute morgen, als St. Peter in seinem Drehstuhl saß und sinnend auf den Stoß Papier vor ihm blickte, ging die Tür plötzlich auf, und Augusta stand vor ihm. Wie erstaunlich, daß er ihren schweren, energischen Schritt auf der jetzt nicht mehr mit dem Läufer bedeckten Treppe überhört hatte!

«Oh, Professor St. Peter! Ich hätte nie gedacht, Sie

könnten noch hier sein, sonst hätte ich angeklopft! Wir müssen wohl unsern Umzug gemeinsam besorgen, nicht wahr?»

St. Peter hatte sich erhoben – Augusta war entzückt von seinem guten Benehmen –, bot ihr den Stuhl vor der Nähmaschine an und setzte sich wieder auf seinen Drehstuhl.

«Nehmen Sie Platz, Augusta, dann können wir's gleich besprechen. Ich ziehe noch nicht aus – möchte meine Papiere nicht durcheinander bringen. Ich bleibe also hier, bis ich meine jetzige Arbeit beendet habe. Mit Ihrem Onkel habe ich deswegen schon gesprochen. Ich möchte hier arbeiten und im neuen Haus wohnen. Das sage ich Ihnen aber nur im Vertrauen. Würde darüber geklatscht, könnten die Leute meinen, meine Frau und ich wären – wie nennt man's doch gleich? – auseinander oder lebten getrennt?»

Augusta senkte den Blick und lächelte nachsichtig. «Ich glaube, Leute Ihres Standes würden es ‹getrennt leben› nennen.»

«Richtig! Auch ein treffender wissenschaftlicher Ausdruck. Das tun wir also nicht. Aber ich werde noch eine kleine Weile hierbleiben, um zu arbeiten.»

«Jawohl, Sir, und ich werde Ihnen nun nicht länger im Wege sein. Im neuen Haus haben Sie im Erdgeschoß ein wunderschönes Arbeitszimmer, und ich habe ein helles, luftiges Zimmer im zweiten Stock . . .»

«. . . wo Sie nicht von meinem Pfeifenrauch belästigt werden, heh?»

«Ach, Herr Professor, das hat mir wirklich nichts ausgemacht!» Augusta sagte es mit sehr viel Gefühl. Dann stand sie auf und nahm die schwarze Büste in ihre langen Arme.

Der Professor stand ebenfalls auf, und zwar sehr rasch. «Was machen Sie da?»

Sie lachte. «Oh, ich will sie nicht so über die Straße tragen, Herr Professor! Der Junge vom Gemüseladen ist mit seinem Karren unten, er fährt sie mir rüber.»

«Er fährt sie rüber?»

«Natürlich, ins neue Haus, Herr Professor! Ich bin eine Woche früher als sonst gekommen, um für Mrs. St. Peter Gardinen und Wäsche zu nähen. Ich möchte heute vormittag alles rüberschaffen – bis auf die Nähmaschine, die ist zu schwer für seinen Karren. Deshalb kommt der Junge nochmal mit dem Lieferwagen her. Würden Sie mir bitte die Tür aufmachen?»

«O nein! Ganz bestimmt nicht! Sie brauchen sie nicht, wenn Sie Gardinen nähen. Es geht nicht, daß die Kammer verändert wird, solange ich hier arbeite. Die Nähmaschine kann er wegnehmen – ja. Aber die Puppe stellen Sie bitte wieder auf die Kiste, wo sie hingehört. Dort steht sie sehr gut.» St. Peter war an die Tür getreten und versperrte den Ausgang. Augusta setzte ihre Last auf der Kante der Mottenkiste ab.

«Nächste Woche muß ich für Mrs. St. Peter aber Kleider nähen, und da brauche ich die Puppen. Da der Junge nun mal hier ist, kann er sie doch gleich rüberfahren», redete sie ihm gut zu.

«Das wird er nicht, zum Teufel! Sie werden überhaupt nicht rübergefahren. Sie bleiben hier an Ort und Stelle, wo sie hingehören. Sie dürfen mir meine Damen nicht wegnehmen! Ist doch unerhört!»

Augusta ärgerte sich jetzt über ihn, und sie schämte sich auch ein bißchen für ihn. «Aber Herr Professor, ich kann ohne meine Puppen nicht arbeiten! All die Jahre waren sie Ihnen im Weg, und Sie haben sich immer über sie beklagt. Seien Sie doch nicht so eigensinnig, Sir!»

«Ich habe mich nie über die Puppen beklagt, Augusta! Vielleicht über gewisse Enttäuschungen, die sie mir ins Gedächtnis riefen, oder über grausame biologische Bedürfnisse, an die sie mich erinnern – aber niemals über sie persönlich! Kaufen Sie ein paar neue für Ihr luftiges Atelier – so viele Sie wollen! Ich bin ja jetzt reich, wie man sagt, nicht wahr? Kaufen Sie welche, aber meine Damen können Sie nicht haben, und damit basta!»

Augusta blickte an ihrer Nase entlang, wie sie es immer tat, wenn in der Kirche die schweren Sünden erwähnt wurden. «Herr Professor», sagte sie streng, «ich glaube, diesmal treiben Sie den Scherz zu weit. Das haben Sie noch nie getan.» An der Haltung ihres Kinns konnte er sehen, daß sie eine unschickliche Anspielung argwöhnte.

«Egal, was Sie glauben, Sie können sie nicht haben!» Sie meinten es jetzt beide sehr ernst und überlegten. Augusta war die erste, die das trotzige Schweigen brach.

«Meine Schnittmuster darf ich wohl mitnehmen?»

«Ihre Schnittmuster? Ach so, das ausgeschnittene Papier, das Sie neben meinen alten Notizen in der Couch aufbewahren? Natürlich, das können Sie haben. Lassen Sie mich's aufmachen!»

Er hob den Klappdeckel der Kastencouch, die unter der Dachschräge an der Wand stand. Auf der einen Seite des Bettkastens lagen Stöße von Notizbüchern und Manuskriptbündeln, die mit Maurer-Schnur zu viereckigen

Paketen verschnürt waren. Am anderen Ende lagen viele kleine Papierrollen, Muster, die aus Zeitungen ausgeschnitten und mit Restchen Band, Gingham, Seide und Georgette zugebunden waren; Schnittpläne mit Zackenrand, die jede Veränderung an Größe und Gestalt der beiden Mädchen St. Peters von der frühesten Kindheit bis zur Heirat verzeichneten. In der Mitte des Kastens fielen Muster und Manuskripte wild durcheinander.

«Wir werden wohl einige Mühe haben, unser Lebenswerk voneinander zu trennen, Augusta. Unsere Papiere liegen nun schon so viele Jahre vereint.»

«Ja, Herr Professor. Als ich das erstemal herkam, um für Mrs. St. Peter zu schneidern, hätte ich nie geglaubt, daß ich in ihren Diensten grau werden würde.»

Er erschrak. Was für eine andere Zukunft konnte Augusta denn nur erwartet haben? Die Enthüllung verblüffte ihn.

«Ja, ja, Augusta, deshalb müssen wir doch den Kopf nicht hängen lassen. Das Leben läuft für keinen von uns so ab, wie wir es geplant hatten.» Als sie die kleinen Rollen in den Papierkorb legte, um sie nach unten zum Karren zu tragen, blieb er stehen und beobachtete ihre großen, schwerfälligen Hände, wie sie zwischen ihnen umhertasteten. Er hatte sich oft gefragt, wie sie es fertig brachte, mit Händen zu nähen, die sich so steif öffneten und schlossen wie Regenschirme – nein, Augusta besaß nicht den leisesten Anflug französischer Leichtigkeit; wenn sie eine Schleife annähte, dann hielt die auch fest. Sie war selber grobknochig und groß, steif und plattbrüstig, mit einem gewöhnlichen, breitflächigen Gesicht und braunen Augen, in denen ein Schalk stecken konnte. Als sie vor dem Bettkasten kniete und ihre Muster aussortierte, stand er neben ihr und hielt die Matratze mit der Hand fest, obwohl sie auch ohne die Stütze oben geblieben wäre. Ihre letzte Bemerkung hatte ihn beunruhigt.

«Was für schönes, volles Haar Sie haben, Augusta! Wissen Sie, ich finde es sehr hübsch mit der grauen Welle auf jeder Seite. Das gibt ihm mehr Ausdruck. Sie brauchen sich niemals falsche Haare zu kaufen, wie man sie neuerdings in allen Schaufenstern sieht!»

«Ja, viel zu viel gibt's davon, Herr Professor. Sehr viele meiner Kundinnen benutzen es jetzt – Damen, von denen Sie es nie vermuten würden. Es soll ja zum größten Teil von den Köpfen toter Chinesen stammen. Es ist eine so verbreitete Unsitte geworden, daß sogar der Priester letzten Sonntag in der Kirche darüber gesprochen hat.»

«Hat er das wirklich getan? Aber was konnte er denn dagegen sagen? Es scheint mir doch eine sehr persönliche Angelegenheit zu sein.»

«Oh, er hat gesagt, es würde allmählich eine Schande für die Kirche, und ein Priester könnte keine fromme Frau besuchen, bei der er nicht Zöpfe und Haarpolster und Perücken herumliegen sähe, und es sei ekelhaft.»

«Aber lieber Himmel, Augusta! Was für Geschäfte führen einen Priester in den Raum einer Frau, in dem sie diese Schmuckstücke ablegt – zu einer Stunde, wo sie bereits ohne sie ist?»

Augusta wurde rot und versuchte, eine ärgerliche Miene aufzusetzen, doch ihr Lachen war schon mehr als ein Gekicher. «Er geht natürlich zu ihnen, um ihnen das

Sakrament zu geben, Herr Professor! Sie wollen heute unbedingt anderer Meinung sein, nicht wahr?»

«Ach, da bin ich ja beruhigt. Ja, ich denke in Fällen einer plötzlichen Erkrankung könnte das Haar sehr wohl dort herumliegen, wo es in aller Eile abgesteckt wurde. Aber als Sie mir zuerst von dem Priester erzählten, Augusta, war ich ehrlich entsetzt. Jetzt haben Sie keine Aussicht mehr, mich wieder zur Religion meiner Vorfahren zu bekehren, wenn Sie im neuen Haus nähen und ich hier weiterarbeite. Wer wird mich jetzt daran erinnern, wann es Allerseelen ist, oder Fastenwoche oder Gründonnerstag?»

Augusta sagte, sie müsse jetzt gehen. Der Professor hörte ihren wohlbekannten Schritt, als sie die Treppe hinunterging. An wie vieles sie ihn erinnerte, weiß Gott! Am häufigsten war sie in den Tagen im Haus gewesen, als seine Töchter kleine Mädchen waren und viele saubere Kittelchen brauchten. Gerade in jenen Jahren hatte er auch sein großes Werk begonnen; damals, als sein Wunsch, das Werk in Angriff zu nehmen, mit den Schwierigkeiten, die solch ein Projekt mit sich brachte, in seinem Geist miteinander rangen wie Macbeths erschöpfte Schwimmer – Jahre, in denen er den Mut hatte, sich zu sagen: «Ich will sie durchführen, die herrliche, die schöne, die so gänzlich unmögliche Aufgabe!»

Während der fünfzehn Jahre, die er an seinem Werk «Spanische Abenteurer in Nord-Amerika» gearbeitet hatte, war die Dachkammer sein Standquartier gewesen. Köstliche Erkundungsritte und Einkreisungsmanöver hatte er unternommen; die beiden Forschungsjahre, als er in Spanien alte Chroniken studierte, zwei Sommer im

Südwesten auf den Spuren seiner Abenteurer, ein dritter Sommer im alten Mexiko, Spritztouren nach Frankreich, um seine Pflegebrüder zu besuchen. Doch Notizen und Chroniken und Ideen flossen sämtlich hier im Dachstudio zusammen. Hier wurden sie geordnet und gegliedert und an der richtigen Stelle in sein Geschichtswerk eingebaut.

Offengestanden war die Nähkammer das ungünstigste Studio, das man nur haben konnte, doch es war der einzige Raum, in den er sich vor dem anspruchsvollen Drama des häuslichen Lebens zurückziehen konnte. Hier trampelte niemand über seinem Kopf, und nur eine undeutliche Wahrnehmung, meistens eine erfreuliche, dessen, was sich unten abspielte, drang die Treppe herauf. Andere Vorteile hatte die Kammer gewiß nicht. Die Wärme der Zentralheizung reichte nicht bis zum zweiten Stock. Es gab keine andere Möglichkeit, die Nähkammer zu erwärmen, als mit Hilfe eines rostigen alten Gasofens ohne Abzugsrohr – ein Öfchen, in dem das Gas nur ungenügend verbrannte und die Luft verpestete. Um dem abzuhelfen, mußte das Fenster offen gelassen werden – sonst würde man, bei der niedrigen Decke, bald keine Atemluft mehr finden. Wenn die Flamme herabgedreht war und das Fenster ein wenig offen stand, konnte ein jäher Windstoß das armselige Ding gänzlich zum Erlöschen bringen, und ein tief in seine Gedanken versunkener Mann konnte an Gasvergiftung ersticken, ehe er wußte, wie ihm geschah. Der Professor hatte herausgefunden, daß es im Winter am praktischsten war, das Gas mit voller Flamme brennen und das Fenster weit offen stehen zu lassen, selbst wenn er dann noch eine Lederjacke über seiner Hausjacke tragen mußte. Aber so bekam er wenigstens genug Luft, um zu arbeiten.

Er wunderte sich jetzt, weshalb er sich nie nach einem besseren Ofen oder nach einem neueren Modell umgesehen hatte oder weshalb er diesen hier, der so rostig war, nicht wenigstens angestrichen hatte. Aber gerade durch den Verzicht auf nebensächliches Behagen war es ihm gelungen, voranzukommen. Er war durchaus kein Asket. Er wußte, daß er in Dingen, die sein persönliches Vergnügen betrafen, schrecklich selbstsüchtig war und sogar darum kämpfte. Wenn ihn etwas begeisterte, dann bekam er es auch, selbst wenn er sein letztes Hemd dafür hätte verkaufen müssen. Indem er auf viele sogenannte Notwendigkeiten verzichtete, konnte er sich leisten, was er für Luxus ansah. Er hätte zum Beispiel eine praktische elektrische Zuglampe haben können, die er an die Steckdose über seinem Schreibtisch anschloß. Aber er zog es vor, beim Licht einer treuen Petroleumlampe zu arbeiten, die er selbst nachfüllte und putzte. Doch manchmal mußte er entdecken, daß die Petroleumkanne im Wandschrank leer war; dann hätte er, um sich mehr zu besorgen, durchs Haus in den Keller hinuntergehen müssen, und unterwegs wäre er bestimmt neugierig geworden, womit die Kinder sich beschäftigten oder was seine Frau machte — oder es wäre ihm gar aufgefallen, daß der Linoleumfußboden in der Küche unter dem Spülstein brüchig wurde, dort, wo das Mädchen dagegen stieß, und er wäre unten geblieben, um ihn festzunageln. Auf der gefahrvollen Reise durch das bevölkerte Haus konnte er die Stimmung, die Schaffensfreude, sogar die gute Laune verlieren. Wenn die Lampe daher leergebrannt war – und das passierte meistens, wenn er mitten in einem äußerst wichtigen Abschnitt war –, dann stülpte er sich einen Augenschirm über die Stirn und arbeitete beim qualvoll grellen Licht der nackten Birne am Ende des kurzen, gekrümmten Rohres, das etwa einen Meter über seinem Tisch aus der Wand ragte. Es schadete sogar Augen, die so gut wie die seinen waren. Doch wenn er einmal an seinem Arbeitstisch saß, wagte er es einfach nicht, ihn zu verlassen. Er hatte festgestellt, daß man den Geist dazu erziehen kann, zu einer bestimmten Zeit tätig zu sein, genau wie der Magen dazu erzogen wird, zu gewissen Stunden des Tages Hunger zu empfinden.

Wenn jemand in seiner Familie krank war, ging er überhaupt nicht in seine Dachkammer hinauf. Zwei Abende der Woche verbrachte er mit seiner Frau und den Kindern, und an einem weiteren Abend ging er mit seiner Frau zum Abendessen aus, ins Theater oder in ein Konzert. So blieben ihm nur noch vier Abende. Natürlich hatte er die Samstage und Sonntage, und an diesen beiden Tagen arbeitete er wie ein Grubenarbeiter bei einem Erdrutsch. Augusta durfte samstags nicht kommen, obwohl sie für den Tag Lohn erhielt. Und die ganze Zeit, während er nachts so rasend arbeitete, mußte er bei Tag den Lebensunterhalt verdienen, erledigte die volle Universitätsarbeit, verausgabte sich in Vorlesungen und Seminarübungen an Hunderten von Studenten. Doch das war ein anderes Leben.

St. Peter hatte es jahrelang fertig gebracht, zwei Leben zu leben, und beide sehr intensiv. Er hätte seine Universitätsarbeit sogar eingeschränkt und seinen Studenten Spreu und Sägemehl gegeben – viele Professoren hatten ihnen nichts anderes zu geben und fuhren sehr gut dabei –, aber es war sein Pech, daß er die Jugend liebte und eine Schwäche für junge Menschen hatte, denn sie regten ihn an. Entdeckte er ein aufmerksames Auge, einen kritischen, denkenden Geist, die lebhafte Neugier eines einzelnen im Vorlesungssaal voller gewöhnlicher Jungen und Mädchen, dann verfiel er ihm, wurde zum Sklaven seiner Begeisterung. In all den Jahren hatte sich die Empfänglichkeit dafür niemals abgenutzt, genauso wenig wie elektrische Ströme sich abnutzen; mit Zeit hatte das gar nichts zu tun.

Doch hatte er seine Kerze in voller Absicht an beiden Enden brennen lassen – er hatte erhalten, was er haben wollte. Durch mancherlei winzige Sparmethoden war es ihm gelungen, verschwenderisch zu leben, einzig mit seinem Professoren-Gehalt und keinem Cent mehr. Das schmale Einkommen seiner Frau aus einer Erbschaft ihres Vaters rührte er natürlich nicht an. Durch Trennung und Vermischung mit solcher Vielfalt und Geschicklichkeit, daß es ihm schwindelte, wenn er heute daran dachte, hatte er seinen Vorlesungen alle Gerechtigkeit widerfahren lassen und gleichzeitig ein äußerst anspruchsvolles Stück schöpferischer Arbeit verrichtet. St. Peter glaubte daran, daß ein Mensch alles kann, wenn er es nur stark genug will. Wollen ist bereits schöpferisches Tätigsein, es ist das magische Element in diesem Prozeß. Gäbe es ein Instrument, die Stärke des Wollens zu messen, könnte man Erfolg oder Mißerfolg voraussagen. Ein einziges Mal hatte er ihn annähernd ermessen können, bei seinem Studenten Tom Outland – und er hatte das richtige vorausgesagt.

Die kleine Dachkammer, die der Schauplatz so vieler Niederlagen und Triumphe gewesen war, hatte aber doch etwas Schönes zu bieten. Vom Fenster aus konnte er ganz in der Ferne einen langen verschwommenen blauen Streifen sehen – den Michigan-See, das Binnenmeer seiner Kindheit. Sooft er müde und abgestumpft war, oder wenn die weißen Seiten vor ihm leer blieben oder voller durchgestrichener Sätze waren, ließ er vom Schreibtisch ab, nahm den Zug zu einer kleinen Haltestelle, die etwa zwölf Meilen entfernt lag, und verbrachte einen Tag in seinem Segelboot auf dem See, sprang ins Wasser, schwamm neben dem Boot her und ließ sich auf dem Rücken treiben. Dann kletterte er wieder ins Boot.

Wenn er an seine Kindheit dachte, sah er stets die blaue Wasserfläche vor sich. Natürlich hoben sich auch ein paar menschliche Gestalten davon ab; seine praktische, tatkräftige Mutter, eine Methodistin, sein sanfter, vom Katholizismus abgefallener Vater, der alte kanadische Großvater und verschiedene Brüder und Schwestern. Doch die große Wirklichkeit seines Lebens war der See, der ihm stets die Möglichkeit bot, der Langweile zu entfliehen. Dort begann der Tag, denn die Sonne erhob sich aus ihm; er war wie eine offene Tür, die niemand zu schließen vermochte. Das Land in all seiner Eintönigkeit konnte einen noch so bedrängen – man brauchte nur zum See hinüberzuschauen und wußte schon, daß man bald frei war. Der See war das erste, was man morgens hinter der buckligen Viehkoppel mit den zerzausten Kiefern sah, und er war mit den Tagen verflochten wie das Wetter, war nicht etwas, über das man nachdachte, sondern gleichsam ein Teil des Bewußtseins. Wenn im Winter morgens die Eisschollen aufbrachen und ihr bröckliges Weiß das Licht der hinter Wolkenbänken versteckten kupferroten Sonne in goldenen und rosigen Tönen zurückwarf, dann vermerkte er dies nicht besonders und wußte auch nicht, was ihn daran so froh machte; doch jetzt, nach vierzig Jahren, konnte er sich an alle Einzelheiten genau erinnern. Sie hatten ihr Bild damals in ihm zurückgelassen, ohne daß er es gewollt hatte oder sich dessen bewußt war; nur seine Augen waren weit offen gewesen.

Als er acht Jahre alt war, verkauften seine Eltern die Farm am See und verpflanzten ihn und seine Brüder und Schwestern ins endlose Weizenland von Kansas. St. Peter wäre fast daran zugrunde gegangen. Niemals konnte er die paar Augenblicke in der Bahn vergessen, als das jäh aufflammende, unschuldige Blau hinter den Sanddünen endgültig für ihn erlosch. Es war so, wie wenn man beim Schwimmen zum dritten Mal untersinkt. So tief und scheinbar so endgültig traf ihn nachher kein Kummer mehr – und er hatte sein reichliches Maß gehabt! Selbst während seiner langen, glücklichen Studentenjahre bei der Familie Thierault in Frankreich sehnte er sich ständig nach dem schimmernden Blau. Im Sommer ging er damals mit den Söhnen der Familie in die Bretagne oder auch an die Küste des Languedoc; doch sein See war das eine und der Ärmelkanal und das Mittelmeer ein anderes. «Nein», gab er den Jungen stets zur Antwort, wenn sie ihn immer wieder nach «le Michigan» fragten, «er ist ganz, ganz anders. Er ist wie ein Meer, aber er hat kein Salzwasser. Er ist blau, aber es ist ein anderes Blau. Ja, Wolken sind da, auch Nebel und Seemöwen, aber – ich weiß auch nicht – «il est toujours plus naïf!»

Als er sich später um eine Professur bemühte, weil er verliebt war und unbedingt sofort heiraten wollte, da wählte er von den verschiedenen Angeboten Hamilton aus, nicht, weil es das günstigste war, sondern weil er fand, ein Ort in nächster Nähe des Sees sei der einzige Ort, wo man leben könne. Der Anblick des Sees vom Fenster seines Dachstudios aus hatte ihm all die Jahre mehr geholfen als die tausend Bequemlichkeiten, auf die er verzichtet hatte, es hätten tun können.

Genau dort in der Ecke unter Augustas archaischen «Puppen» hatte er immer die Aktenschränke aufstellen wollen, für deren Erwerb ihm sowohl die Zeit wie das Geld zu schade waren. Sie hätten all seine Notizen und Aufsätze enthalten sollen, auch die anfallartig hingeworfenen Rohentwürfe zu späteren Kapiteln. Doch er hatte sich die Schränke nie besorgt, und jetzt brauchte er sie wirklich nicht mehr; es wäre geradeso, als wollte man den Stall zuschließen, nachdem das Pferd gestohlen war. Denn das Pferd war weg – das war das Gefühl, das ihn jetzt am stärksten erfüllte. Trotz all dem, was er vernachlässigt hatte, seine «Spanischen Abenteurer» in acht Bänden hatte er zu Ende geführt – ohne Schränke und ohne Geldzuschüsse und ohne einen ordentlichen Ofen und ein anständiges Studierzimmer – und ohne jegliche Ermutigung, wie, das weiß der Himmel! Denn wenn es nach dem Interesse gegangen wäre, das die ersten drei Bände in der Welt erregten, dann hätte er sie ebensogut in den Michigan-See werfen können. In den Fachzeitschriften waren sie von Geschichtsprofessoren zurückhaltend besprochen worden. Keiner sah, daß er versucht hatte, etwas ganz anderes zu machen; sie dachten nur, er hätte so zu schreiben versucht, wie es üblich war, und es wäre ihm nicht sehr gelungen. Sie empfahlen ihm den ausgeglichenen, gefälligen Stil des John Fiske.

St. Peter hatte sich, das konnte er ehrlich behaupten, überhaupt nichts daraus gemacht – nicht in jenen goldenen Tagen. Als der Gesamtplan seines Werks klarer und klarer hervortrat, als er sah, wie sein Stil unter dem Zufluß an Material immer leichter wurde, als er auch die letzte starre Regel altmodischer Geschichtsschreibung beiseite ließ und die Beziehung zu seinem Werk von Tag zu Tag einfacher, natürlicher und glücklicher wurde – da kümmerte er sich ebensowenig wie die spanischen Abenteurer darum, was Professor Soundso über sie dachte. Nach Erscheinen des vierten Bandes merkte er, daß verschiedene junge Leute in Amerika und auch in England sich ungeheuer für sein Experiment interessierten. Mit dem fünften und sechsten Band machte sich ihr Interesse in der Presse und an den Universitäten bemerkbar. Die beiden letzten Bände brachten ihm eine gewisse internationale Anerkennung ein und das, was man «Preise» nennt – darunter den Oxford-Preis für Geschichte in Höhe von fünftausend Pfund, mit denen er das neue Haus bauen konnte, in das er jetzt nicht einziehen wollte.

«Godfrey», sagte seine Frau eines Tages sehr ernst zu ihm, als sie ihn bei einer ironischen Bemerkung über das neue Haus ertappte, «hättest du lieber etwas anderes mit dem Geld gemacht, anstatt ein Haus zu bauen?»

«Nein, Liebes, nein! Wenn ich mir mit dem Geld noch einmal die Freude hätte kaufen können, die mir das Schreiben meines Buches bereitet hat, dann wärest du allerdings nie zu deinem Haus gekommen. Aber eine solche

Freude wäre für fünftausend Pfund nicht zu haben gewesen. So billig sind die großen Freuden nicht! Nein, laß
nur, es ist alles in Ordnung!»

2

Am Abend jenes Tages war Professor St. Peter im neuen
Haus und kleidete sich zum Dinner um. Seine beiden
Töchter und ihre Männer waren zum Essen eingeladen,
dazu ein englischer Gast. Mrs. St. Peter hörte die Dusche
laufen, als sie an Godfreys Tür vorüberging. Sie trat in
sein Zimmer und wartete, bis er im Bademantel erschien
und sich das nasse, pechschwarze Haar mit einem Frot-
tiertuch trocken rieb.

«Du mußt doch zugeben, daß es angenehm ist, dein
eigenes Badezimmer zu haben?» sagte sie und blickte an
ihm vorbei in das glitzernde weiße Gemach, das er gerade
verlassen hatte und das von elektrischem Licht hell er-
leuchtet war.

«Hab' noch nie behauptet, daß es mir unangenehm ist»,
sagte er. «Aber vor allem gefallen mir die Wandschränke.
Es ist fein, wenn man Platz für alle Anzüge hat und nicht
eine Jacke über die andere hängen oder, um Schuhe zu
finden, sich auf die Knie fallen lassen und in dunklen
Ecken herumtasten muß!»

«Ja, natürlich! Und daß du dein eigenes Zimmer hast,
ist deinem Alter auch viel angemessener.»

«Es ist praktisch, ja. Aber hoffentlich bin ich noch nicht
so alt, daß ich körperlich abstoßend wirke?» Er blickte in
den Spiegel und straffte die Schultern, als müsse er eine
neue Jacke anprobieren.

Mrs. St. Peter lachte – ein reizendes kleines Lachen voll echter Fröhlichkeit. «Nein, Liebster, du bist sehr schön, besonders im Bademantel. Du wirst immer hübscher und immer unduldsamer.»

«Unduldsamer? Ich?» Er stellte die Schuhe hin und blickte zu ihr auf. Ihm kam es vor, als ob sie immer unduldsamer würde, und zwar in bezug auf alles, ausgenommen ihre Schwiegersöhne; daß sie vermutlich auch weiterhin so sein würde und daß er sich dazu erziehen müsse, es hinzunehmen.

«Wahrscheinlich ist es ein ganz natürlicher Vorgang», fuhr sie fort, «aber du solltest dich bemühen, ernstlich bemühen, meine ich, deine Unduldsamkeit etwas zu zügeln, wo es um das Glück deiner Töchter geht. Du bist zu streng gegen Scott und Louie. Alle jungen Männer haben alberne Eingebildetheiten – du hattest viele davon.»

St. Peter saß da, die Ellbogen auf die Knie gestützt und etwas nach vorn gebeugt. Geistesabwesend spielte er mit den Quasten seiner Bademantelschnur. «Ich sage dir, Lillian, bei den beiden jungen Leuten habe ich mich mit mehr Geduld wappnen müssen als bei den Tausenden von jungen Gaunern, die ich an der Universität hatte. Meine Nachsicht ist erschöpft und am Ende. So steht es mit mir!»

«Oh, Godfrey, hast du denn gar keine Selbsterkenntnis? Aber wir wollen uns jetzt nicht deswegen streiten. Du ziehst den Smoking an, nicht wahr? Und versuch doch bitte, heute abend nett und liebenswürdig zu sein!»

Eine halbe Stunde später erschienen Mr. und Mrs. Scott McGregor und Mr. und Mrs. Louie Marsellus, und bald nach ihnen kam der englische Gelehrte Sir Edgar Spilling, der so sehr bemüht war, sich amerikanisch zu benehmen, daß er einen Straßenanzug trug. Er war ein hagerer, struppiger und grobknochiger Mann in den Fünfzigern, mit langen Armen und Beinen, einem birnenförmigen Gesicht und einem hängenden Vorkriegs-Schnauzbart. Spanische Geschichte war sein Fach, und vom Haus seines Vetters in Saskatchewan hatte er die weite Reise bis nach Hamilton gemacht, um sich nach einigen «Quellen» Doktor St. Peters zu erkundigen.

Nach den Begrüßungen war es Louie Marsellus, der Schwiegersohn des Professors, der Sir Edgar mit Beschlag belegte. Er erinnerte sich, daß er in China einen gewissen Walter Spilling kennengelernt hatte, der, wie es sich herausstellte, ein Bruder Sir Edgars war. Marsellus hatte auch einen Bruder in China, der mit dem Seidenhandel zu tun hatte. Sie tauschten ihre Ansichten über die Zustände im Fernen Osten aus, während der junge McGregor seine Hornbrille aufsetzte und unruhig in der Bibliothek auf und ab ging. Die beiden Töchter saßen neben ihrer Mutter und hörten der Unterhaltung über China zu.

Mrs. St. Peter war sehr hell, rosig und golden, von einem blassen Gold, seit sie zu ergrauen begann. Die Farben ihres Gesichts und der Haare und Wimpern waren so blaß, daß man, wenn man sie zum erstenmal sah, nicht gleich bemerkte, von welch entschiedenem und energischem Schnitt die Züge unter der sanften Farbtönung waren. Wenn sie ärgerlich oder müde war, wurden ihre Züge herbe. Rosamond, die älteste Tochter, glich ihrer Mutter im Schnitt des Gesichts, wenn es auch schwerer war. Doch die Farben an ihr waren ganz andere; schwarzbraune Haare, tiefe dunkle Augen, eine weiche weiße Haut mit dem satten Rot der Brünette auf Wangen und Lippen. Fast jeder hielt Rosamond für eine strahlende Schönheit. Ihr Vater war zwar sehr stolz auf sie, wich aber von der allgemeinen Ansicht ab. Er fand sie zu groß und ihre Figur recht schwerfällig. Sie hielt sich ein wenig vornübergebeugt und hatte breite Hüften und Schultern. Wie er manchmal zu ihrer Mutter sagte, hatte sie genau die gleichen breiten Oberschenkel und Schulterblätter wie sein alter baumlanger kanadischer Großvater. Für einen Holzfäller waren sie gewiß nützlich. St. Peter war eben sehr kritisch. Die meisten Leute sahen natürlich nur Rosamonds lieblichen schwarzen Kopf und ihren weißen Hals und das Rot ihrer geschwungenen Lippen, das an den Dämmerschatten dunkler schwerduftender Rosen erinnerte.

Kathleen, die jüngere Tochter, sah noch jünger aus, als sie eigentlich war. Sie hatte die schlanke, nicht voll entwickelte Gestalt, die damals so sehr in Mode war. Sie war blaß und hatte nußbraune Augen; ihr Haar war haselnußbraun mit ausgesprochen grünlichem Schimmer. Ihr Vater fand, daß die seltsamen Schatten, die ihre Backenknochen über die Wangen warfen, und die geistvolle, leicht schräge Haltung ihres Kopfes ganz bezaubernd waren. Ihre Gestalt, so sagte er oft zu ihr, sähe von der Seite aus gesehen wie ein Fragezeichen aus.

Mrs. St. Peter gefiel es offensichtlich, daß sie einen Schwiegersohn hatte, der mit Sir Edgar gemeinsame Bekannte in aller Welt vom Sudan bis Alaska aufzählen konnte. Scott wurde allmählich mürrisch, wie sie bemerkte, weil Sir Edgar und Marsellus über Themen sprachen, die über seinen kleinen Interessenkreis hinausgingen. Sie machte keine Anstalten, ihn in die Unterhaltung mit einzubeziehen, sondern ließ ihn wie einen rastlosen Leoparden zwischen den Büchern umherstreifen. Der Professor war liebenswürdig, aber sehr still. Als das Mädchen an die Tür kam und ihr ein Zeichen gab, das Essen sei angerichtet – das ließ sie durch Zeichen andeuten, niemals durch Worte ankündigen –, da ging Mrs. St. Peter mit Sir Edgar voraus und zeigte ihm seinen Platz zu ihrer Rechten, während die anderen ihre gewohnten Plätze einnahmen. Nachdem sie die Suppe gegessen hatten, machte es ihr einige Mühe, das Mädchen zum Abräumen der Teller herbeizurufen, und sie erklärte ihrem Gast, daß die Klingel unter dem Tisch noch nicht fest installiert sei, da sie ja noch keine Woche in dem neuen Haus waren, und die Zimmermannsarbeiten wären noch nicht zu Ende.

«Ach, wenn ich also zufällig vierzehn Tage eher gekommen wäre, hätte ich Sie gar nicht hier angetroffen? Aber es muß doch sehr interessant sein, sich das eigene Haus zu bauen und alles so einzurichten, wie man es gern hat», meinte er.

Marsellus, der während der Suppe verstummt war, mischte sich wieder mit warmem Lächeln und leichtem Achselzucken ins Gespräch. «Bauen ist mein Stichwort, Sir Edgar, meine – darf ich? Meine Frau und ich brüten da gerade etwas aus, ein Landhaus, eine ziemlich anspruchsvolle Sache draußen an den waldigen Ufern des Michigan-Sees. Vielleicht würde es Ihnen Spaß machen, in meinem Wagen hinauszufahren und es anzusehen?

Was haben Sie morgen vor? Ich kann Sie in einer halben Stunde hinausfahren, und wir können im Country Club Mittag essen. Wir haben ein prachtvolles Baugelände, hinter uns unberührten Wald und vor uns den See mit eigenem Strand – mein Schwiegervater ist übrigens ein glänzender Schwimmer. Besonderes Glück hatten wir mit unserem Architekten, einem jungen Norweger, der in Paris studiert hat. Er baut uns ein norwegisches Herrenhaus, das sich sehr harmonisch in die Umgebung einfügt und gerade das richtige ist für zerzauste Kiefernwälder und hügelige Seeufer.»

Sir Edgar schien sehr erbaut von dem Vorschlag, und er bat Marsellus, einen Zeitpunkt zu bestimmen, sehr zum Erstaunen von Scott McGregor, der seiner Frau einen Blick zuwarf, mit dem er anzudeuten schien, er hege ernstliche Zweifel, ob an dem Baron mit dem Walroß-Schnurrbart überhaupt viel dran sei.

Nachdem Louie einen Zeitpunkt abgemacht hatte, wandte er sich an Mrs. St. Peter. «Möchtest du nicht mitkommen, Liebe? Du bist noch nicht draußen gewesen, um dir unsere herrlichen schmiedeeisernen Türbeschläge anzuschauen, die wir gerade aus Chicago bekommen haben. Wir fanden ein sehr schönes antikes Stück, Sir Edgar, und ließen alle anderen danach anfertigen. Mir soll keiner mit den Glastürknöpfen aus der Kolonialzeit kommen!»

Mrs. St. Peter seufzte. Scott und Kathleen hatten an ihrem neuen Bungalow überall Türknöpfe aus Glas! Sie wußte jedoch, daß Louie die anderen nicht absichtlich kränken wollte – es war nur seine gedankenlose Begeisterung, die ihn oft zu taktlosen Bemerkungen verleitete.

«Wir können uns glücklich preisen, daß all die Kleinigkeiten tadellos sind», vertraute er Sir Edgar voller Stolz
an. «Das Ganze ist wirklich makellos. Ich darf das wohl
sagen, da ich nur ein Zuschauer bin. Das eigentliche Ver-
dienst liegt bei dem Norweger und meiner Frau und Mrs.
St. Peter. Und denke dir», sagte er und legte die Hand
liebevoll auf Mrs. St. Peters nackten Arm, «wir haben
einen Namen für das Haus gefunden! Ich habe sogar
schon das Briefpapier mit den Briefköpfen bestellt. Nein,
Rosamond, länger will ich ihnen unser kleines Geheimnis nicht vorenthalten. Dein Vater und deine Mutter
werden sich darüber freuen. Wir nennen unser Haus
‹Outland›, Sir Edgar!»

Er verkündete es und lehnte sich wohlgefällig zurück.
Seine Schwiegermutter ging sofort darauf ein – von Spilling konnte man kaum erwarten, daß er es begriff.

«Wie reizend, Louie! Das ist wirklich ein glänzender
Einfall!»

«Ja, nicht wahr? Ich wußte, daß es euch Freude machen würde.» Der Professor hatte seinen Gefühlen nur
durch Heben der starken, aufwärts gezwirbelten Augenbrauen Ausdruck gegeben. «Darf ich es Ihnen erklären,
Sir Edgar?» fuhr Louie eifrig fort. «Wir haben unser
Haus nach Tom Outland benannt, einem hervorragen-
den jungen amerikanischen Wissenschaftler und Erfinder, der im zweiten Kriegsjahr in Flandern fiel, als er
kaum dreißig Jahre alt war. Ehe er an die Front eilte,
hatte der junge Mensch das Prinzip des Outland-Vaku-
ums entdeckt und die Konstruktion der Outland-Maschine ausgearbeitet, die für den Flugzeugbau eine Revo-
lution bedeutete. Er hatte sie nicht nur erfunden, son-

dern sich auch, was für einen so stürmischen Burschen beachtlich ist, die Sache patentieren lassen. Allerdings blieb ihm keine Zeit mehr, seine Erfindung bekanntzugeben oder auf den Markt zu bringen – stürzte einfach an die Front und ließ die wichtigste Entdeckung unserer Zeit auf sich selbst gestellt zurück.»

Sir Edgar hatte die Gabel halbwegs zum Mund gehoben und blickte etwas verwirrt drein. «Sie sprechen doch wohl nicht vom Erfinder der Outland-Maschine?»

Louie war begeistert. «Aber ja! Natürlich wissen Sie darüber Bescheid. Meine Frau war damals die Verlobte des jungen Outland – ist virtuell seine Witwe. Ehe er nach Frankreich fuhr, setzte er ein Testament zu ihren Gunsten auf; er hatte nämlich keine Verwandten mehr. Gegen Ende des Krieges begriffen wir allmählich die Bedeutung dessen, was Outland in seinem Labor getan hatte – ich bin von Beruf Elektroingenieur. Wir zogen Experten zur Unterstützung hinzu und brachten die Idee aus dem Labor in den Handel. Der finanzielle Nutzen war und ist natürlich beträchtlich.»

Während Louie eine Pause machte, um sich mit dem Braten zu beschäftigen, bevor er vom Tisch genommen wurde, erzählte Sir Edgar, daß er während des Krieges bei der Luftwaffe gewesen sei, und zwar in der Konstruktions-Abteilung. Er fände es ganz erstaunlich, so durch einen reinen Zufall auf den Ursprung der Outland-Maschine zu stoßen.

«Wissen Sie», sagte Louie, «Outland hatte nichts davon als Ehre und Tod. Deshalb fühlen wir uns ihm natürlich sehr verpflichtet. Wir finden, es ist unsere wichtigste Pflicht, das Geld so zu verwenden, wie es seinem

Wunsch entsprochen hätte – hier an seiner Universität setzen wir Stipendien aus, und ähnliches mehr. Und unser Haus soll eine Gedenkstätte für ihn werden. Wir wollen, wenn die Universität es uns gestattet, sein Labor nach draußen verlegen – alle Apparate, mit denen er gearbeitet hat. Wir haben einen Raum für seine Bibliothek und seine Bilder. Wenn seine Kollegen nach Hamilton kommen, um Informationen über ihn zu sammeln, wie sie es jetzt bereits tun, dann werden sie in Haus Outland seine Bücher und Instrumente finden, alle Quellen seiner Inspiration!»

«Inklusive Rosamond!» murmelte McGregor und heftete die Blicke auf seinen Salatteller. Er kämpfte gegen das unwiderstehliche Verlangen an, dem Briten zuzurufen, daß Marsellus Tom Outland ja nicht einmal gesehen habe, während er, Scott McGregor, sein Studienkamerad und Freund gewesen sei.

Sir Edgar war ebenso neugierig wie verwirrt. Er war hergekommen, um über Handschriften zu sprechen, die in gewissen halb zerfallenen spanischen Klöstern verborgen lagen, doch bei der Wendung, die das Gespräch genommen hatte, waren sie seinem Gedächtnis fast entfallen. Er interessierte sich sehr lebhaft für das Flugwesen und all seine Probleme. Er stellte nur wenig Fragen, und sein Beitrag zur Unterhaltung beschränkte sich fast ausschließlich auf den einen Ausruf: «Oh!» Was von seinen Lippen mancherlei bedeuten konnte: Gleichgültigkeit, Frage, teilnahmsvolles Interesse und Verlegenheit eines zurückhaltenden Mannes, der sich Enthüllungen von sehr heikler persönlicher Natur mitanhören muß. Noch ehe die anderen mit dem Nachtisch fertig waren, holte Scott McGregor eine dicke Zigarre aus der Tasche und zündete sie an einem von den Tischleuchtern an. Etwas Scheußlicheres fiel ihm beim besten Willen nicht ein.

Als sie vom Tisch aufstanden, nahm St. Peter, der während der Mahlzeit kaum gesprochen hatte, Sir Edgars Arm und sagte zu seiner Frau: «Entschuldige uns bitte, wir müssen etwas Berufliches besprechen.» Er führte seinen Gast in die Bibliothek und schloß hinter sich die Tür.

Marsellus war die Enttäuschung darüber deutlich vom Gesicht abzulesen. Er stand da und blickte ihnen sehnsüchtig nach, wie ein kleiner Junge, dem gesagt wurde, er müsse zu Bett gehen. Louies Augen waren von einem lebhaften Blau, wie brennende Saphire, sonst aber hatte sein Gesicht wenig Farbe – er war blaß wie eine Makrele. Nur seine Augen und seine flinken, impulsiven Bewegungen verrieten die Lebenslust, die dauernd in ihm brodelte. An seinem Äußeren war nichts Jüdisches bis auf die Nase, die aber gab den Ausschlag. Es war durchaus nicht etwa eine häßliche Nase; mit gebieterischer Kraft ragte sie aus seinem Gesicht, fest verwurzelt wie ein mächtiger Eichbaum in einem Berghang.

Mrs. St. Peter, die sich stets um Louie kümmerte, bat ihn, mitzukommen und sich den neuen Teppich in ihrem Schlafzimmer anzuschauen. Das tröstete ihn; er bot ihr seinen Arm, und zusammen gingen sie nach oben.

McGregor war bei den beiden Schwestern geblieben. «Outland, Outland ohne Ende!» murmelte er vor sich hin, während er einen Aschenbecher suchte. Rosamond tat so, als hörte sie ihn nicht, aber das dunkle Rot auf ihren Wangen kroch noch ein wenig höher.

«Vergiß nicht, daß wir früh gehen müssen, Scott», mahnte Kathleen. «Du mußt heute abend noch deinen Leitartikel schreiben.»

«Du wirst ihn hoffentlich nicht nachts arbeiten lassen?» fragte Rosamond. «Sollte er seinem Geist nicht hin und wieder etwas Ruhe gönnen? Humor ist stets besser, wenn er spontan ist.»

«Das ist ja gerade mein Kummer», beruhigte er sie. «Wenn ich mich nicht dauernd abrackere, dann bin ich zu verdammt spontan und sage die Wahrheit, und die mögen die Leute nicht hören. Ich muß auch gar keinen Leitartikel beenden, sondern mein tägliches Prosagedicht fürs Zeitungssyndikat, und dafür bekomme ich fünfundzwanzig Mäuse. Das Motiv ist folgendes: ‹Wenn in den Taschen hast kein Geld, doch 'n Schwarm von Mädchen den Geist beschäftigt hält, dann gesteh es ein und schick 'nen Fluch hint' drein, 's 'ne hochverdammte, gute, alte Welt. Peng, peng.›»

Er warf seinen Zigarrenstummel wütend ins Feuer. Er wußte, daß Rosamond seine Leitartikel und sein Versgeklingel verabscheute. Sie hatte, was die Literatur betraf, den wählerischen Geschmack ihrer Mutter – obwohl sie seiner Meinung nach nicht halb so klug war wie seine Frau. Sie verabscheute es übrigens auch, wenn von Geld gesprochen wurde, besonders von kleinen Summen – aber erst, seit sie Tom Outlands Erbschaft angetreten hatte.

Nachdem sie sich verabschiedet hatten und außerhalb der Haustür waren, faßte McGregor seine Frau beim Ellbogen und eilte mit ihr über den Gartenweg zur Pforte, hinter der er seinen Ford geparkt hatte. Noch während sie liefen, stieß er aus: «Was, zum Henker, ist eine virtuelle Witwe? Meint er, sie ist eine virtuose Witwe oder eine versierte? Peng, peng!»

3

St. Peter erwachte am nächsten Morgen mit dem Wunsch, jemand würde ihn auf seiner Matratze zum alten Haus zurücktragen. Aber es war Sonntag, und da frühstückte seine Frau stets mit ihm. Einen Ausweg sah er nicht; sie würden aneinandergeraten.

Als er ins Eßzimmer trat, saß Lillian schon am Tisch hinter der Kaffeemaschine. «Guten Morgen, Godfrey. Ich hoffe, du hattest eine gute Nacht.» Ihr Tonfall deutete an, daß er eine solche keinesfalls verdient hätte.

«Ja, danke. Und du?»

«Ich hatte ein gutes Gewissen.» Sie lächelte ihm bekümmert zu. «Wie kannst du nur in deinem eigenen Haus so unliebenswürdig sein?»

«Ach, und ich bin so selig eingeschlafen, weil ich glaubte, ich hätte den ganzen Abend nichts Verkehrtes gesagt!»

«Weder etwas Verkehrtes noch überhaupt etwas. Dein mißbilligendes Schweigen kann die lebhafteste Gesellschaft zum Verstummen bringen.»

«Gestern abend schien das nicht der Fall zu sein. Wenn du Marsellus meinst, irrst du dich. Der bemerkte es überhaupt nicht.»

«Er ist zu höflich, um es zu bemerken, aber er spürt es. Trotz seiner wohlerzogenen unpersönlichen Art ist er doch sehr sensibel!»

St. Peter lachte. «Unsinn, Lillian! Wenn er's wäre, dann würde er nicht die ganze Unterhaltung an sich reißen und niemanden zu Worte kommen lassen, wie er dies fast immer tut. Bei unseren Parties ist es mir egal, aber ich finde es abscheulich, wenn er es in anderen Häusern auch so macht.»

«Sei gerecht, Godfrey! Hättest du ein Gespräch über deine Arbeit in Spanien begonnen, dann hätte Louie sich mit Begeisterung daran beteiligt, das weißt du ganz genau. Niemand ist so stolz auf dich wie er!»

«Deshalb habe ich ja geschwiegen. Beistand kann zu wohlgemeint sein – aber auch zu wortreich.»

«Da haben wir's! Neidhammel! Du duldest nicht, daß er über deine Interessen spricht, und du ärgerst dich, wenn er über seine eigenen spricht.»

«Ich gebe zu, daß ich's nicht ausstehen kann, wenn er über Outland spricht, als sei er sein persönliches Eigentum (ich meine natürlich Tom, nicht ihr verdammtes Haus!). Daß sie das Haus nach Tom benennen wollen, geht über meinen Verstand. Und Rosamond unterstützt es noch! Es ist eine dreiste Unverfrorenheit!»

Mrs. St. Peter zog die Brauen zusammen. «Ich hab' mir gleich gedacht, daß es dir nicht passen würde, aber sie freuten sich so darüber, und sie tun es aus völlig selbstlosen Gründen . . .»

«Ach, zum Henker, Outland braucht ihre Selbstlosigkeit nicht! Ihnen ist zugefallen, was eigentlich Tom gehörte, und das mindeste, was man von ihnen erwarten könnte, ist darüber zu schweigen, statt aus seinen Gebeinen auch noch Kapital zu schlagen. Es läuft doch alles auf das eine hinaus: Entweder man mag einen blumigen Stil, oder man mag ihn nicht. Du selbst mochtest ihn früher auch nicht. Darf ich um etwas Kaffee bitten?»

Sie schenkte ihm ein und reichte ihm die Tasse. «Schöne Hände», murmelte er und betrachtete sie genau, als er die Tasse aus ihren Händen entgegennahm, «immer noch so schöne Hände!»

«Ich danke dir. Ein blumiger Stil ist mir nur zuwider, wenn er herhalten muß, um irgendeinen Mangel zu verdecken, wenn nichts dahinter steckt. Kommt er aus dem Überschwang, hab' ich noch niemals etwas dagegen gehabt. Dann ist etwas nicht blumig, sondern nur stark in der Farbe.»

«Nun gut, aber manche Leute machen sich nichts aus starken Farben. Es macht sie müde.» Er legte seine Serviette zusammen. «Und jetzt muß ich an meinen Schreibtisch.»

«Nein, noch nicht. Du nimmst dir nie die Zeit, um mit mir zu plaudern, Godfrey! Sag mir doch, wann die Sitte in der Kulturgeschichte zum ersten Mal auftrat – die Übereinkunft, daß ein Mann es niemals frei heraus sagen dürfe, wenn er Gefallen an seinem Haus oder seiner Frau oder seinen Kindern hat?» Mrs. St. Peter sprach nachdenklich, als hätte das Problem sie schon häufig beschäftigt.

«Oh, die Anfänge liegen sehr weit zurück. Wahrscheinlich in den Zeiten des Rittertums – an König Artus' Hof. Wer immer es in die Welt gebracht hat, es war damals Sitte, ein Mann sollte edle und große Taten verrichten, statt darüber zu sprechen, und seine Herzensdame nicht beim Namen nennen, es sei denn, er besinge sie als Phyllis oder Nicolette. Es ist eine vernünftige

Einstellung, über die innersten Gefühle Zurückhaltung zu üben: Das hält sie frisch!»

«Die Orientalen hatten kein Rittertum», behauptete Lillian. «Sie brauchten es nicht. Und diese Zurückhaltung – sie wird unvermeidlich zur Prahlerei; zur eitlen Aufgeblasenheit.»

«Ach, Liebste, alles ist eitel! Das bestreite ich gar nicht. Jetzt muß ich wirklich gehen, und ich wünschte, das Spiel so gut zu beherrschen wie du. Als Schwiegervater bin ich nicht besonders gut. Du hältst die ganze Sache am Laufen. Ich weiß es sehr zu schätzen.»

«Vielleicht», meinte seine Frau, während er sich erhob, «weil du nicht den Schwiegersohn bekommen hast, den du haben wolltest. Und doch war auch er sehr redegewandt!»

Der Professor gab darauf keine Antwort. Lillian war auf Tom Outland rasend eifersüchtig gewesen. Als St. Peter jetzt aus dem Haus ging, dachte er über die Ehe nach. Menschen, die sich innig lieben, wenn sie heiraten, und sich in der Ehe treu weiterlieben, werden meistens irgendwann vor ein Erlebnis gestellt, das plötzlich oder allmählich eine Umwandlung hervorruft; manchmal die Kinder, die Mühsal der Armut, manchmal auch eine zweite Verliebtheit. In seinem Falle war merkwürdigerweise sein Schüler Tom Outland der Anlaß dazu gewesen.

St. Peter hatte seine Frau in Paris kennengelernt, als er vierundzwanzig Jahre alt war und seine Doktorarbeit vorbereitete. Sie studierte ebenfalls dort. Die Franzosen hielten sie wegen ihres goldenen Haares und der hellen Haut für eine Engländerin. Außer ihrem wirklich strahlenden Charme besaß sie einen sehr regen Geist – doch war es ganz unzutreffend, von «Geist» zu sprechen, die Bezeichnung war falsch. Was sie besaß, war vielmehr eine vielseitig begabte Natur, die sehr lebhaft auf alles im Leben und in der Kunst ansprach, und manchmal stand ihre sehr ungestüme Zuneigung oder Abneigung zu der Geringfügigkeit des Anlasses – sei es eine Sache oder eine Person – in gar keinem Verhältnis. Vor seiner Ehe und noch viele Jahre nach der Heirat gab es für St. Peter nichts Interessanteres als Lillians Vorurteile und Ansichten (stets instinktive und logisch unbegründbare, aber fast immer zutreffende) über Menschen und Kunstdinge. Als er, um sofort heiraten zu können, mit der ersten Stelle einverstanden war, die ihm angeboten wurde, und in Hamilton den Stuhl für europäische Geschichte übernahm, da hatte er dort keine andere geistig anregende Kameradschaft als die seiner Frau. Die meisten seiner Kollegen waren viel älter als er, doch war er ihnen an vielseitiger Bildung und Weltgewandtheit überlegen. Der einzige Mann an der Fakultät, der ebenfalls wichtige Forschungsarbeit leistete, war der Physiker Doktor Crane. St. Peter sah ihn häufig, obwohl er außerhalb seines Fachgebietes langweilig war – ein engstirniger Mann von peinlich abstoßendem Aussehen. Crane litt seit Jahren an einer Krankheit, die sich mit der Zeit als unheilbar erwies; hin und wieder mußte er sich einer Operation unterziehen. St. Peter hatte nie einen Freund in Hamilton gehabt, auf den Lillian hätte eifersüchtig sein können, bis Tom Outland erschien, von Wesen und Herkunft her vorzüglich ausgestattet, ihm bei seiner Arbeit über die spanischen Abenteurer zu helfen.

Als er schon in der Nähe seines alten Hauses und seines

Arbeitszimmers war, fiel dem Professor ein, daß er mit seinem Hausbesitzer ein Abkommen treffen sollte, sonst würde das Haus über seinen Kopf hinweg neu vermietet. Er machte kehrt und ging zum anderen Stadtteil hinunter, zu den Wagenbaracken, wo nur Arbeiter wohnten, und fand das kleine Spielzeughaus seines alten Vermieters, das auf einer Anhöhe lag, auf einem Sockel aus Ziegelsteinen, über und über mit Hopfen berankt. Der alte Appelhoff saß vor der Tür auf einer Bank und flocht einen Besen aus Hirsestroh. Mit dem Anbau von Hirse kam er zu einem kleinen Nebenverdienst. Minna, seine Dackelhündin, saß neben ihm.

St. Peter erklärte ihm, daß er in dem leeren Haus bleiben und ihm dafür jeden Monat die volle Miete bezahlen wolle. Ein so ungewöhnlicher Vorschlag erregte das Mißtrauen des Alten. «Ich möcht' Ihnen gern den Gefallen tun, Herr Professor, aber es sind schon verschiedene Leute da, die das Haus haben wollen, und ich kann nicht wegen Ihrer paar Monate eine ganze Jahresmiete verlieren!»

«Oh, wenn's weiter nichts ist, Fred! Ich nehme es für ein ganzes Jahr, wenn die Sache dadurch einfacher wird. Ich möchte mein neues Buch zu Ende schreiben, ehe ich ausziehe.»

Fred schaute noch immer mißtrauisch. «Da sollt' ich aber lieber erst mit der Versicherung reden, was? Es heißt: zwecks Benutzung als Wohnung!»

«Oh, die haben nichts dagegen! Was macht der Garten? Was für eine Menge Äpfel und schöner Birnen Sie da haben!»

«Bäume, die nicht tragen, kann ich nicht leiden», sagte

der alte Mann mit listigem Lächeln und dachte dabei an die prunkvollen, unfruchtbaren Sträucher des Professors und an das gute, brachliegende Stück Land hinter der hohen weißen Mauer.

«Und was ist mit Ihren Linden?»

«Oh, die Lindenblüten sind wunderbar gegen Kopfweh!»

«Sie sehen gar nicht so aus, als ob Sie an Kopfweh litten, Fred!»

«Ich nicht. Meine Frau.»

«'s ist recht einsam ohne sie, was, Appelhoff?»

«Sie fehlt mir, Herr Professor. Aber einsam bin ich deshalb doch nicht.» Der alte Mann rieb sich die Stoppeln auf dem Kinn. «Meine Minna hier ist beinah wie ein Mensch, und dann muß ich ja auch über soviel Sachen nachdenken!»

«So? Hoffentlich über angenehme Sachen?»

«Ach, von jeder Sorte. Als ich jung war, im alten Heimatland, da kriegt' ich kaum eine Frau und hatte nie Zeit zum Nachdenken. Und als ich dann hierher in dieses Land kam, da mußt' ich furchtbar auf der Farm arbeiten, um was zu ernten und Schulden zu bezahlen, daß ich war wie ein Pferd. Jetzt hab' ich's leicht, und ich nehm' mir Zeit, um all solche Sachen zu denken.»

St. Peter lachte. «Da kommen wir alle hin, Appelhoff. Das ist auch ein Grund, weshalb ich Ihr Haus mieten möchte: damit ich Platz habe zum Nachdenken! Einen schönen Tag noch!»

Als er auf dem Rückweg zu seinem alten Haus durch den Stadtpark ging, gewahrte er seinen Amtsrivalen und Feind, Professor Horace Langtry, der einen Sonntagmorgen-Spaziergang machte. Er war fein herausstaffiert in englischen Kleidern, die er von seinem alljährlichen Sommeraufenthalt in London mitgebracht hatte, und trug einen harten Filzhut von ungewöhnlicher Form und einen Spazierstock mit Hornkrücke. In den letzten zwanzig Jahren hatten die beiden Männer bis auf ein steifes «Guten Morgen!» kaum ein Wort miteinander gewechselt. Als Langtry damals an die Universität kam, war er noch der reinste Knabe mit lockigem braunem Haar und einer so frischen Gesichtsfarbe, daß die Studenten ihn Lily Langtry nannten. Seine runden rosigen Wangen, die runden Augen und das runde Kinn ließen ihn aussehen wie einen ins Riesenhafte gewachsenen Säugling. Und all die Jahre hatten da nicht viel zu ändern vermocht; nur die Locken waren recht grau geworden, die rosigen Wangen noch rosiger, und die Mundwinkel etwas herabhängender, so daß er jetzt wie ein Säugling aussah, der plötzlich alt geworden war und darüber schmollt.

Als der jüngere Mann St. Peter sah, bog er auffallend rasch in einen Seitenweg ein, aber der Professor holte ihn ein.

«Guten Morgen, Langtry! Endlich werden auch die Ulmen hier zu richtigen Bäumen! Sie haben sich ziemlich verändert, seit wir nach Hamilton kamen.»

Doktor Langtrys rosiges Kinn glitt seitlich über den hohen steifen Kragen. «Guten Morgen, Doktor St. Peter! Ich kann mich wirklich nicht mehr daran erinnern, wie die Bäume damals aussahen. Sie scheinen sich gut zu entwickeln.»

St. Peter blieb neben ihm. «Es hat sich manches seither verändert, Langtry, und nicht immer zum Besseren. Fällt

Ihnen nicht der große Unterschied in der Studenten-schaft auf, wenn man sie als Ganzes betrachtet, der Nachwuchs, der alljährlich kommt – wie anders ist er gegen früher!»

Das glatte Kinn schob sich wieder auf die Seite, und der zweite Professor für Europäische Geschichte blinzelte. «In welcher Hinsicht meinen Sie?»

«Oh, im allumfassenden Hinblick auf Qualität! Wir haben Scharen von Studenten, doch keiner erhebt sich über den Durchschnitt.»

«Vielleicht. Ich kann nicht sagen, daß es mir aufgefal-len wäre.» Das Eis zwischen den beiden Kollegen begann nicht einmal zu tauen. Eine Glocke läutete. Langtry wandte sich freudig zum Gehen. «Entschuldigen Sie mich, Doktor St. Peter, ich muß zum Gottesdienst.»

Der Professor ließ achselzuckend von ihm ab. «Bitte, bitte, Langtry, wie Sie wollen. Quelle folie!»

Langtry drehte sich wieder um, sein plötzlich so eiliger Schritt stockte, und mit vollendeter Höflichkeit sagte er: «Wie beliebt?»

St. Peter winkte ihm mit der Hand ab und hielt den Kirchgänger nicht länger auf. Er schlenderte gemächlich durch die heiße Septembersonne und fragte sich, wes-halb Langtry nicht die Sinnlosigkeit in ihrer alten Abnei-gung erkannte. In allen Fakultätsfragen waren sie stets entgegengesetzter Meinung gewesen, bis es fast zu einem Teil ihrer Amtspflicht geworden war, daß einer den ande-ren behinderte oder hineinlegte.

Als der junge Langtry nach Hamilton kam, sollte sein Hauptfach Amerikanische Geschichte sein. Langtrys On-kel war Präsident des Rektorenkollegiums und politisch von großem Einfluß; die Universität mußte ihm schmeicheln, wenn sie das Budget auch wirklich erhalten wollte, das der Kongreß ihr zugeteilt hatte. Langtry war ein Tory, in Ton und Gehabe gab er sich durch und durch englischkonservativ. Seine Vorlesungen galten als langweilig, und die Studenten liebten ihn gar nicht. Jeder denkbare Anreiz wurde geboten, um seine Kurse beliebter werden zu lassen. Was die Pflichtlektüre betraf, wurden äußerst großzügige Zugeständnisse gemacht. Ein Student konnte irgendein beliebiges Buch lesen, es mußte nur in Amerika geschrieben worden sein, und erhielt allein dafür schon einen Schein in Amerikanischer Geschichte. Es hieß, man müßte nur irgendwie beweisen können, Hawthornes «Scharlachroten Buchstaben» auf die Kolonialgeschichte hin durchblättert zu haben oder Twains «Tom Sawyer» nach dem Missouri-Kompromiß in Sachen Sklaverei. St. Peter kritisierte seine Methode in aller Öffentlichkeit, sowohl in der Fakultät wie vor den Rektoren. Natürlich wurde es ihm von «Madame Langtry» heimgezahlt. Während der Professor sein zweites Ferienjahr in Spanien verbrachte, wäre es Horace und seinem Onkel fast gelungen, ihm seinen Lehrstuhl wegzunehmen. Sie arbeiteten so im Verborgenen, daß buchstäblich erst in letzter Minute St. Peters ehemalige Studenten davon Wind bekamen, ihre verschiedenen Ämter und Berufe für ein paar Tage im Stich ließen und aus allen Teilen des Staates zur Hauptstadt eilten, um ihm sein Amt zu retten. Die Opposition war so stark gewesen, daß der Professor sein drittes Auslandsjahr gar nicht wahrzunehmen wagte, sondern lediglich um eine Verlängerung seiner Sommerferien bat. Was Langtrys Onkel gegen ihn anführte, war der Umstand, daß St. Peters Hauptwerk so wenig mit seinen Vorlesungen zu tun hatte und er Bücher veröffentlichte, die alles andere als reine Lehrbücher waren.

Da Langtry glaubte, seine eigenen Vorlesungen seien ihres besonderen Stoffes wegen so unbeliebt, wurde ein neuer Lehrstuhl für ihn geschaffen. Es konnte nicht zwei Kapazitäten für Europäische Geschichte geben, also richtete das Rektoratskollegium ihm einen Stuhl für die Geschichte der Renaissance ein, oder, wie St. Peter sagte, einen Renaissancestuhl für Geschichte. In den letzten Jahren hatte Langtry mehr Erfolg gehabt, jedoch aus Gründen, die mit seinen Vorlesungen nichts zu tun hatten. Auf eine kuriose Art und Weise war Langtry für die neue Generation von Landburschen und Dorfjungen, die jetzt die Universität überschwemmten, eine Art Lehrer für gutes Benehmen geworden – das, was man ein «Vorbild» nennt. Für einen footballspielenden Farmerssohn, der zwar reichlich Taschengeld bekam, aber nicht wußte, wie er sich kleiden oder was er wann zu sagen hatte, war Langtry ein wandelnder Leitfaden. Einige Male hatte er Gruppen von Erstsemestern im Sommer mit nach London genommen, und sie waren wunderbar aufpoliert zurückgekehrt. Außerdem führte er eine sehr beliebte Studentenbruderschaft in die Universität ein, deren Mitglieder Langtrys Interessen mit eben demselben Eifer verteidigten wie der sich bildende Bund von Studentinnen. Er war jetzt ebenso angesehen wie Professor St. Peter, weshalb dieser sich wunderte, daß Langtry noch immer den Gekränkten spielte.

Was hatte es für einen Sinn, den alten Zwist noch

länger aufrechtzuerhalten? Sie waren beide als junge Männer hergekommen und hatten um ihre Stellung und ihren Lebensunterhalt gerungen. Jetzt waren sie nicht länger jung, und ein besseres Amt würde wahrscheinlich keiner von ihnen bekommen. Konnte Langtry nicht begreifen, daß es ein Glücksspiel war, und daß sie beide verloren hatten?

4

Am Montagnachmittag stieg St. Peter in sein Dachstudio hinauf und legte sich auf die Kastencouch, da er von seinem Tag an der Universität sehr erschöpft war. Die ersten paar Wochen des neuen Semesters ermüdeten ihn immer sehr; so viele Dinge außer den Vorlesungen und den neuen Studenten galt es zu bewältigen; Fakultätssitzungen, in denen niemand jemals ein ehrliches Wort sagte; und immer der alte Kampf um die Aufrechterhaltung des Bildungsniveaus, denn die jüngeren Professoren, die ihre eigenen Interessen in den Vordergrund stellten, mußten daran gehindert werden, das Institut in eine Sportstätte oder in eine Landwirtsschafts- oder Handelsschule zu verwandeln, die schon ohnehin vom Staat zu sehr gefördert und begünstigt wurden.

Die Septemberhitze setzte ihm ebenfalls zu. Er wäre gern jeden Tag draußen auf dem See gewesen – nie war das so schön wie gegen Ende September. Er lag mit geschlossenen Augen; sein Geist ruhte sich im Gedanken an die satte Bläue des herbstlichen Sees aus, als es an die Tür klopfte und seine Tochter Rosamond eintrat, sehr

schön in ein Kostüm aus kräftiger violetter Seide gekleidet, das wunderbar zu ihrer Gesichtshaut paßte und ihm
bewies, daß in der Tönung ihrer Wangen tatsächlich ein
ganz schwaches warmes Lavendelblau enthalten war. Sie
erschien in der niedrigen Kammer riesengroß, ein bißchen unproportioniert sogar, wie es dem Auge ihres Vaters öfter vorkam. Die Leute aber sahen nur ihre blühen-
de Haut, den üppigen, unwiderstehlichen Mund und die
geheimnisvollen Augen. Tom Outland hatte auch nichts
anderes gesehen, und er war ein junger Mann, dem
nichts entging.

«Störe ich dich bei etwas Wichtigem, Papa?»

«Nein, gar nicht, liebes Kind. Setz dich!»

Auf seinem Schreibtisch lagen, wie sie mit einem
flüchtigen Blick bemerkte, einige Seiten, die nicht seine
Handschrift trugen – eine Schrift, die ihr gut bekannt
war.

«Keine große Auswahl an Stühlen, wie?» lächelte sie.

«Papa, es gefällt mir nicht, daß du in so einer Kammer
arbeitest! Es gehört sich nicht.»

«Es ist viel angenehmer, als ein neues Zimmer einzu-
wohnen, Rosie! Ein Arbeitszimmer muß wie ein alter
Schuh sein; ganz gleich wie schäbig er aussieht, er ist
doch viel besser als ein neuer.»

«Das ist eigentlich der Grund, weshalb ich dich besuche.» Mit der Spitze ihres lila Sonnenschirms fuhr Rosamond an den Rändern eines Loches in der Matte entlang.
«Würdest du mir nicht erlauben, dir im Hintergarten des
neuen Hauses ein kleines Studio zu bauen? Ich habe so
wunderschöne Ideen dafür, und du hättest überhaupt
keine Last damit.»

«Vielen Dank, Rosamond! Es ist furchtbar nett von dir, daran zu denken. Aber belassen wir es bei der Idee – es ist besser so! Wie bei den meisten Dingen. Eine Zeitlang will ich mich hier noch abplagen. Es mag verschroben sein, aber mir ist es lieber so. Die Gewohnheit spielt eine große Rolle bei der Arbeit.»

«Wenn Augustas alter Kram hier herumliegt, und die verstaubten alten Puppen? Warum hat sie nicht wenigstens die weggeschafft?»

«Oh, die haben ein Recht, hier zu sein, kraft langen Besitztums. Es ist auch ihre Kammer. Ich möchte ihnen nicht zufällig begegnen, wie sie auf einem Abfallhaufen an der Landstraße zum See liegen. Sie erinnern mich an die Jahre, als ihr kleine Mädchen wart, und eure ersten Festkleidchen über Nacht auf ihnen hingen, während ich gearbeitet habe.»

Rosamond lächelte, nicht sonderlich überzeugt. «Papa, halte mich nicht zum Narren. Ich kam her, um etwas sehr Ernstes mit dir zu besprechen, und es fällt mir schwer. Du weißt, daß ich mich ein bißchen vor dir fürchte.» Sie senkte ihre tiefliegenden, betörenden Augen.

«Du dich vor mir fürchten? Niemals!»

«O doch, wenn du nämlich sarkastisch bist. Bitte, sei's heute nicht! Louie und ich haben oft darüber gesprochen, und es liegt uns sehr am Herzen. Er war schon oft drauf und dran, es auszusprechen, aber ich habe ihn davon abgehalten. Du bist mit Louie und mir nicht immer einverstanden. Natürlich ist es nur Louies Tatkraft und seinem technischen Wissen zu verdanken, daß Toms Entdeckung ein finanzieller Erfolg wurde, aber wir finden trotzdem, wir sollten nicht den ganzen Gewinn erhalten. Wir finden, du solltest uns erlauben, dir ein Einkommen zu sichern, damit du dein Amt an der Universität auf geben und all deine Zeit dem Schreiben und der Forschungsarbeit widmen kannst. Das hätte Tom so gewünscht.»

St. Peter erhob sich rasch, mit dem mühelosen, federnden Schwung, den er an sich hatte, wenn er sehr nervös war. Er ging zum Fenster hinüber, das weit offen stand, und schloß es halb. «Mein liebes Kind», sagte er sehr bestimmt, als er sich ihr wieder zugewandt hatte, «es ist völlig ausgeschlossen, daß ich etwas von Tom Outlands Geld anrühre.»

«Aber warum? Du warst der beste Freund, den er in der Welt hatte; er hatte dir mehr zu verdanken als irgendeinem anderen Menschen, und es hatte ihm nie sehr gefallen, daß du durch deine Lehrtätigkeit so behindert wurdest. Er bewunderte deinen Verstand, und nichts hätte ihm größere Freude gemacht, als dir zu helfen, ein Werk zu vollbringen, bei dem keiner dir das Wasser reichen kann. Wenn er noch lebte, wäre es eine der ersten Aufgaben, für die er sein Geld einsetzen würde.»

«Aber er lebt nicht, und in seinem Testament hat er mich mit keinem Wort erwähnt, also steht deine hübsche Theorie in der Luft. Es ist furchtbar nett von dir und Louie, und es macht mir wirklich sehr viel Freude, trotz allem.»

«Aber Tom war so unpraktisch, Vater! Er hat nie gedacht, daß die ganze Sache mehr als ein hübsches Nadelgeld für mich einbringen würde, falls er überhaupt soweit gedacht hat. Ich weiß es nicht – er hat nie mit mir darüber gesprochen.»

St. Peter lächelte geheimnisvoll. «Ich bin gar nicht so überzeugt davon, daß er unpraktisch war. Als er mit dem Gas experimentierte, sagte er einmal zu mir, es könnte ein Vermögen wert sein. Allerdings hat er nicht abgewartet, um herauszufinden, ob es wirklich ein Vermögen wert war, aber das hing mit einem ganz anderen Zug seines Wesens zusammen. Doch, ich glaube, er wußte, daß seine Erfindung Geld einbringen würde, und er wollte ja, daß du es haben solltest, mit ihm oder ohne ihn.»

Das Gesicht der jungen Frau verdüsterte sich. «Auch wenn ich mich verheiratete?»

«Er wollte, du solltest alles haben, was dich glücklich macht.»

Sie seufzte genießerisch. «Das hat Louie allerdings getan. Mich beunruhigt nur noch eins; ich finde, du solltest etwas von dem Geld haben, es wäre bestimmt sein Wunsch. Er war dir so dankbar und fand, er schulde dir so viel.»

Ihr Vater erhob sich wieder in seiner nervös-bedächtigen Art. «Ein für allemal, Rosamond: Sieh ein, daß er mir nicht mehr schuldete als ich ihm. Nichts kann mich so sehr kränken, als wenn ein Mitglied meiner Familie behauptet, wir hätten für den jungen Mann etwas Besonderes getan, ihn gefördert, ihm vorangeholfen. Während eines langen Lebens als Hochschullehrer bin ich nur einem bemerkenswerten Geist begegnet; aber darüber hinaus halte ich meine besten Jahre für vergeudet. Und eine Geldfrage kann es zwischen mir und Tom Outland überhaupt nicht geben. Ich kann's nicht genau erklären, wie ich da empfinde, aber es würde meine Erinnerung an ihn trüben und jenen Abschnitt meines Lebens ins Alltägliche herabwürdigen. Und das wäre ein schmerzlicher Verlust. Ich bin durch und durch selbstsüchtig, wenn ich euer Angebot ablehne. Meine Freundschaft mit Tom Outland ist etwas, das mir nicht in die gewöhnliche Umgangssprache übersetzt werden darf.»

Seine Tochter sah verdutzt und ein wenig gekränkt aus. «Manchmal scheint es mir fast», sagte sie, «als meintest du, ich hätte es auch nicht annehmen sollen.»

«Du hattest keine andere Wahl. Er hatte es eigenhändig so bestimmt. Deine Verbindung zu ihm war eine gesellschaftlich-öffentliche und folgte den Regeln der Gesellschaft, die sich wiederum auf Eigentum gründet. Mein Band zu ihm war ein ganz anderes, und deshalb fehlt jede Geldklausel darin. Er hat dich auch ermächtigt, all seine Wünsche auszuführen, und ich sehe sehr wohl, daß du Verpflichtungen hast – aber nicht mir gegenüber. Natürlich wäre da auch noch Rodney Blake, falls er je auftauchen sollte. Du läßt doch weiterhin nach ihm suchen?»

«Louie kümmert sich darum. Er hat einige als Schwindler entlarvt und sie zurückgewiesen.»

«Und die anderen Freunde Toms? Die Cranes zum Beispiel.»

Rosamonds Gesicht wurde hart. «Mit den Cranes will ich dir jetzt nicht zur Last fallen, Papa. Wir kümmern uns um sie. Mrs. Crane ist eine gewöhnliche Person, und sie läßt sich von ihrem greulichen Bruder Homer Bright, dem Winkeladvokaten, beraten. Du weißt ja, was das für einer ist.»

«O ja. Er war so ungefähr der größte Aufschneider von all meinen Studenten.»

Rosamond stand auf, um zu gehen. «Ich möchte, daß

du sehr glücklich bist, mein Kind», fuhr St. Peter fort, «und Tom wollte das auch. Nur junge Leute wie du und Louie können mit Geld etwas anfangen, das ihnen Freude macht. Und es ist genug da, um auch die spitzfindigsten Ansprüche auszubezahlen, auch wenn sie noch so ungerechtfertigt erhoben werden. Es braucht dir also nicht leid zu tun, wenn du die Cranes großzügig bedenkst.»

«Danke, Papa. Ich werd's mir merken.» Rosamond ging die schmale Treppe hinunter und ließ einen leisen, erfrischenden Duft nach Lavendel und Veilchenwurzel zurück, und ihr Vater legte sich wieder auf die Couch. «Ein Wink wegen der Cranes wird wohl genügen», dachte er bei sich.

Er konnte seine ältere Tochter ganz und gar nicht verstehen. Zwar behauptete er auch nicht, Kathleen, die jüngere, zu verstehen, doch bei ihr wußte er meistens, wie sie über Dinge dachte, und immer war es ihm so vorgekommen, als brauche sie seinen Schutz dringender als Rosamond. Als sie Studentin war, sah er sie manchmal allein durchs Universitätsgelände gehen, den Kopf und die Schultern gegen den Wind gestemmt, den Muff an der Wange, den Rock eng um die Beine geschlungen. Es lag etwas Mutiges in ihrem flinken Schritt und dem flotten kleinen Kopf, das zu sehr betonte: «Ich kann's auch allein!» Es gefiel ihm nicht, es gab ihm jedesmal einen Stich. Er rief sie stets an und holte sie ein, und dann mußte sie seinen Arm nehmen und fügsam sein.

Sie hatte eine viel raschere Auffassungsgabe als Rosie gehabt, und sie machte ausgezeichnete Aquarell-Skizzen. Von ihrem Vater hatte sie ein paar sehr gute Porträts gemacht, mindestens eines davon war durch und durch er selber. Bei ihrer Mutter hatte sie weniger Glück. Sie hatte immer wieder versucht, sie zu malen, doch stets war das Gesicht hart; die Oberlippe schien länger als in Wirklichkeit, die Nase war lang und streng, und aus Lillians wundervoller Hautfarbe wurde etwas Kaltes und Lebloses. «Und dabei sehe ich Mama gar nicht so», sagte sie jedesmal und streckte ihr Kinn vor. «Natürlich nicht. Es kommt einfach von selber!» Sie hatte den Kopf ihrer Schwester sehr oft porträtiert, jeder war sentimental und merkwürdig falsch, obwohl Louie Marsellus widersprach und die Bildnisse zu lieben behauptete. Ihr Zeichenlehrer an der Universität hatte Kathleen dringend geraten, nach Chicago zu gehen und an der Kunstakademie Kurse in Aktzeichnen zu besuchen, aber sie hatte sehr entschieden erklärt: «Nein, ich kann eigentlich niemand anderen malen als Papa, und nur mit seinen Porträts allein kann ich mir nicht mein Brot verdienen.»

«Das einzige Ungewöhnliche an Kitty ist», sagte ihr Vater oft zu seinen Bekannten, «daß sie sich selber überhaupt nicht für ungewöhnlich hält. Die Studentinnen in meinen Stunden, wenn sie auch nur die kleinste Begabung für irgend etwas haben, halten sich sofort für außerordentlich.»

Obwohl sich in ihren Gesichtszügen und in der Art, wie sie das Kinn vorstrecken konnte, ein gewisser Eigensinn andeutete, hatte Kathleen sich doch niemals Vernunftsgründen verschlossen und stets auf ihren Vater gehört, mit einer einzigen Ausnahme: als sie kurz nach Rosamonds Verlobung mit Tom erklärte, sie wolle Scott McGregor heiraten. Scott war jung und stand noch am Anfang seiner Journalistenlaufbahn; sein Gehalt war nicht so groß, daß zwei Menschen davon leben konnten. Die St. Peters hofften, diese Tatsache würde das Ungestüm der beiden jungen Leute etwas dämpfen. Doch bald nach ihrer Verlobung begann Scott mit seiner Serie täglicher Leitgedichte für ein Zeitungssyndikat. Sie hatten von Anfang an großen Erfolg, und sein Einkommen stieg dadurch so, daß sie heiraten konnten. Der Professor hatte sich für Kitty eine bessere Partie erhofft. Er war kein Snob, und er hatte Scott gern und vertraute ihm, doch er wußte auch, daß Scott ein durchschnittlicher Mensch war, und Kitty hatte Ansätze zu etwas ganz anderem. Ihr Vater glaubte, ein interessanterer Mann würde sie glücklicher machen. Sie ließ sich jedoch nicht abhalten, und seltsamerweise fand sie von Anfang an Unterstützung bei ihrer Mutter. St. Peter hegte einen unbestimmten Argwohn, daß sie dies Rosamond zuliebe tat, und gar nicht wegen Kathleen. Lillian hatte bei allem, was sie tat, Rosamonds Wohlergehen im Auge. Doch konnte er damals nicht sehen, wie Kathleens Heirat Rosamond zugute kommen könnte. «Rosie ist wie dein anderes Ich», sagte er einmal zu seiner Frau, «aber als du in ihrem Alter warst, hast du nicht einmal dich selbst so verhätschelt wie jetzt sie.»

5

Es war ein heller Septembernachmittag, warm, winderfüllt, golden, mit dem Geruch reifer Trauben und trocknender Reben in der Luft und dem blauen Wogen des Sees am Horizont. Scott McGregor, der auf die Westecke des Universitätsgeländes zustrebte, gewahrte plötzlich nicht weit voraus Mrs. St. Peter, die in die gleiche Richtung ging. Er rannte und holte sie ein.

«Hallo, Lillian! Willst du den Professor aufsuchen? Ich nämlich auch. Ich möchte, daß er mit mir schwimmen geht – ich will mich vor der Arbeit drücken. Wollen wir hineingehen und uns den Schluß seiner Vorlesung anhören, oder wollen wir uns in der Sonne auf eine Bank setzen?»

«Wir können leise an die Türe gehen und lauschen. Wenn es nicht interessant ist, können wir wieder zurückkommen und uns hier draußen zum Plaudern hinsetzen.»

«Gut! Ich kam absichtlich etwas früher, um vielleicht zuzuhören. Er hält gerade das Kolloquium für die Examenskandidaten, nicht wahr?»

Sie betraten das Gebäude und gingen den Korridor entlang, bis sie zur Nummer 17 kamen. Die Tür stand weit offen, und es sprach gerade einer von den Studenten. Als er fertig war, hörten sie den Professor antworten.

«Nein, Miller, ich selber halte die Naturwissenschaft nicht für eine wichtige Phase in der Entwicklung des Menschen. Die Naturwissenschaft hat uns eine Menge geistreicher Spielzeuge geschenkt; sie lenken unsere Aufmerksamkeit natürlich von den wahren Problemen ab, und da die Probleme unlösbar sind, sollten wir vermutlich für die Ablenkung dankbar sein. Doch die Tatsache bleibt bestehen, daß der menschliche Geist, der Geist des Individuums, schon immer mehr von den alten Rätseln angezogen wurde, selbst wenn er bis heute nicht klug daraus werden konnte. Die Wissenschaft hat uns keinen Anlaß zu neuem Staunen geschenkt, außer bei Dingen von oberflächlicher Natur, wie wenn man Augenzeuge von Geschicklichkeit und Kunststückchen ist. Sie hat uns keine üppigeren Vergnügen geschenkt, wie es die Renaissance tat, und auch keine neuen Sünden – nicht eine! Im Gegenteil, sie nimmt uns noch die alten. Das Laboratorium ist's, und nicht das Lamm Gottes, das die Sünden der Welt wegnimmt. Sie werden zugeben, daß eine physiologische Sünde nicht besonders aufregend ist. Wir wären besser daran, wenn selbst der prosaische Vorgang der Nahrungsaufnahme etwas von der Großartigkeit einer Sünde an sich hätte. Ich glaube nicht, daß man den Leuten hilft, wenn man ihr Verhalten als unwichtig hinstellt – dadurch macht man sie ärmer. Solange jeder Mann und jede Frau, die sich am Ostersonntag in die Kathedralen drängten, Hauptdarsteller in einem prachtvollen Drama mit Gott waren, strahlende Engel auf der einen Seite und die flackernden Schatten des Bösen auf der anderen, war das Leben noch reich. Der König und der Bettler hatten die gleichen Aussichten, Wunder und große Versuchungen und Offenbarungen zu erleben. Und das ist's, was die Menschen glücklich macht: an das Geheimnis und die Wichtigkeit ihres eigenen kleinen individuellen Daseins zu glauben. Es macht uns glücklich, unsere kreatürlichen Bedürfnisse und körperlichen Triebe mit soviel Pomp und Gepränge wie nur möglich zu umgeben. Die Kunst und die Religion (sie sind letzten Endes natürlich das gleiche), haben dem Menschen das einzige Glück gegeben, das ihm je widerfahren ist.

Moses hat die Wichtigkeit dieser Tatsache am ägyptischen Königshof erfahren, und als er eine Sklavenbevölkerung in kürzester Frist zu einem unabhängigen Volk machen wollte, dachte er sich umständliche Riten und Zeremonien aus, um den Leuten ein Gefühl für Würde und Sinnfälligkeit zu geben. Jedes Tun hatte einen ihm innewohnenden Zweck. Das Schneiden der Fingernägel war die Befolgung einer religiösen Vorschrift. Die christlichen Theologen verfuhren mit dem Mosaischen Gesetz wie große Künstler, erzielten durch Ausschnittsvergrößerungen glänzende Effekte. Sie verliehen dem Schauplatz mehr Weite und mehr Geheimnisse, indem sie alles Licht auf nur wenige Sünden von großem dramatischem Wert warfen, auf sieben, wie Sie sich wohl erinnern, und von denen führen nur drei in ewige Knechtschaft. Mit den Theologen kamen die Kathedralen-Erbauer, die Steinmetze und Glasbildner und Maler. Ohne eine Gotteslästerung zu begehen, hätten sie das Gebet ein wenig ändern und sagen können: Dein Wille geschehe wie im Himmel, so auch in der Kunst. Denn wo sonst auf Erden könnte er noch so geschehen ‹wie im Himmel›? Aber ich glaube, die Stunde ist um. Sie können mir nächste Woche sagen, Miller, was die Naturwissenschaft Ihrer Ansicht nach für uns tut – außer, daß sie es uns sehr bequem macht.»

Während die jungen Leute das Vorlesungszimmer verließen, gingen Mrs. St. Peter und McGregor hinein.

«Ich kam her, damit du mit mir zum Elektriker gehst, Godfrey, aber ich verzichte darauf. Scott möchte mit dir zum See hinausfahren, und es ist ein so herrlicher Tag, daß du's wirklich tun solltest.»

«Der Wagen ist draußen», sagte Scott. «Wir können Lillian zu Hause absetzen, und Sie könnten Ihr Badezeug holen. Wir hörten übrigens einen Teil Ihrer Vorlesung. Wie Sie damit bei den Methodisten durchkommen, ist mir immer noch ein Rätsel.»

«Ich wünschte, er stieße mal auf Widerstand, Scott!» sagte Lillian, als sie das Gebäude verließen. «Ich wünschte, er redete nicht zu den dickbackigen Burschen, als wären es intelligente Wesen. Du verkaufst dich unter deinem Wert, Godfrey. Ich schäme mich etwas dafür.»

«Ich bin heute etwas weitschweifig geworden. Tut mir leid, daß ihr's zufällig gehört habt. Aber da ist dieser Tod Miller, der einzige junge Mann in der ganzen Bande, der aufgeweckt genug ist, und er reizt mich zum Widerspruch.»

«Trotzdem ist es nicht sehr würdevoll», meinte seine Frau, «vor einer derartigen Zuhörerschaft laut zu denken. Es ist nicht sehr geschmackvoll.»

«Danke für den Hinweis, Lillian. Ich will's nicht wieder tun.»

Scott brauchte nur zwanzig Minuten zum See hinaus. Er hielt an dem Stückchen Strand, das sich St. Peter vor Jahren gekauft hatte. Es war ein kleines Dreieck aus Sand, das ins Wasser vorstieß und eine Badehütte und sieben zerzauste Kiefern umfaßte. Scott mußte etwas am Wagen untersuchen, und der Professor war noch vor ihm entkleidet und im Wasser.

Als McGregor ins Wasser gehen wollte, kraulte sein Schwiegervater schon ziemlich weit draußen; Kopf und Schultern ragten weit aus dem Wasser. Auf dem Kopf trug er eine der Gummikappen, die er sich jedesmal aus Frankreich mitgebracht hatte. Diese hier war zinnoberrot und wirkte wie eine Verlängerung seines eigenen Fleisches – der Sommer am See hatte seine Arme und seinen Rücken tief terracottafarben gebrannt. Der Kopf und die kräftig ausholenden Arme bildeten ein leuchtend rotes Muster über dem Blau der Wasserfläche. Die Kappe wirkte pittoresk – sein Kopf sah dadurch wie behelmt und klein und ungeheuer lebendig aus, wie die Köpfe der Krieger am Parthenonfries in ihren fest anliegenden, archaischen Helmen.

Gegen fünf Uhr waren St. Peter und McGregor wieder angezogen. Sie lagen im Sand, in ihre Mäntel gehüllt, und rauchten. Scott begann plötzlich zu sprechen.

«Ach, Professor, erinnern Sie sich noch an Ihren englischen Freund Sir Edgar Spilling? Am Tage, nachdem ich ihn bei Ihnen kennengelernt hatte, kam er in mein Büro im ‹Herald›, um sich ein paar Daten und Tatsachen von mir geben zu lassen, die Sie in Ihrer Bescheidenheit ihm nicht mitgeteilt hatten. Als er gerade gehen wollte, blieb er vor einer meiner Spruchkarten stehen, die ich über meinem Schreibtisch hängen habe. ‹Meckern verboten›, stand darauf und er sagte: ‹Darf ich Sie fragen, warum Sie diese Notiz aufgehängt haben? Mit Verlaub, ich habe keine Ziege gesehen!› Die Engländer werden's nie begreifen, nicht wahr? Er ist tatsächlich in Marsellus' Neubau draußen gewesen. Schien sich dafür zu interessieren. Wollen Sie es wirklich zulassen, daß sie das Haus nach Tom benennen?»

«Mein lieber Junge, wie könnte ich das verhindern?»

«Ja, aber Ihnen gefällt diese Idee doch auch nicht, oder?»

Der Professor zündete sich eine neue Zigarette an und nahm sich viel Zeit dafür. Als er den ersten Zug getan hatte, wandte er sich auf dem Ellbogen um und blickte McGregor an. «Scott, Sie müssen begreifen, daß ich Louie keine Vorschriften machen kann. Er handelt durchaus folgerichtig. Er ist sehr viel großzügiger und mehr aufs Gemeinwohl bedacht, als ich es bin, und was ich zu tun vorziehen würde, wäre ihm unverständlich. Außerdem ist es nicht gerade fein, wenn ich mit Ihnen über seine Angelegenheiten spreche, nicht wahr?»

«Da haben Sie recht! Tut mir leid, daß er mich so reizt. Ich sage mir immer, nächstes Mal will ich mich nicht über ihn ärgern, aber dann tu ich's doch.» Scott holte seine Pfeife hervor. Er lag lange schweigend da und blickte auf den goldenen Glanz, der auf dem Wasser und auf den Flügeln der Möwen glühte, die vorbeiflogen. Sein Gesichtsausdruck war sehnsüchtig, fast schwermütig. Er war ein hübscher junger Mensch mit sonnenverbranntem Blondhaar, prachtvollen Zähnen und schönen Augen unter meistens zusammengezogenen Brauen, falls er nicht aus vollem Halse lachte, und mit einem kleinen, wohlgeformten Mund, dessen Winkel ständig in Bewegung waren. Es lag oft etwas Launisches und Unzufriedenes in seinem Gesicht. Der Professor empfand viel Sympathie für ihn; Scott war zu schade für seine Arbeit. Zuerst war er hocherfreut gewesen, als sein tägliches Prosagedicht und seine Jubel- und Kopfhoch-Artikel sich als erfolgreich erwiesen hatten, denn daraufhin konnte er heiraten. Jetzt konnte er soviele davon verkaufen, wie er nur schreiben mochte, und über jedes beliebige Thema; aber es war ihm verhaßt. Scott hatte sich schon sehr früh vorgenommen, etwas Tüchtiges zu leisten, und er spürte nun, daß er sein Leben und seine Begabung vergeudete.

Über die neue Gruppe von Dichtern ärgerte er sich ständig. Wenn seine Freunde sich ernsthaft über einen neuen Roman ausließen, war er kreuzunglücklich. St. Peter wußte, daß der arme junge Mensch Zeiten hatte, in denen er sich verzweifelt elend fühlte. Seine enttäuschte Eitelkeit fraß an ihm wie der Wolf des Spartanerjungen, und nur die tiefen Furchen auf seiner jungen Stirn und das Zukken seiner Mundwinkel verrieten, daß er litt.

Vor nicht langer Zeit, als die Studenten ein historisches Festspiel veranstalteten, um die Heldentaten eines der ersten französischen Erforscher der Großen Seen zu feiern, baten sie St. Peter, ihnen ein lebendiges Bild zu stellen, und er hatte sich eines ausgedacht, das ihm sehr viel Spaß machte, obwohl es nichts mit dem Thema zu tun hatte. Er postierte seine beiden Schwiegersöhne in einem mit Teppichen ausgelegten Zelt als Richard Plantagenet und Saladin während einer Besprechung vor den Mauern Jerusalems. Marsellus, in grünem Morgenrock und mit Turban, saß an einem Tisch vor einer Karte und hatte die Hände wie in klugem, geduldigem Gespräch ausgestreckt. Der Plantagenet stand davor mit seinem von Federn wallenden Helm, hatte den viereckigen, hochmütigen Blondkopf in den Nacken geworfen, finster die eigensinnigen Brauen zusammengezogen und einen anmaßenden Ausdruck in dem jungen Gesicht. Das Tableau hatte keinen besonders großen Beifall errungen, und Mrs. St. Peter bemerkte trocken, sie fürchte, daß leider niemand den kleinen Scherz bemerkt habe, den er sich erlaubt hatte. Aber dem Professor gefiel sein Bild, und er fand, daß es den beiden jungen Leuten ziemlich gerecht wurde.

6

An einem strahlenden Oktobernachmittag kam der Professor früher als sonst nach Hause. Er verließ den Gartenweg und ging quer über den Rasen, da er durch eine der offenen Glastüren ins Haus treten wollte. Er blieb jedoch einen Augenblick draußen stehen, um das Bild im Innern zu bewundern. Das Wohnzimmer war voller Herbstblumen, Dahlien, Astern und Goldruten. Das goldrote Sonnenlicht lag in leuchtenden Pfützen auf dem dicken blauen Teppich und wand sich in flirrenden Aureolen um die blauen Polstersessel. Im ganzen Raum, wie er durch das Fenster betrachtet vor ihm lag, breitete sich die farbenprächtige, eindringliche Atmosphäre von Herbst aus. Es war etwas in ihr, das für ihn treffender und süßer den Oktober wiedergab als die bunten Ahornbäume und asterngesäumten Pfade, auf denen er eben nach Hause gekommen war. Es verblüffte ihn oft, daß die Jahreszeiten eindrucksvoller wurden, wenn man sie sich ins Haus holte, wie sie gewannen, wenn man sie auf ein Gemälde bannte oder in Verse faßte. Die Hand, anspruchsvoll und geschmackssicher, die auswählte und arrangierte – das war es, was den Unterschied ausmachte. In der Natur gibt es keine Auswahl.

In einer Ecke, neben dem dampfenden Teekessel aus Messing, saßen Lillian und Louie. Zwischen ihnen stand ein kleiner Lacktisch mit einem Schmuckkästchen, über das sie die Köpfe neigten. Lillian hielt eine grüngoldene Kette ohne Steine, offenbar eine antike, mit verliebten Blicken in die Höhe. «Natürlich wären Smaragde wundervoll, Louie, aber sie scheinen mir ein wenig über den

Rahmen hinauszugehen – zu einem anderen Lebensstil zu gehören, als du und Rosamond ihn hier führen könnt. Schließlich bist du nicht unerhört reich. Und wann sollte sie den Schmuck tragen?»

«Zu Hause, Liebe, mit mir, an unserem eigenen Eßtisch in Outland draußen! Es gefällt mir gerade, daß sie ein wenig über den Rahmen hinausgehen. Ich habe ihr niemals Edelsteine geschenkt. Es ist, als ob ich die ganze Zeit damit gewartet habe, um ihr diese schenken zu können. Ich sehe bei ihrem Namen stets Smaragde vor mir.»

Mrs. St. Peter lächelte. Sie war leicht zu überreden gewesen. «Du wirst sie ihr nicht verheimlichen können! Du wirst sie ihr zeigen.»

«O nein, das tue ich nicht! Sie bleiben beim Juwelier in Chicago, bis wir alle zur Geburtstagsfeier fahren. Noch ein Geheimnis, das wir nicht ausplaudern dürfen! Wie viele wir haben!» Er beugte sich über ihre Hand und küßte sie herzlich.

St. Peter kam mit Schwung durch die offene Verandatür herein. «Das richtige Stichwort, bei dem der Ehemann erscheinen muß, nicht wahr? Was haben Sie da von Chicago gesagt, Louie?»

Er setzte sich, und Marsellus brachte ihm Tee und blieb neben seinem Sessel stehen. «Wir wollen es vor Rosie geheimhalten; zufällig ist der Tag, an dem Sie in Chicago Ihren Vortrag halten, Rosies Geburtstag, und deshalb habe ich mir ausgedacht, daß wir alle zusammen gehen. Und zu den anderen Vergnügungen werden wir auch Ihren Vortrag besuchen.»

Der Professor hob die Augenbrauen: «Kein so außergewöhnlicher Genuß für die Damen, scheint mir.»

«Aber für mich! Sie wissen doch, daß ich nie, wie Scott und Outland, bei ihnen studiert habe. Ich gäbe viel darum, wenn ich die Gelegenheit gehabt hätte!» sagte Louie etwas klagend. «Darum müssen Sie mich jetzt etwas schadlos dafür halten!»

«Kommen Sie, wenn Sie unbedingt wollen. Vorträge sind für mich ein recht trockenes Vergnügen.»

«Aber nicht für mich! Wenn Sie im nächsten Winter die Lowell-Vorträge in Boston halten, würde die leiseste Aufforderung schon genügen, und ich käme mit!»

«So? Aber bis zum nächsten Jahr ist's noch lange hin. Jetzt muß ich mich umziehen. Ich habe in meinem alten Garten gearbeitet und bin kaum in der Verfassung, mit einer schönen Dame und einem eleganten Herrn Tee zu trinken. Was soll ich überhaupt mal mit dem Garten machen, Lillian? Ihn vernichten? Oder ihn der Gnade der nächsten Mieter überlassen?»

Als er nach oben ging, drehte er sich auf dem Treppenabsatz um und betrachtete sie noch einmal, wie sie sich über das Kästchen beugten. Mrs. St. Peter trug das weiße Crêpe-de-Chine-Kleid, das ihr von allen diesjährigen Sommerkleidern am besten stand, und in ihrem schimmernden Haar hatte sie ein orchideenfarbenes Samtband. Sicher wäre sie nicht darauf bedacht gewesen, so gut auszusehen, wenn Louie nicht gekommen wäre, meinte er. Oder war es vielmehr so, daß er es nicht gesehen hätte, wenn Louie nicht dagewesen wäre? Ein Mann, der seit langem gewohnt ist, seine Frau schlechthin zu bewundern, kommt selten auf den Gedanken, sie in einem besonderen Kleid oder in einer besonderen Haltung zu bewundern, es sei denn, daß der wohlgefällige Blick eines anderen Mannes seine Aufmerksamkeit auf sie lenkt.

Lillians kokettes Benehmen ihren Schwiegersöhnen gegenüber machte ihm Spaß. Er hatte es nicht erwartet, aber er fand, es gehörte so ungefähr zu den pikantesten und reizvollsten Seiten im Lebens eines Vaters von verheirateten Töchtern. Mit Scott hatte es angefangen – die jüngere Schwester hatte vor der älteren geheiratet. St. Peter hatte geglaubt, Scott McGregor gehöre zu jener Art von Männern, die Lillian sonst immer gelangweilt hatten. Aber nein; schon wenige Wochen nach Kathleens Heirat offenbarten sich fröhliche und vertraute Bande zwischen ihnen. Selbst jetzt, seit Louie so sehr viel mehr im Vordergrund stand, war Lillian zu Scott stets sehr taktvoll und geduldig, wenn er empfindlich und eifersüchtig war.

Mit Louie schien Lillian sich in eine neue Phase begeben zu haben, und Godfrey dachte mehr und mehr, wie wenig er seine eigene Frau verstehe. Er hatte angenommen, daß sie Louie ungefähr ebenso einschätzen würde wie er selbst und wohl mit ihm als einem, der fremd in der Stadt war und ungewöhnlich und exotisch, Verkehr gepflegt hätte, ohne aber im geringsten den Wunsch zu hegen, ihn in ihren Familienkreis aufzunehmen. Es war geradezu unvernünftig, wie kritisch sie wegen kleiner Entgleisungen im Benehmen anderer gewesen war, und nie konnte sie es dem armen Tom Outland verzeihen, daß er seine Zigarre manchmal in einem nicht sehr manierlichen Winkel aus dem Mund hängen ließ, oder daß er noch nicht gelernt hatte, den Salat zu essen, wie es sich gehörte. Wenn Tom sich im Gespräch am Eßtisch vergaß, in Jugendmanieren zurückfiel und den leeren Teller

nach einem beendetem Gang wie an der Theke einer
Eisenbahnerkneipe von sich schob, dann konnte Lillians
Gesicht einen geradezu grausam verächtlichen Ausdruck
annehmen. Solche Abweichungen von der Regel machten sie reizbar. Doch Louie durfte seine Suppe hörbar
hinunterschlürfen oder Lillian bei einem Fakultätsemp-
fang schallend auf die Wange küssen, und es schien ihr
zu gefallen.

Ja, bei ihren Schwiegersöhnen hatte sie das Spiel, eine
Frau zu sein, noch einmal von vorne begonnen. Sie putzte
sich heraus für sie, machte Pläne für sie und intrigierte
für sie. Außerdem hatte sie damit angefangen, mehr Einladungen zu geben – das neue Haus war da ein willkom-
mener Vorwand – und in Hamiltons ängstlich auf die
Regeln bedachten geselligen Kreisen ihren Einfluß und
ihren Charme spielen zu lassen. Erfolg und Wohlergehen
der beiden jungen Männer lagen ihr sehr am Herzen, sie
nahm Anteil an ihrer Laufbahn, wie sie es früher bei der
seinen getan. Es war großartig, sagte sich St. Peter. So
entging sie dem langweiligen Zeitraum zwischen dem
Dasein als junger Frau und dem als junger Großmutter.
Sie war weniger klug, dafür aber vernünftiger, als er
angenommen hatte.

Als Godfrey, zum Abendessen angekleidet, die Treppe
herunterkam, war Louie gegangen. Er trat auf den Sessel
zu, in dem seine Frau saß und las, und nahm ihre Hand.

«Liebste», sagte er sehr behutsam, «ich wünschte, du
könntest Louie abraten, sich um die Mitgliedschaft im
Schriftstellerverband zu bewerben. Es wäre verfrüht. Er
ist noch nicht lange genug hier. Es ist eine wählerische

kleine Gesellschaft, und er sollte warten, bis sie ihn besser kennen.»

«Du meinst, jemand könnte gegen ihn stimmen? Glaubst du das im Ernst? Aber der Country Club hat ihn...»

«Ja, Lillian; der Country Club ist sehr groß und braucht Geld. Das ist etwas ganz anderes.»

«Scott ist aber Mitglied», sagte Mrs. St. Peter aufsässig. «Hat er gesagt, es sei nicht ratsam?»

«Nein, nicht er, und ich möchte dir auch nicht sagen, wer es war. Aber wenn du taktvoll bist, kannst du Louie eine Abfuhr ersparen.»

Mrs. St. Peter schloß ihr Buch, ohne noch einen Blick darauf zu werfen. Ein neues Interesse brannte in ihren Augen, und sie blickten durch ihren Mann hindurch. «Ich muß sehen, ob ich Scott beeinflussen kann», murmelte sie.

St. Peter wandte sich ab, um ein Lächeln zu verstecken. Einer seiner ehemaligen Studenten, ein Freund, der zur «Outland-Epoche» gehörte, hatte ihm lachend erzählt, er sei überzeugt, daß Scott gegen Marsellus stimmen würde, falls dieser sich um eine Mitgliedschaft bewerben sollte. «Du weißt ja, daß Scott in manchen Dingen wie ein kleiner Junge ist», hatte der Freund gesagt. «Er ist ein bißchen schlecht zu sprechen auf Marsellus und erklärt, eine geheime Abstimmung sei die einzige Möglichkeit, ihm eins auszuwischen, ohne Mrs. St. Peter zu verletzen.»

Während der Professor seine Suppe aß, betrachtete er forschend das Gesicht seiner Frau im Licht der Kerzen. Es hatte sich sehr verändert, seit er sie lachend mit Louie angetroffen hatte, und ganz besonders, seit er ihr den Rat wegen der Wahl gegeben hatte. Er fand, daß es für das orchideenfarbene Samtband zu hart geworden war. Ihre Oberlippe war länger geworden und spannte sich, wie immer, wenn Lillian auf Widerstand stieß.

«Immerhin», dachte er, «es kann interessant werden, zu beobachten, was sie bei Scott erreicht. Das wird eine richtige Prüfung werden.»

7

In den ersten Novembertagen wehte ein Schneesturm und verzauberte alles, und am gleichen Tage rief Kathleen ihren Vater in der Universität an und bat ihn, am Nachmittag auf dem Heimweg bei ihr vorbeizukommen und ihr bei der Wahl einer neuen Pelzstola zu helfen. Als er sich um vier Uhr dem schmucken neuen Bungalow der McGregors näherte, sah er vor der Haustür Louies Pierce-Arrow-Limousine, am Steuer Ned, Chauffeur und Gärtner. Im gleichen Augenblick trat Rosamond aus dem Bungalow und ging zum Gehsteig hinunter; sie war allein und sah ihren Vater nicht. Ihm fiel der äußerst hochmütige Ausdruck ihres Gesichts auf; die Brauen hatte sie zusammengezogen. Es war reizvoll, wie sich ihre Lippen kräuselten, aber auch erschreckend. Er bemerkte noch etwas, das er sonst nicht an ihr gesehen hatte – einen Mantel aus weichem, grauviolettem Pelz, der die breiten, etwas nach vorn fallenden Schultern verhüllte, die er an seiner sonst so schönen Tochter immer ein bißchen bedauert hatte. Voller Neugier rief er ihr zu:

«Warte, Rosie! So habe ich dich ja noch nie gesehen. Es steht dir besonders gut!» Er streichelte den Ärmel mit sichtlichem Vergnügen. «Solche Sachen mit darüberhinspielendem Violett und Lavendel sind herrlich für dich. Sie heben deine schöne Gesichtsfarbe noch stärker hervor. Du trägst sie noch nicht sehr lange. Wohl Louies Geschmack?»

«Natürlich. Er wählt alle Sachen für mich aus», sagte Rosamond stolz.

«Er versteht sich darauf. Er weiß, was kleidsam für dich ist.» St. Peter betrachtete sie immer noch voller Genugtuung. «Und Kathleen bekommt eine neue Pelzstola. Hast du sie dabei beraten?»

«Sie hat nicht mit mir darüber gesprochen», erwiderte Rosamond stockend.

«Nicht? Wie nennst du das hier? Was für ein Tier ist es?» fragte er darüber hinweg und streichelte erneut den Pelz.

«Man nennt es Taupe.»

«Ach so, Maulwurf!» Er trat ein paar Schritte zurück. «Für deine Haut könnte es nichts Besseres geben. Aber ist er auch warm?»

«Sehr warm – und so leicht!»

«So, so!» Er nahm Rosamonds Arm und geleitete sie zu ihrem Wagen. «Du kannst Louie mein Kompliment wegen seines Geschmacks ausrichten.» Der Wagen glitt davon – er wünschte, er könnte sich ebenso flink und geräuschlos fortstehlen, denn er war ein Feigling. Doch war es ihm, als ob Kathleen ihn hinter dem Vorhang beobachtete. Er ging zur Haustür und benutzte das Kratzeisen lange und umständlich, ehe er gegen das Glas pochte.

Kathleen ließ ihn ein. Sie war sehr blaß. Sogar ihre Lippen, die sonst immer rosig schimmerten wie das Innere einer weißen Muschel, waren ohne Farbe. Keiner von beiden erwähnte den Gast, der eben gegangen war.

»Bist du draußen im Park gewesen, Kitty? Es hat tüchtig geschneit. Vielleicht gehst du nachher mit mir bis zum alten Haus?« Er sprach besänftigend auf sie ein, während er seinen Mantel und die Überschuhe ablegte. «Und nun zu den Pelzen!»

Kathleen ging langsam in ihr Schlafzimmer. Sie blieb sehr lange fort – vielleicht volle zehn Minuten. Als sie zurückkehrte, waren ihre Augen gerötet. Sie trug vier große Schachteln, die mit Schnur zusammengebunden waren. St. Peter sprang auf, nahm ihr das Paket ab und begann die Schnur aufzuknoten. Er öffnete die erste Schachtel und holte eine braune Stola hervor. «Was ist das, Nerz?»

«Nein, es ist Hudson-Bay-Zobel.»

«Sehr hübsch.» Er legte ihr die Stola um den Hals und trat zurück, um sie zu betrachten. Doch nach heftigem Kampf brach Kathleen zusammen. Sie zerrte den Pelz herunter und vergrub ihr Gesicht in einem frischen Taschentuch.

«Es tut mir so leid, Daddy, aber heute geht es nicht. Ich will auch überhaupt gar keinen Pelz. Sie verdirbt mir alles!»

«Ach, mein liebes, liebes Kind, du tust mir so leid!» St. Peter legte seine Hände zärtlich auf ihr weiches haselbraunes Haar. «Halt's dir immer wieder vor Augen; du kannst nicht, du darfst nicht neidisch sein. Du richtest dich damit nur zugrunde!»

«Ich kann's nicht ändern, Vater! Ich bin neidisch. Ich glaube, ich wäre es nicht, wenn sie mich in Ruhe ließe, aber sie kommt in aller Pracht hierher und verdirbt uns all unsere lieben kleinen Dinge. Jeder weiß, daß sie reich ist, warum also muß sie es einem dann noch ständig unter die Nase reiben?»

«Aber liebste Kitty, du möchtest doch wohl nicht, daß sie heimgeht und sich einen anderen Mantel anzieht, ehe sie zu dir kommt?»

«Oh, Vater, es ist ja nicht nur das allein, es ist mit allem so. Du weißt, daß wir zu Hause niemals neidisch aufeinander waren. Ich war stolz, daß sie so schön war und einen so guten Geschmack hatte. Es ist nicht wegen ihrer Kleider, es ist ein Gefühl, das in ihr steckt! Wenn sie zu mir kommt, dann spüre ich den Haß auf mich zukommen, wie den Haß einer Schlange!»

St. Peter wischte sich die feuchte Stirn. Er litt mit ihr, wie wenn sie körperliche Qualen zu erdulden hätte. «Liebes, in dieser Welt dürfen wir es mit den Dingen nicht so halten – immer nur Vergleiche ziehen. Wir alle sind viel zu empfänglich für häßliche Gedanken. Wenn Rosamond einen Groll gegen dich hegt, dann deshalb, weil du wegen Louie taktlos gewesen bist!»

«Und selbst wenn's so gewesen wäre, warum muß sie dann so rachsüchtig sein? Glaubt sie, daß sonst kein Mensch in der Welt ihn einen Juden nennt? Glaubt sie, es wäre ein Geheimnis? Mir macht es ja auch nichts aus, wenn ein Jude mich eine Goi nennt.»

«Es kommt immer darauf an, wie man etwas tut, Kitty! Und du hast dir anmerken lassen, daß du all ihrer neuen Sachen ein bißchen überdrüssig bist, nicht wahr?»

77

«Ich habe mir wahrscheinlich anmerken lassen, daß es mir nicht gefällt, wie sie sich herausstaffiert. Ich hätte nie gedacht, daß Rosie etwas so Geschmackloses tun könnte. Solange sie hier unter ihren alten Freundinnen ist, sollte sie sich nicht besser kleiden als wir alle.»

«Aber tut sie das nicht? Mir scheint es so, als kleide sie sich ebenso wie du.»

«Ach, Vater, du bist so ahnungslos! Und Mutter nimmt sich sehr in acht, dich nicht aufzuklären. Wir gehen in die Gilde und nähen für die Mission, und dort erscheint Rosie in einem handgestickten französischen Kleid, das mehr kostet als alle unsere Kleider zusammen.»

«Aber wenn ihre Kleider doch gar nicht hübscher sind, dann ist's doch einerlei, wieviel sie gekostet haben?» Er beobachtete Kathleen voller Bangen. Ihre blasse Haut hatte einen grünen Schimmer angenommen – daran bestand kein Zweifel. Er hatte noch niemals Gelegenheit gehabt, einen solchen Wechsel in einem Gesicht zu beob-achten, und er hatte sich nie klar gemacht, auf was für eine häßliche, peinliche Verwandlung sich die Redensart «grün vor Neid» bezog.

«Ach, Unsinn, sie sind hübscher, auch wenn du es nicht sehen magst. Es sind auch nicht bloß ihre Kleider!» Sie blickte ihn eindringlich an, und ihre Augen mit den roten Lidrändern wurden größer und heller. «Es ist alles! Als wir noch zu Hause lebten, da war Rosamond eine Art Ideal für mich. Was sie über alles dachte, war für mich ausschlaggebend. Aber sie hat sich gänzlich verändert. Sie ist wie Louie geworden. Ach wo, sie ist schlimmer als Louie. Er und all das Geld haben sie verdorben. Daddy, warum habt ihr, du und Professor Crane, nicht alles daran gesetzt, die ganze Sache zu verhindern, bevor sie richtig begann? Du trägst die Schuld! Ihr wußtet, daß Tom etwas hinterlassen hat, was viel Geld wert war. Warum habt ihr nichts unternommen? Ihr habt es in Cranes Laboratorium herumliegen lassen für diesen – diesen Marsellus, damit er nur vorbeizukommen braucht, um es auszuschlachten, bis er glaubt, es wäre seine eigene Erfindung.»

«Auch dann hätte alles so enden können wie jetzt», widersprach ihr Vater. «Was bei der Herstellung als Reingewinn übrig blieb, das gehörte Rosamond. Ich war nicht in der Stimmung, mich mit Fabrikanten herumzustreiten, ich verstehe nichts von solchen Sachen. Und Crane braucht jede Unze seiner Kraft für die eigenen Experimente. Er hat nichts anderes im Kopf als die Ausdehnung des Raumes.»

«Er hätte lieber ein paar Tage ausspannen und den Ruf seines Freundes retten sollen! Tom hat ihm alles anvertraut. Es ist zu albern; der arme Mensch wird ständig von den Chirurgen zersäbelt und rafft seine letzte Kraft zusammen, um sich mit den Grenzen des Raumes herumzuplagen – die werden's ihm danken!»

St. Peter erhob sich, ergriff beide Hände seiner Tochter und stand lachend vor ihr. «Nun laß das mal! Dafür bist du zu klug, Kitty! Zufällig kannst du durchaus begreifen, daß alles, was der arme Crane über den Raum herausfinden kann, ihm mehr einbringen wird als alles Geld, das die Familie Marsellus je haben wird. Aber willst du eigentlich andeuten, daß, wenn Crane und ich Toms Entdeckung ausgewertet hätten, Rosamond und ihr Geld bei uns in der Familie geblieben wären?»

Kathleen warf den Kopf in den Nacken. «Oh, ich will ihr Geld nicht haben!»

«Richtig. Und ich auch nicht. Und wir dürfen uns nicht so benehmen, als ob wir es haben wollten. Wenn du dich nicht zusammennimmst und weiterhin auf Rosie neidisch bist, dann bist du sehr töricht und wirst sehr unglücklich werden.»

Der Professor ging. Mit müdem Schritt wanderte er durch den verschneiten Park. Das Herz war ihm schwer. Für Kathleen empfand er eine besondere Art von Zuneigung. Vielleicht kam es daher, daß er sich, als sie noch klein war, einmal während eines ganzen Sommers um sie kümmern mußte. Als Mrs. St. Peter damals gerade mit den Kindern nach Colorado fahren wollte, bekam das jüngere Mädchen Keuchhusten und mußte zu Hause beim Vater bleiben. So hatte er Gelegenheit, ihre Wesensart genau zu beobachten. Sie war erst sechs, aber er fand, daß sie ein aufrichtiges und zuverlässiges kleines Ding war. Sie hatten sich gemeinsam einen schönen Plan überlegt. Den ganzen Vormittag sollte sie im Garten spielen; auf keinen Fall durfte sie ihn in seinem Studio stören. Nach dem Mittagessen nahm er sie mit an den See oder in den Wald, oder er las ihr zu Hause etwas vor. Sie hatte ihren ganzen Ehrgeiz darein gesetzt, ihren Teil der Abmachung zu halten. Eines Tages, als er gegen Mittag aus dem Studio trat, saß sie oben auf der Trepppe vor seiner Tür, hatte eine Flasche mit Arnika-Tinktur in der einen Hand und zu winzigen rosa Würstchen angeschwollene Finger an der anderen. Eine Biene hatte sie im Garten gestochen, und sie hatte den halben Vormittag auf Trost gewartet. Auch sonst war sie sehr unabhängig und mühte sich lange mit ihren Überschuhen oder Gamaschen ab, ehe sie um Hilfe bat.

Als sie beide klein waren, himmelte Kathleen ihre ältere Schwester an, bediente sie gern und freute sich viel mehr über Rosies neue Kleider als über ihre eigenen. Diese Anhänglichkeit hielt noch an, nachdem sie bereits erwachsen waren. St. Peter hatte nie die leiseste Veränderung bemerkt – bis Rosamond ihre Verlobung mit Louie bekanntgab. Daraufhin schien sich Kathleen von ihrer Schwester abzuwenden. Ihr Vater dachte, sie könne es Rosie nicht verzeihen, daß sie Tom so rasch vergessen hatte.

Es war dunkel, als der Professor in seinem alten Haus ankam und sich an den Schreibtisch setzte. Er wolle noch eine Stunde an seinen Aufzeichnungen arbeiten, sagte er sich, trotz Familie und Vermögen. Und er tat es auch. Aber als er beim Läuten des Angelus vom Schreiben aufblickte, tauchten zwei Gesichter aus den Schatten jenseits des gelben Lichtkreises seiner Lampe auf: das hübsche Gesicht seiner älteren Tochter, umgeben von violettschimmerndem Pelz, mit einer grausamen Oberlippe und verächtlich halb geschlossenen Augen, so wie sie am Nachmittag auf den Wagen zugeschritten war, ehe sie ihren Vater bemerkte; und Kathleen, das gerade Kinn wütend vorgestreckt, mit weißen Wangen, die unter den geschwollenen Augen buchstäblich grün wurden. Er konnte es nicht glauben. Er stand rasch auf und trat ans Fenster, öffnete es weit und blickte auf die dunkle Gruppe von Kiefern, dort, wo das Physik-Gebäude stand. Ein scharfer Schmerz fuhr ihm durchs Herz. Hatte Tom Outlands Licht im Laboratorium dafür so spät in die Nacht hinein gebrannt?

8

In der folgenden Woche reiste Professor St. Peter nach Chicago, um seine Vorträge zu halten. Er hatte für sich und Lillian Zimmer in einem ruhigen Hotel in der Nähe der Universität bestellt. Das Ehepaar Marsellus fuhr mit dem gleichen Zug, und als sie auf dem Bahnhof ausstiegen, wütete ein Schneesturm. Der Professor und seine Frau wollten mit Louie und Rosamond in deren Hotel, dem Blackstone, Tee trinken, ehe sie in ihr eigenes Hotel gingen.

Der Tee wurde in Louies Suite mit Blick über den See aufgetragen, während draußen vor den Fenstern der Schnee niederfiel. Der Professor war sehr guter Laune. Er freute sich, wieder einmal in einer Großstadt zu sein, noch dazu in einem Luxus-Hotel, und besonders gefiel ihm der Gedanke, behaglich dazusitzen und den Sturm über dem Wasser zu beobachten.

«Wie angenehm Sie es hier haben, Louie! Wirklich ganz reizend», sagte er und wandte sich vom Fenster ab, weil Rosamond ihn gerufen hatte.

Louie trat zu St. Peter, legte ihm beide Hände auf die Schultern und rief mit Begeisterung: «Gefallen Ihnen die Zimmer wirklich, Sir? Das freut mich sehr, denn es sind Ihre! Rosie und ich wohnen auf dem gleichen Korridor, ein Stückchen weiter abwärts. Kein Wort! Es ist alles abgemacht! Für die Dauer des Aufenthalts sind Sie unsere Gäste. Wir wollen doch unseren berühmten Gelehrten nicht in einem trübseligen Hotel auf der Südseite absteigen lassen. Wir wollen ihn in der Nähe haben, wo wir ihn im Auge behalten können.»

Louie war so herzlich erfreut über seinen Plan, daß der Professor nicht umhin konnte, seine Genugtuung auszudrücken. «Und unser Gepäck?»

«Das ist schon unterwegs. Ich habe Ihre Bestellung rückgängig gemacht und alles erledigt. Nun bitte zum Tee, aber essen Sie nicht zuviel, denn Sie müssen rechtzeitig zu Abend essen, weil Sie für heute abend etwas vorhaben. Sie und die Verehrteste gehen in die Oper – o nein, nicht mit uns! Wir backen andere Brötchen. Sie gehen allein aus!»

«Und was wird heute abend gegeben, Louie?»

«‹Mignon›! Es soll Sie an Ihre Pariser Studentenzeit erinnern.»

«Das tut es bestimmt. Ich hatte immer ein Abonnement in der ‹Opéra Comique›, und ‹Mignon› war häufig auf dem Spielplan. Sie gehört zu meinen besonderen Lieblingen.»

«Das dacht' ich mir!» Louie küßte beide Damen, um seine Zufriedenheit auszudrücken. Der Professor hatte seine Bedenken vergessen, nie allzu großzügige Gastfreundschaft anzunehmen. Er war so froh, daß sie Fenster hatten, die über den See blickten, und daß er nicht in das andere Hotel mußte. Nachdem die Marsellus' in ihre Zimmer gegangen waren, bemerkte er beim Kofferauspacken zu seiner Frau, es sei viel bequemer, im gleichen Stockwerk wie Louie und Rosamond zu wohnen. «Viel besser, als dauernd durch Chicago zu kutschieren, um sie irgendwo zu treffen, nicht wahr?»

Um acht Uhr waren er und seine Frau auf ihren Plätzen. Die Ouvertüre lockte ihm ein Lächeln ab und machte ihm das Herz weit. Die Musik schien noch immer

ungewöhnlich neu und echt. Sie mochte altmodisch werden, dachte er, jedoch niemals alt, solange noch etwas
Jugend in den Menschen steckte. Ja, es war Jugend, die
sich hier kundtat – Jugend und nichts anderes; mit all
ihrer Torheit und Lieblichkeit, mit ihrer Muße und den
Überreiztheiten – und auch der Empfindsamkeit – allem,
was zu diesem Lebensalter gehört. Nach dem Auftreten
des Helden lehnte sich Lillian zu ihm hinüber und flüsterte: «Bilde ich's mir etwa ein? Ich finde, er sieht genauso aus wie der junge Goethe auf seinen Jugendbildnis-
sen.»

«Ich finde es auch. Bestimmt ist er ebenso groß wie
Goethe. Ich hätte nicht gedacht, daß Tenöre so groß sind.
Die Mignon scheint auch jung zu sein.»

Jedenfalls war sie schlank, und neben dem galanten
Wilhelm wirkte sie sehr zart. Als sie ihr unsterbliches Lied
begann, spürte man, daß sie für die Rolle sehr geeignet
war, ein reiner lyrischer Sopran, der am besten dafür
paßt; und in ihrer Stimme lag etwas Frisches und Zierli-
ches, wie Blumen aus dem Innern des Waldes. «Connais-
tu – le pays...» Es war aufwühlend wie die Düfte im
Vorfrühling und rief die Zeit süßer, gegenstandsloser
Schwärmerei in die Erinnerung zurück.

Als sich nach dem ersten Aufzug der Vorhang senkte,
wandte St. Peter sich an seine Frau. «Eine gute Beset-
zung, meinst du nicht auch? Und die Harfen sind ausgezeichnet. Von den Bläsern abgesehen, würde ich sagen,
die Aufführung kann sich mit jeder messen, die ich in der
‹Comique› gehört habe.»

«Wie man gleich an Paris denken muß, und an so
manche halb vergessenen Dinge!» murmelte seine Frau.

Es war lange her, seit er ihr Gesicht so entspannt und sinnend und milde gesehen hatte.

Während des nächsten Aufzugs mußte er sie oft betrachten. Merkwürdig, wie eine Jugendstimmung wiederkehren und ein Gesicht sanft machen konnte! Mehr als einmal sah er einen feuchten Schimmer in ihren Augen glitzern. Wenn sie nur wüßte, wieviel schöner sie war, wenn sie nicht ihren Verpflichtungen nachging!

«Liebste», flüsterte er und seufzte, als die Lichter angedreht und sie beide wieder älter wurden, «es war ein Fehler, daß wir Kinder bekamen und Geschichtswerke schrieben und in die mittleren Jahre gerieten. Wir hätten beide zusammen, solange wir jung waren, einen malerischen Schiffbruch erleiden sollen.»

«Wie oft habe ich das gedacht!» erwiderte sie mit leisem, schwermütigem Lächeln.

«Du? Aber du gehst doch ganz in der Zukunft auf und paßt dich ihr so bereitwillig an!» murmelte er erstaunt.

«Man muß doch weiterleben, Godfrey. Aber es waren nicht die Kinder, die zwischen uns traten.» Es war etwas Einsames und Versöhnliches in ihrer Stimme, etwas, das von einer alten Wunde kündete, verheilt, verhärtet und völlig hoffnungslos.

«Du? Du auch?» seufzte er betroffen. Er nahm einen ihrer Handschuhe in die Hand und zog ihn zwischen den Fingern hindurch. Sie sagte nichts, aber er sah, wie ihre Lippe zitterte, und sie wandte den Kopf ab und begann, durch ihr Opernglas die Zuschauermenge zu mustern. Auch er betrachtete die Zuschauer. Gerne hätte er gewußt, was sie davon hielt. Er fühlte, daß er sich geirrt hatte. Das Herz eines anderen Menschen ist ein dunkler Wald, stets ist er das, einerlei, wie nahe man sich steht. Bald trafen sich bei der schmelzenden Melodie der letzten Tenorarie ihre Blicke in einem Lächeln, das nicht nur Traurigkeit war.

In der Nacht, als er im Bett lag und wegen der ungewohnten Umgebung noch ein wenig wach war, spielte St. Peter mit der Vorstellung eines pittoresken Schiffbruchs, und er suchte nach besonderen Umständen, die er für ein solches Finale ausgewählt hätte. Ehe er einschlief, hatte er den passenden Tag entdeckt, doch seine Frau war nicht im Bild. Es war niemand darin als er selbst und ein wettergebräunter kleiner Kapitän aus den Pyrenäen, ein halbes Dutzend wackerer Matrosen und eine leuchtende Kette weiß beschneiter Gipfel, zackig und qualvoll hoch, die längs der Südküste Spaniens aufragten.

Louie hatte das Geburtstagsmahl im Speisesaal des Hotels ausrichten lassen und drei Kollegen des Professors mit dazu geladen. Louie war zur Universität gefahren, um sich St. Peters Vortrag anzuhören, hatte dort ein paar Herren von der Fakultät kennengelernt und sie sofort zum Essen eingeladen. Sie nahmen an – welcher Professor hat jemals ein gutes Abendessen ausgeschlagen? Rosamond nahm ihre Smaragde in Empfang, und St. Peter wies seine Frau später darauf hin, daß gewissermaßen alle Gäste des Speisesaals an diesem freudigen Ereignis teilgenommen hätten. Lillian hatte zweifellos recht, wenn sie erklärte, seine Kollegen hätten trotz allem das Blackstone-Hotel mit mehr Hochachtung denn je vor Godfrey St. Peter verlassen, und wenn sie heiratsfähige Töchter besitzen sollten, so würden sie ihn sicherlich um sein Glück beneidet haben.

«Das ist mein Haupteinwand gegen öffentliche Prachtentfaltung», hatte ihr Mann erwidert. «Es zeigt jedermann im ungünstigsten Licht. Versteh' mich richtig, ich suche den Fehler bei niemand anderem als bei mir selbst. Als ich einwilligte, eine Zimmerflucht in einem Hotel zu beziehen, das über meine Verhältnisse ging, da mußte ich auch auf alles gefaßt sein, was sich daraus ergab.»

Bei strengem Winterwetter kehrten sie nach Hamilton zurück. Rauhe Winde von See her geißelten die Stadt, und Scott hatte Katarrh und schrieb Gedichte über die Freuden, den eigenen Ofen zu bedienen, wenn das Thermometer auf zwanzig Grad unter Null fällt.

«Godfrey», sagte Mrs. St. Peter, als er am Morgen nach der Rückkehr aus Chicago zur Universität aufbrach, «du willst doch hoffentlich heute nachmittag nicht im alten Haus arbeiten? Es wird ein Eishaus sein. Dein Studio läßt sich nicht anders heizen als durch das klägliche kleine Öfchen.»

«So ist es immer gewesen, Liebste. Viele Jahre bin ich mit ihm ausgekommen.»

«Es war anders, als die darunterliegenden Räume noch geheizt wurden. Und der kleine Ofen ist gefährlich, wenn das Fenster offen steht. Ein einziger Windstoß kann ihn zum Erlöschen bringen, und wenn du bei der Arbeit bist, würdest du es erst bemerken, wenn du schon halb an einer Gasvergiftung gestorben wärst. Zumindest wirst du ganz gehörige Kopfschmerzen bekommen.»

«Ich habe mir auch früher schon auf diese Weise

Kopfschmerzen eingehandelt und hab's überstanden»,
erklärte er eigensinnig.

«Wie kannst du nur so widerborstig sein? Du weißt
doch, daß jetzt alles anders ist; du solltest mehr an deine
Gesundheit denken!»

«Warum denn? Sie ist nicht halb soviel wert wie damals!»

Seine Frau überhörte es. «Und findest du nicht, daß es
ein törichter Luxus ist, weiterhin die Miete für ein ganzes
Haus zu zahlen, nur um ein paar Stunden täglich in
einem sehr unbehaglichen Raum zu verbringen?»

Die dunkle Haut des Professors lief rot an, und die
Enden seiner furchterregenden Augenbrauen hoben sich
bis unter sein schwarzes Haar. «Es ist fast der einzige
Luxus, den ich mir gestatte», murrte er empört.

«Wie reizbar und unvernünftig er geworden ist!»
dachte seine Frau, als sie hörte, wie er sich im Flur die
Überschuhe anzog.

9

Weihnachten wurde das Wetter wieder milde. Am Abend
sollte die Familie gemeinsam essen, aber den Tag über
wollte St. Peter ganz für sich im alten Haus verbringen.
Er bat seine Frau, ihm ein paar Brote zurechtzumachen,
damit er zum Mittagessen nicht zurückkehren müsse. In
seinem Dachstudio bewahrte er einige Flaschen Sherry
auf; sie lagen in der alten Kiste unter den Kleiderpuppen.
Glücklicherweise hatte er sich einen großen Vorrat aus
Spanien mitgebracht. Es war nicht aus weiser Voraus-

sicht geschehen – an die Prohibition war damals noch gar nicht zu denken gewesen – sondern einfach ein glücklicher Zufall. Er hatte den Wirt seines Gasthofs zu einer Versteigerung begleitet und sich zwölf Dutzend Flaschen gekauft, die sehr billig weggegangen waren. Er fuhr über Mexiko nach Hause und brachte den Wein über die Grenze, ohne Zoll zu zahlen.

Als er mit seinem Lunchpaket durch den Park wanderte, traf er Augusta, die aus der Messe kam.

«Gehen Sie immer noch ins alte Haus, Herr Professor?» fragte sie vorwurfsvoll, und ihr Gesicht lächelte zwischen einem steifen schwarzen Pelzkragen und einem steifen schwarzen Hut.

«O ja, Augusta, aber es ist nicht mehr das gleiche wie früher. Sie fehlen mir. Jetzt hängen an den Abenden nie mehr neue Kleider auf meinen Damen. Wollen Sie nicht mal heimlich hinaufgehen und sie mir zur Überraschung herausputzen? Ich hab's gern, wenn sie elegant sind.»

Augusta lachte. «Sie sind ein komischer Mann, Herr Professor! Wenn jemand anders als Sie solche Sachen sagte, wie Sie das in Ihren Vorlesungen tun, dann wäre ich ganz entsetzt! Aber ich erkläre den Leuten immer, daß Sie's gar nicht so schlimm meinen.»

«Und woher wissen Sie, was ich in meinen Vorlesungen sage, wenn ich fragen darf?»

«Ach, da wird natürlich geredet, wenn Sie etwas gegen die Kirche sagen!» erwiderte sie sehr ernst.

«Aber Augusta, ich glaube nicht, daß ich das jemals getan habe.»

«Ha, die Leute fassen's aber so auf! Die sind nicht so gescheit wie Sie, und Sie sollten lieber vorsichtig sein!»

«Es kommt nicht darauf an; was sie heute denken, haben sie morgen schon vergessen.» Er ging neben Augusta her, in nachlässigem, gleichgültigem Schlendern, ganz anders als sein forscher Schritt, in den er verfiel, wenn ihn etwas sehr bewegte. «Dabei fällt mir ein: ich hatte Sie schon immer etwas fragen wollen. Die Passage im Gottesdienst über die Mystische Rose, die Lilie von Zion, den Turm aus Elfenbein – ist das wohl das Magnifikat?»

Augusta blieb stehen und starrte ihn an. «Aber Herr Professor! Haben Sie denn überhaupt keinen Religionsunterricht gehabt?»

«Wie sollt' ich wohl, Augusta? Meine Mutter war Methodistin; in unserm Städtchen in Kansas gab's keine katholische Kirche, und mein Vater hat seine Religion vermutlich vergessen.»

«Das passiert eben in Mischehen!» sagte Augusta bedeutungsvoll.

«Ja, das kann schon sein. Aber erzählen Sie mir doch, was ist das Magnifikat?»

«Das Magnifikat fängt an: ‹Meine Seele lobpreiset den Herrn›, das müssen Sie doch wissen?»

«Ich dachte, im Magnifikat wird die Jungfrau Maria gepriesen?»

«Ach nein, Herr Professor! Die Jungfrau Maria hat das Magnifikat gedichtet!»

St. Peters Interesse wuchs gewaltig. «Ach, wirklich?»

Augusta sprach sanft, als müßte sie ihm soufflieren, und gleichzeitig war sie darauf bedacht, ihn für seine Unwissenheit nicht allzu scharf zu tadeln. «Ja, natürlich, sowie der Engel ihr verkündet hatte, daß sie die Mutter vom

Herrn Jesus werden sollte, dichtete die Jungfrau Maria das Magnifikat. Und ich hatte immer gedacht, Sie wüßten einfach alles, Professor St. Peter!»

«Und dann entdecken Sie, wie wenig ich weiß. Na, Sie werden mich nicht verraten, wie? Sie sind sehr verschwiegen.»

Ihre Wege trennten sich, und beide gingen mit fröhlicherem Herzen als vor ihrer Begegnung weiter. Der Professor stieg in sein Dachstudio hinauf, und es war ihm zumute, als sei Augusta dagewesen und habe es für ihn herausgeputzt. (Sie hatte tatsächlich gesagt, die Jungfrau Maria habe sich hingesetzt und das Magnifikat geschrieben!) Augusta war während der Feiertage oft bei ihnen gewesen, damals in den Jahren, als Feiertage noch richtige Feiertage waren. Er hatte allmählich Gefallen daran gefunden, daß in seinem Studio Sachen herumlagen, die an sie erinnerten – besonders die Kleider auf den Kleiderpuppen. Manchmal sahen die schrecklichen Damen darin recht annehmbar aus.

In den ersten Jahren hatte er, einerlei, wie schwer er arbeitete, stets gespürt, daß ein Feiertagsgefühl, ein Duft und eine bestimmte Heiterkeit in der Luft sich von den unteren Räumen zu seinem Studio hinaufgeschlichen hatten. Wenn ihm das Schreiben am besten glückte, dann war es begleitet vom Bewußtsein, daß irgendwo hübsche kleine Mädchen in neuen Kleidern umhersprangen, daß Blumen und Zweige in dem behaglichen, etwas abgenutzten Wohnzimmer standen, daß seine Frau schön war und einen guten Geschmack hatte, ja, sogar, daß unten ein besseres Essen als das alltägliche vorbereitet wurde. Die ganze Zeit, in der er so angestrengt an seinen acht dicken Bänden arbeitete, glitten die Szenen häuslichen Lebens in den darunterliegenden Stockwerken nicht unbemerkt an ihm vorbei. Sein Denken umspielte voller Vergnügen diese Geschehnisse. Es war genauso wie auf dem langen Wandteppich, der jetzt in Bayeux gezeigt wurde; als Königin Mathilde ihre Chronika von all den Ruhmestaten der Ritter und Helden stickte, da führten sie und ihre Edelfrauen neben dem großen Muster mit dem dramatischen Geschehen noch verspielte kleine Muster von Vögeln und Tieren aus, die eine Geschichte für sich bildeten. So erschienen auch ihm die wichtigsten Kapitel seines Geschichtswerks wie durchwoben von persönlichen Erinnerungen.

Am heutigen Weihnachtsmorgen arbeitete der Professor, noch ganz erfüllt vom Duft der Vergangenheit, so mechanisch weiter, daß ihm der Morgen wie im Fluge verging, und ehe er sich's versah, läuteten die Glocken von Augustas Kirche hinter dem Park und verkündeten, daß es Mittag sei. Er schob seine Papiere zurück und machte den Schreibtisch für sein Mittagessen frei.

Seinem Hunger nach zu urteilen, mußte er hart gearbeitet haben. Er schaute neugierig in den Korb, den seine Frau ihm mitgegeben hatte – ein Strohkörbchen, das er einmal, gefüllt mit Erdbeeren, in Gibraltar gekauft hatte. Da waren Brote mit Hühnerfleisch und Salatblättern, rote kalifornische Weintrauben und langhalsige bräunliche Birnen. Das gefiel ihm alles sehr, und Lillian hatte fürsorglich eine ihrer besten Servietten dazugelegt, denn sie wußte, wie sehr er häßliche Tischwäsche verabscheute. Aus der Kommode holte er eine Flasche von seinem Sherry und begann, ein Glas zu polieren.

Während er sein Mittagsmahl genoß, dachte er an bestimmte Feiertage, die er allein in Paris verbracht hatte, als er bei den Thieraults in Versailles Hauslehrer ihrer Söhne gewesen war. An einem Allerseelentag war er einmal mit dem Frühzug nach Paris gefahren und hatte in der Rue de Vaugirard üppig gefrühstückt – nicht bei Foyot, damals hatte er nicht Geld genug, um auch nur seine Nase in jenes Restaurant zu stecken. Nach dem Frühstück ging er bei leichtem Regen spazieren. Der Himmel war von einem starken Silbergrau, so daß all die grauen Steingebäude längs der Rue St. Jacques und der Rue Sufflot in dem Silberglanz stärker hervortraten als bei Sonnenschein. Die Läden der Schaufenster waren geschlossen; auf der kahlen Auffahrt zum Pantheon war kein Farbfleck, nur das feuchte, blanke, quecksilbrige Grau, noch betont durch schwarze Ritzen und verwitterte Vorsprünge, weiß wie Holzasche. Ganz plötzlich bogen von irgendwo hinter dem Pantheon ein Mann und eine Frau in die leere Straße ein, die einen Karren vor sich herstießen. Der Karren war voll roter Dahlien, alle von genau der gleichen Farbe. Der junge Mann war blond und mager und hatte ein blasses Gesicht; die Frau trug einen Säugling. Beide waren, ebenso wie die Räder ihres Karrens, voller Schlammspritzer. Sie mußten einen weiten Weg vom Lande hereingekommen sein und sahen müde und besorgt aus. An der Ecke vor dem Pantheon machten sie Halt und blickten prüfend und furchtsam über die öden, silbrigen, verlassenen Straßen. Der Mann ging in eine Bäckerei, und seine Frau begann die Blumen auszubreiten, die mit frischen Kastanienblättern zu großen Sträußen gebunden waren. Der junge St. Peter trat auf sie zu und fragte nach dem Preis.

«Deux francs cinquante, Monsieur», sagte sie mit einem Anklang verzweifelten Mutes in ihrer Stimme.

Er nahm einen Strauß und reichte ihr einen Fünf-Franc-Schein. Sie konnte nicht herausgeben. Ihr Mann, der von der Bäckerei aus zugeschaut hatte, kam mit einem Laib Brot unter dem Arm angerannt.

«Deux francs cinquante», rief sie ihm schon von weitem zu. Er steckte die Hand in die Tasche und wühlte darin herum.

«Deux francs cinquante», wiederholte sie mit kläglichem Zittern. Der Preis, den sie unter sich vereinbart hatten, betrug wahrscheinlich einen Franc oder einen Franc fünfzig. Der Mann zählte dem Studenten das Wechselgeld in die Hand und blickte seine Frau bewundernd an. St. Peter freute sich so sehr über seine Dahlien, daß er gar nicht auf den Gedanken kam, noch mehr zu kaufen, und sein ganzes Leben lang hatte er es bedauert, nicht wenigstens zwei Sträuße gekauft und somit noch etwas mehr zu ihrem Glück beigetragen zu haben. Nie wieder hatte er Dahlien von einem so herrlichen Rot gesehen, die obendrein so geschmackvoll mit den leuchtenden Kastanienblättern zusammengebunden waren.

Er war den Hügel hinabgeschlendert und hatte sich überlegt, wem er den Strauß schenken könnte, als ein rührender Zug junger Mädchen aus einer Armenschule an ihm vorbeikam. Sie marschierten paarweise, in häßliche dunkle Uniformen gekleidet und mit runden Filzhüten ohne Schleife oder Band auf den Köpfen. Vier Nonnen in schwarzen Hauben führten sie. Alle Mädchen blickten nieder, nur eine einzige – die hübsche natürlich – schaute auf die Seite und dem Studenten mit seinen

Blumen mitten ins Gesicht. Ihre Blicke begegneten sich, sie lächelte, und gerade, als er die Hand mit dem Strauß ausstrecken wollte, segelte eine von den Nonnen wie eine schwarze Krähe herbei und versperrte ihm den Blick auf das hübsche Gesicht des Mädchens, das wohl für das Lächeln würde büßen müssen. Godfrey verbrachte den Tag im Luxembourg und ging am Abend zur Gare St. Lazare, nichts mehr in der Tasche als seine Rückfahrkarte und froh, noch rechtzeitig zum Abendessen wieder am Familientisch in Versailles zu sein.

Als er sein Leben bei der Familie Thierault begann, war Madame sehr streng und genau gewesen – knauserte mit seiner Bettwäsche und mißgönnte ihm jeden Bissen Käse oder Obst, den er sich beim Abendessen herausnahm. Doch allmählich wurde sie immer gütiger zu ihm; sie verwöhnte ihn nicht, aber er konnte sich auf sie verlassen. Ihre drei Söhne waren seine liebsten Freunde. Gaston, den er ganz besonders geliebt hatte, war nicht mehr am Leben – gefallen während der Boxer-Unruhen in China. Aber Pierre lebte noch in Versailles, und Charles hatte in Marseille ein Geschäft. Wenn St. Peter in Frankreich war, durfte er ihr Heim als das seine betrachten. Sie standen ihm näher als seine leiblichen Brüder. Als er einst in einem Sommer mit Lillian und den kleinen Mädchen in Frankreich gewesen war, kam ihm zum erstenmal der Gedanke, ein Werk über die frühen spanischen Eroberer zu schreiben. Er hatte sich sofort an die Thieraults gewandt. Nachdem er seiner Frau genug Geld gegeben hatte, um den Sommeraufenthalt zu beenden und wieder heimzufahren, hatte er das wenige genommen, das ihm noch verblieben war, und war nach Marseille gefahren, um seinen Plan mit Charles Thierault «fils» durchzusprechen, dessen Firma mit Spanien im Geschäftsverkehr stand und dort Kork aufkaufte. Es war ganz klar, daß sich St. Peter in den nächsten paar Jahren sooft wie möglich in Spanien aufhalten und so billig wie möglich unterkommen mußte. Die Thieraults waren über jede Gelegenheit froh, ihm helfen zu können. Nicht mit Geld – dafür waren sie zu französisch und zu vernünftig. Aber sie würden keine Mühe und keine noch so hohen Kosten scheuen, um ihm ein paar tausend Francs zu ersparen.

In jenem ersten Sommer ließ Charles ihn drei Wochen in seinem hinter Oleandern versteckten Haus im Prado wohnen, bis seine kleine Brig, «L'Espoir», mit einer Ladung für Algeciras aus dem neuen Hafen segelte. Der Kapitän stammte aus den Pyrenäen, und seine kärgliche Besatzung bestand aus Provençalen, aus Matrosen, die in der harten Schule des Golfe du Lion ihr Handwerk erlernt hatten. Auf der Fahrt schien alles in den Arbeitsplan, der sich in St. Peters Kopf ordnete, einzugehen und ihn voranzutreiben; der Kapitän, der alte katalanische Untersteuermann, das Meer selbst. Ein Tag ragte besonders unvergeßlich aus den anderen hervor. Sie hatten die Südküste Spaniens umschifft, viele Stunden lang, und von der rosigen Morgendämmerung bis zum goldenen Sonnenuntergang türmte sich zur Rechten die Kette der Sierra Nevada, Schneegipfel um Schneegipfel, höher als Traumesflug, und funkelte wie Kristall und Goldtopas. St. Peter lag da und blickte von einem kleinen Schiff zu ihnen empor, das tief unten durch das veilchenblaue Wasser zog, und in den Lüften über ihm zeichnete sich der Plan zu seinem Buch in genauso scharfen Umrissen ab wie die Kette der Berge. Und der Plan war vollkommen. Er nahm ihn als gegeben hin, hatte auch nie mehr etwas daran zu verbessern gehabt und war bis zum Schluß gut damit gefahren.

Als der Professor in das neue Haus zurückkehrte, war es schon später Nachmittag. Er war so glückseliger Laune, daß er sich vor nichts fürchtete, nicht einmal vor einem weihnachtlichen Familien-Dinner. Im Gegenteil, er freute sich sogar etwas darauf. Seine Frau hörte, wie er beim Umkleiden seine Lieblingsarie aus der Oper «Matrimonio Segreto» summte.

Die beiden Töchter des Hauses kamen fast gleichzeitig an. Als Rosamond in der Halle ihren Mantel ablegte, bemerkte ihr Vater, daß sie den neuen Halsschmuck trug. Kathleen stand daneben, sah ihn und faßte sich offenbar ein Herz, um etwas darüber zu sagen, als Louie ihr zu Hilfe kam, indem er herausplatzte.

«Oh, Kitty, du hast ja unsere Juwelen noch nicht gesehen. Wie findest du sie? Schau sie mal an!»

«Hab' ich schon. Unbeschreiblich schön!»

«Es ist ein sehr alter Schmuck, das siehst du am Gold. Was ich für eine Mühe hatte, ihn aufzutreiben! Sie mag nämlich nichts Auffälliges, und es soll auch nicht unbedingt wertvoll sein. Vor allem wollte sie etwas Schönes!»

«Oh, das ist es aber auch!»

Louie ging auf und ab und bewunderte seine Frau. «Solche Dinge passen gut zu ihr, findest du nicht? Und doch hab' ich sie auch in einfachen Sachen gern.» Er sprach nachdenklich, als wäre er allein und in ein Selbstgespräch versunken. «Ich erinnere mich an ein kleines

Armband, das sie am ersten Abend trug, als ich sie kennenlernte. Ein Türkis, in Silber gefaßt, nicht wahr? Ja, ein Türkis in mattem Silber. Hast du's noch, Rosie?»

«Ich glaube.» In Rosies Stimme schwang ein wenig Unwillen mit, und sie ging wieder auf den Flur, um etwas zu suchen. «Wo sind die Veilchen, die du Mama mitgebracht hast?»

Mrs. St. Peter trat ins Zimmer, hinter ihr das Mädchen mit den Cocktails. Scott stimmte die übliche Klage wegen der Prohibition an.

«Warum schreibt ihr Journalisten nicht mal die Wahrheit darüber?» fragte Louie. «Es ist ein Fall, in dem ihr etwas erreichen könntet!»

«Ja, und meinen Posten verlieren! Nein, nicht mit mir! Unser Land ist in zwei Lager gespalten, und ich bezweifle, ob sie je zusammenkommen. Für mich ist's nicht so schlimm, ich kann hochprozentiges Zeug trinken. Aber du und der Professor, ihr mögt Wein und anderen Firlefanz lieber.»

«Ach, das macht uns nichts. Wir gehen im Sommer nach Frankreich», sagte Louie zärtlich, den Arm um seine Frau gelegt und seine Wange an ihrer Wange reibend, «und trinken Burgunder, Burgunder, Burgunder!»

«Bitte, nimm mich mit, Louie», bat Mrs. St. Peter, um ihn von seiner Frau abzulenken. Nichts war den McGregors so peinlich und erbitterte sie so, wie die verliebten Anwandlungen, die Louie und Rosamond manchmal in aller Öffentlichkeit zur Schau trugen.

«Wir wollen dich mitnehmen, und Papa ebenfalls. Ihn nehme ich der Sicherheit halber mit. Wenn ich allein mit zwei so schönen Frauen durch Europa reiste, würde es nicht geduldet. Es käme zu einem fingierten Streit, ein Stilett würde blitzen, und jemand wäre eine Witwe», schloß er, sich wieder an seine Frau wendend.

«Komm her, Louie», winkte ihn Mrs. St. Peter zu sich heran. «Ich muß dir etwas beichten. Heute abend gibt's leider nichts für dich zu essen.»

«Kein Essen für mich?»

«Nein. Es gibt nichts, was Godfrey oder dir besonders schmeckt. Heute abend sind Scotts Lieblingsgerichte an der Reihe. Euer Geschmack ist so verschieden, daß ich euch nicht beide gleichzeitig zufriedenstellen kann. Und heute ist also er dran, von der Crème-Suppe bis zum geeisten Pudding.»

«Aber wer sagt denn, daß ich Crème-Suppe und geeisten Pudding nicht gern mag?» Louie hielt ihr seine beiden Handflächen hin, um seine Unschuld zu beweisen. «Und gibt's dann ‹haricots verts› in Crème-Soße? Hab' ich mir gedacht. Die liebe ich auch. Es ist nämlich so, Liebste» – er stand vor ihr und tippte ihr mit dem Finger aufs Kinn – «ich liebe alle seine Lieblingsgerichte, aber er mag meine nicht. Er ist der Unduldsame.»

«Stimmt, Louie!» lachte der Professor.

«Und so ist er in vielen anderen Dingen auch», sagte Louie etwas traurig.

«Kitty», sagte Scott, als sie in der Nacht nach Hause fuhren, zu Kathleen neben ihm, «das Armband, von dem Louie sprach, war doch etwas von Toms Flitterkram, oder? Glaubst du, daß sie trotz all der Prachtentfaltung noch etwas für ihn übrig hat?»

«Ich weiß es nicht, und es ist mir auch gleich. Oh, Scott, wie ich dich liebe!» rief sie ungestüm.

Er zupfte sich zwischen den Knien den Fahrhandschuh ab, und seine Hand kroch zur ihren, die im Muff steckten. «Bestimmt?» fragte er leise.

«Natürlich, und wie!» rief sie wild und drückte mit all ihrer Kraft seine Finger.

«Furchtbar nett von dir, Kitty, daß du mir gleich von Anfang an alles darüber erzählt hast. Die meisten Mädchen hätten's nicht für nötig gehalten. Ich bin der einzige, der es weiß, nicht wahr?»

«Der einzige, der es überhaupt je gewußt hat.»

«Und ein anderes Mädchen hätte es mir auch nie erzählt. Warum hast du's getan, Kit?»

«Ich weiß es nicht. Wahrscheinlich hab ich schon damals gewußt, daß du der Richtige warst.» Ihr Kopf sank auf seine Schulter. «Du weißt doch, daß du der Richtige bist, nicht wahr?»

«Ich glaub's.»

10

In jenem Winter fand in Hamilton eine Zusammenkunft des Bundes amerikanischer Elektroingenieure statt. Louie Marsellus, ebenfalls Mitglied, gab im Country Club für die Ingenieure, die von außerhalb gekommen waren, ein Essen und fuhr dann mit ihnen nach Outland. Scott McGregor war dabei, zusammen mit anderen Leuten von der Presse. Auf dem Rückweg hielt er vor der Universität und holte seinen Schwiegervater ab.

«Ich kann Sie nach Hause bringen. Aber in welches Haus? Das alte? Wie haben Sie sich vor Louies Gesellschaft drücken können?»

«Ich hatte Vorlesungen.»

«Das war ein Essen! Louie ist ein glänzender Gastgeber. Erstklassige Zigarren, und reichlich.» Scott klopfte auf seine Brusttasche. «Der arme Tom wurde uns nochmal serviert. Es war natürlich richtig – die Wissenschaftler interessierten sich dafür, denn sie wußten nicht viel über ihn. Louie forderte mich auf, persönliche Erinnerungen zum Besten zu geben. Er war sehr höflich. Ich hab' mich nicht besonders gut ausgedrückt. Bin ohnehin kein guter Redner, und diesmal hab' ich mir was zusammengestottert. Tom ist mir nämlich nicht mehr sonderlich präsent. Manchmal denk' ich, er war nur eine – eine strahlende Idee. Da sind wir, Professor!»

Scotts Bemerkung beunruhigte den Professor. Er ging die zwei Treppen hinauf und setzte sich dann in seine schattige Krypta oben unter dem Dach. Seinen rechten Ellenbogen aufgestützt und den Blick auf den Fußboden geheftet, begann er, sich jede Einzelheit des hellen, winderfüllten Frühlingstages in die Erinnerung zurückzurufen, an dem er Tom Outland zum erstenmal gesehen hatte.

Eines Samstagmorgens arbeitete er im Garten, als ein junger Mann in schwerer Winterkleidung und mit einem breitrandigen Filzhut, in der Hand eine graue Segeltuchtasche, zur grünen Pforte hereinkam, die auf die Straße führte.

«Sind Sie Professor St. Peter?» fragte er.

Nachdem es ihm bestätigt worden war, stellte er die Reisetasche auf den Kies, zog ein blaues Baumwolltaschentuch hervor und wischte sich das Gesicht ab, das mit feinen Schweißperlchen bedeckt war. Das erste, was dem Professor an seinem Besucher auffiel, war die tiefe männliche Stimme – leise, ruhig, gewandt, sehr verschieden von den dünnen Stimmchen oder dem heiseren Geschrei anderer Jungen auf dem Universitätsgelände. Als nächstes fiel ihm unterhalb des sandfarbenen Haares der starke Farbkontrast auf – eine sehr helle Stirn, die der Hut abgeschirmt hatte, und das rötliche Braun des übrigen Gesichts, das offenbar einer stärkeren Sonne ausgesetzt war als der Frühlingssonne Hamiltons. Der junge Mann sah gut aus – groß und wahrscheinlich gut gebaut, obwohl die Schultern seiner steifen, schweren Jacke so widernatürlich gepolstert waren, daß sein Oberkörper in einem Kasten zu stecken schien.

«Ich möchte hier etwas lernen, Professor St. Peter, und wollte Sie um Ihren Rat bitten. Ich kenne keinen Menschen in der Stadt.»

«Hab' ich Sie richtig verstanden? Sie wollen auf die Universität? Auf welcher High School waren sie?»

«Ich bin nie auf einer High School gewesen, Sir. Das ist das Schwierige an der Sache.»

«Allerdings. Ich kann mir nicht recht vorstellen, wie Sie da zur Universität können. Wo kommen Sie her?»

«Aus New Mexico. Ich bin in keine Schule gegangen, aber ich habe viel gelernt. Ein Priester hat mir Latein beigebracht.»

St. Peter lächelte ungläubig. «Wie weit sind Sie im Latein gekommen?»

«Ich habe Cäsar und Vergil gelesen, die ‹Aeneis›.»

«Wieviele der Bücher?»

«Alle. Von vorn bis hinten.» Er beantwortete die Fragen des Professors aufrichtig, sein Blick war ebenso entschlossen wie seine Stimme.

«Ach, tatsächlich?» St. Peter stellte den Spaten an die Mauer. Er hatte die Erde um seine Rotdornbäume aufgelockert. «Können Sie etwas davon auswendig?»

Der junge Bursche begann: «Infandum, regina, jubes renovare dolorem» und rezitierte ohne zu stocken noch etwa fünfzig Verse, bis St. Peters Hand ihm Einhalt gebot.

«Ausgezeichnet. Ihr Priester war ein guter Lateiner. Sie haben eine gute Aussprache und Betonung. War der Pater vielleicht zufällig Franzose?»

«Ja, Sir. Er war ein Missionar aus Belgien.»

«Haben Sie auch Französisch bei ihm gelernt?»

«Nein, Sir. Er wollte sich im Spanischen üben.»

«Sprechen Sie Spanisch?»

«Nicht sehr gut, mexikanisches Spanisch.»

Der Professor prüfte sein Spanisch und sagte ihm, er glaube, daß er genug Spanisch könne, um es als moderne Fremdsprache anzugeben. «Und wo hapert es bei Ihnen?»

«Ich habe nie etwas über Mathematik oder Naturwissenschaft gelernt, und ich habe eine sehr schlechte Handschrift.»

«Das ist nicht ungewöhnlich», sagte St. Peter. «Aber warum kamen Sie eigentlich zu mir, anstatt zum Sekretär zu gehen?»

«Ich bin erst heute früh hier angekommen, und Ihr Name war der einzige, den ich kannte. Ich habe einen

Artikel von Ihnen in einer Zeitschrift gelesen, über Fray Marcos. Pater Duchène sagte, es sei das einzig Wahre gewesen, das er je über unser Land da unten gelesen hätte.»

Dem Professor war es schon manchmal aufgefallen, daß es ihm immer Ungelegenheiten brachte, wenn er für populäre Zeitschriften schrieb. «Schön, und was für Pläne haben Sie jetzt, junger Mann? Wie heißen Sie übrigens?»

«Tom Outland.»

Der Professor wiederholte den Namen. Er paßte ausgezeichnet zu dem Jungen, der wirklich aus einem ganz anderen, fremden Land zu kommen schien.

«Wie alt sind Sie?»

«Zwanzig.» Er wurde rot, und St. Peter vermutete, daß er ein paar Jahre unterschlagen habe, doch später entdeckte er, daß der Junge nicht genau wußte, wie alt er war. «Ich hatte gedacht, ich könnte Nachhilfestunden nehmen und Mathematik lernen.»

«Ja, das ließe sich machen. Wie steht's mit dem Geld?»

Outlands Gesicht wurde ernst. «Ziemlich schlecht. Wenn Sie nach Tarpin in New Mexico schreiben würden, um sich über mich zu erkundigen, dann würden Sie hören, daß ich Geld auf der Bank habe, und glauben, ich hätte Ihnen etwas vorgemacht. Aber es ist Geld, das ich nicht anrühren darf, solange ich arbeitsfähig bin. Es ist für jemand anderen deponiert. Ich habe jedoch dreihundert Dollar ohne solche Einschränkungen, und dann hoffe ich auch, hier Arbeit zu finden. Ich habe eine Bahnarbeiter-Rotte angeführt, den ganzen Winter über, und bin in einer guten körperlichen Verfassung. Ich tue alles, nur als Kellner will ich nicht arbeiten. Das tue ich auf keinen Fall.» Über diesen Punkt schien er sich seine eigene feste Meinung gebildet zu haben.

Der Professor erfuhr an jenem Vormittag auch noch etwas aus seinem bisherigen Leben. Seine Eltern waren, wie er sagte, richtige «Zugvögel» gewesen. Sie waren beide gestorben, als sie auf einem Planwagen die Weiten von Süd-Kansas durchquerten. Er war damals noch ein Säugling gewesen und von lieben Menschen, die sich seiner Mutter in ihrer Sterbestunde angenommen hatten, gewissermaßen adoptiert worden – von einem Lokführer namens O'Brien und seiner Frau. Der Mann wurde nach New Mexico versetzt und nahm das kleine Findelkind mit, zusammen mit seinen eigenen Kindern. Sobald Tom groß genug war, um zu arbeiten, bekam er einen Posten als «Callboy» und trug sein Scherflein zum Lebensunterhalt der Familie bei.

«Was ist ein ‹Callboy›? Ein Hotelpage?»

«Nein, Sir. Es ist ein Posten mit sehr viel Verantwortung. Unsere Stadt war ein wichtiger Knotenpunkt für Güterzüge der Santa Fé-Linie, und eine Menge Eisenbahner wohnten dort. Der Fracht-Fahrplan wechselt ständig, weil es eine eingleisige Strecke ist, und die Streckenplanung die Güterzüge losschicken muß, wann es gerade geht. Nehmen Sie mal an, Sie sind ein Bremser, und Ihr Zug soll zwei Uhr nachts ausfahren; nun ist's sehr leicht möglich, daß er auf Mitternacht oder auf vier Uhr früh verlegt wird. Aber Sie gehen zu Bett, als wollten Sie die ganze Nacht durchschlafen, sorglos und unbekümmert. Der ‹Callboy› beobachtet das schwarze Brett mit den Abfahrtszeiten, und eine halbe Stunde, bevor Ihr Zug abfährt, kommt er und klopft an Ihr Fenster, um Sie zu wecken, damit Sie's noch rechtzeitig schaffen. Der ‹Callboy› muß auch wissen, was in der Stadt vorgeht. Er muß wissen, wann irgendwo ein Pokerspiel im Gange ist, und wie er sich dazustehlen kann. Man weiß nie, ob nicht ein Kontrolleur unterwegs ist, und wenn ein Eisenbahner wegen Glücksspiels angezeigt wird, dann fliegt er raus. Manchmal muß man einen Mann an Orten suchen, wo er nicht sein dürfte. Ich hab' herausgefunden, daß es in solchen Fällen meistens am Familienleben liegt.» Der junge Mann sprach sehr ernst, als habe er sehr gründlich über einen anstößigen Lebenswandel nachgedacht.

Gerade da kam Mrs. St. Peter in den Garten und fragte ihren Mann, ob er seinen Besucher nicht zum Mittagessen einladen wolle. Outland erschrak und blickte ängstlich auf die Pforte, durch die er hereingekommen war; aber der Professor wollte ihn nicht gehen lassen und hob seine Reisetasche auf, um ihn am Ausreißen zu hindern. Als er sie ins Haus trug und im Flur hinstellte, fiel ihm auf, daß sie für ihren Umfang merkwürdig leicht war. Mrs. St. Peter stellte dem Gast ihre beiden kleinen Töchter vor und fragte ihn, ob er vielleicht nach oben gehen wolle, um sich die Hände zu waschen. Er verschwand, und als er wiederkam, geschah etwas Peinliches. Der vordere Flur und die Vordertreppe waren das einzige gebohnerte Hartholz im Haus, und als Tom die glatten Stufen hinunterstieg, rutschte er mit seinen schweren neuen Schuhen aus und plumpste dumpf auf sein Steißbein. Die kleine Kathleen kicherte los, und ihre ältere Schwester blickte sie tadelnd an. Mrs. St. Peter entschuldigte sich für die blankgebohnerten Stufen.

«Ich bin nicht sehr an Treppen gewöhnt, lebte meistens in Adobe-Häusern», erklärte Tom, nachdem er sich wieder hochgerappelt hatte.

Während des Essens war der junge Mann zuerst sehr schweigsam. Er saß da und blickte Mrs. St. Peter und die kleinen Mädchen voller Bewunderung an. Der Tag war sehr heiß geworden, und St. Peter meinte, noch nie einen so verschwitzten Jungen gesehen zu haben. Sein steifer, weißer Kragen begann welk zu werden, und das Taschentuch, mit dem er sich dauernd übers Gesicht wischte, wurde zu einem schlaffen Lappen. «Ich hätte nicht gedacht, daß es hier oben im Norden so warm sein könnte, sonst hätte ich mir einen leichteren Anzug ausgesucht», sagte er und schämte sich für die ungehemmte Schweißproduktion seiner Haut.

«Wir würden gern mehr über Ihr Leben im Südwesten hören», sagte der Hausherr. «Wie lange waren Sie ‹Callboy›?»

«Zwei Jahre. Dann bekam ich eine Lungenentzündung, und der Doktor sagte, ich sollte in die Berge, also kam ich auf eine große Viehfarm.»

Mrs. St. Peter begann ihn über die Indianer-Pueblos auszufragen. Zuerst war er zurückhaltend, doch dann erwärmte er sich bei der Verteidigung indianischer Hauswirtschaft. Er vergaß seine Scheu so sehr, daß er den Kartoffelbrei neben seinem Kotelett zu einem kleinen Häufchen schichtete und dann auf der Messerklinge zum Mund führte, worüber die Mädchen ihr Erstaunen nicht ganz verbergen konnten. Mrs. St. Peter sprach ruhig weiter über indianische Töpferarbeiten und fragte ihn, wo die besten gemacht würden.

«Ich finde, die besten sind die alten – die Töpfe der Felsenbewohner. Interessieren Sie sich für Tontöpfe, Ma'am? Dann macht es Ihnen vielleicht Freude, einige anzuschauen, die ich mitgebracht habe.» Als sie fertig gegessen hatten und aufstanden, ging er zu seiner Reisetasche unter dem Garderobenständer, kniete davor nieder und öffnete die Schnallen. Er klappte sie auf, und das Innere schien angefüllt mit bauchigen, in Zeitungspapier eingewickelten Gegenständen. Nachdem er einige davon betastet hatte, wickelte er einen aus und zeigte ein irdenes Wassergefäß, das wie die antiken griechischen Krüge geformt und mit einem geometrischen Schwarz-Weiß-Muster verziert war.

«Das ist einer von den wirklich alten. Ich weiß es, denn ich hab' ihn selber gefunden. Allerdings weiß ich nicht genau, wie alt er ist, aber in der Felsentrift, die zu den Ruinen führt, wo ich ihn gefunden habe, wachsen, den Ringen nach, dreihundertjährige Piñons.»

«Felsentriften? ... Piñons?» fragte sie.

«Ja, es sind tiefe, schmale Pfade in weißem Felsen, die vom Kommen und Gehen der Mokassin-Füße vieler Generationen ausgetreten wurden. Und seit das Volk ausgestorben ist, haben die alten Piñon-Bäume in den schmalen Triften Wurzel gefaßt. An ihren Jahresringen kann man erkennen, wie lange es ungefähr her ist.» Er zeigte ihr die schwarze Schicht auf der Unterseite des Gefäßes und reichte es ihr.

«Das ist keine eingebrannte Farbe. Sehen Sie, es läßt sich abreiben. Es ist Ruß, noch von damals, als er zum letzten Mal über dem Feuer hing – und das war vermutlich noch zu der Zeit, bevor Kolumbus landete. Durch nichts werden mir diese Menschen so lebendig wie durch ihre alten Töpfe mit dem Ruß vom Kochen.»

Als sie ihm den Topf zurückgeben wollte, schüttelte er den Kopf: «Nein, Ma'am, der ist für Sie, falls er Ihnen gefällt.»

«Oh, es ist ausgeschlossen, daß Sie ihn mir schenken! Sie müssen ihn selber behalten oder ihn einem Museum geben.»

«Museen!» rief er bitter. «Museen legen keinen Wert auf unsere schönen alten Dinge. Sie wollen nur, was aus Kreta und Ägypten kommt. Lieber würde ich meine Töpfe zerschlagen, als sie einem Museum geben. Aber dieser hier verdient ein schönes Heim, unter anderen schönen Dingen», und er sah sich befriedigt um. «Ich habe keinen Platz, wo ich die Töpfe aufbewahren könnte. Sie sind mir nur lästig, besonders der große da! Mein Koffer ist noch auf dem Bahnhof, aber die Töpfe wollte ich nicht dort lassen. Man bekommt sie selten so schön heil und unversehrt heraus.»

«Aber wo holt man sie heraus? Das möcht' ich gern alles ganz genau wissen.»

«Vielleicht kann ich es Ihnen eines Tages erzählen, Ma'am», sagte er und wischte sich die rußigen Finger am Taschentuch ab. Seine Antwort klang höflich, aber bestimmt. Er schnallte die Tasche zu und griff nach seinem Hut, dann zauderte er und lächelte. Er holte einen Wildlederbeutel aus der Jackentasche und ging damit zum Fensterplatz, wo die Kinder saßen; er hielt ihnen seine offene Hand entgegen und sagte: «Die hier möchte ich gern den kleinen Mädchen schenken.» In seiner Handmuschel lagen zwei sanftblaue Steinchen, von einem

Blau wie Rotkehlchen-Eier oder wie das Meer an windstillen Sommertagen.

Die Kinder staunten. «Oh, was ist das?»

«Es sind Türkise, noch im Zustand, wie sie aus der Erde kommen, und bevor die Juweliere sie verderben, um sie grün leuchten zu lassen. Die Indianer haben das Blau lieber.»

Wieder erhob Mrs. St. Peter Einwendungen. Sie sagte ihm sehr freundlich, sie könne es nicht dulden, daß er den Kindern seine Steine schenke. «Sie sind sehr viel Geld wert!»

«Ich würde sie niemals verkaufen. Ein Freund hat sie mir gegeben. Ich habe eine Menge, und sie nützen mir nichts, aber für die kleinen Mädchen sind sie ein niedliches Spielzeug.» Seine Stimme klang so wehmütig und liebenswürdig, daß man nichts dagegen ausrichten konnte.

«Halten Sie sie noch einen Augenblick still!» bat der Professor und betrachtete sie, nicht die Türkise, sondern die Hand, die sie hielt: eine muskulöse Handfläche mit vielen feinen Linien, lange, starke Finger mit weichen Spitzen, ein gerader kleiner Finger und ein beweglicher, wunderschön geformter Daumen, der sich von der Handfläche so weit seitlich bog, als wäre er sein eigener Herr. Was für eine Hand! Noch heute konnte der Professor sie vor sich sehen, die Hand, auf der die blauen Steine lagen.

Dann hatte sich der Fremde verabschiedet, und die St. Peters saßen da und blickten sich an. Er erinnerte sich noch gut daran, was seine Frau damals gesagt hatte.

«Das ist denn mal was anderes als deine üblichen Studenten, Godfrey! Wir laden einen armen schwitzenden heimatlosen Burschen zum Mittagessen ein, um ihm ein paar Pennies zu sparen, und er hinterläßt beim Abschied fürstliche Geschenke!»

Ja, dachte der Professor, es stimmte auch heute noch, nach all den Jahren. Menschen wie Outland haben nicht viel Gepäck, doch woran man sie erkennen kann, das ist ihre verschwenderische Freigebigkeit – und wenn sie fort sind, dann kann man nichts weiter sagen, als daß sie beim Abschied fürstliche Geschenke hinterließen.

Mit einem guten Privatlehrer gelang es Outland mühelos, drei Jahre Mathematik in vier Monaten nachzuholen. Latein war einst sehr schwierig für ihn gewesen, gab er zu, aber in der Mathematik brauchte er nicht zu arbeiten – er mußte nur aufpassen. Sein Lehrer hatte dergleichen noch nie erlebt. Doch St. Peter war dem Jungen gegenüber noch etwas zurückhaltend. Als junger Erzieher und Lehrer hatte er in seiner Begeistung mehr als einmal eine Enttäuschung erleben müssen. Er wußte, daß das Wunderbare selten etwas taugt, daß Brillanz niemals mit großer Ausdauer einhergeht und das Ungewöhnliche kraft eines Naturgesetzes alsbald zum Gewöhnlichen herabsinkt.

In jenen ersten Monaten sah Mrs. St. Peter ihren Schützling häufiger als ihr Gatte. Sie besorgte ihm eine gute Pension, kümmerte sich darum, daß er richtige Sommersachen erhielt und daß er sie nicht länger mit «Ma'am» anredete. In jenem Sommer kam er oft zu ihnen und spielte mit den kleinen Mädchen. Er konnte viele Stunden mit ihnen im Garten verbringen, baute ihnen aus Sand und Steinchen Hopi-Indianer-Dörfer, zeichnete Landkarten der «Farbigen Wüste» und des Landes am Rio Grande in den Sand, und erzählte ihnen, wenn kein anderer Lauscher in der Nähe war, Geschichten von den Abenteuern, die er mit seinem Freund Roddy erlebt hatte.

«Mutter, denk dir bloß», platzte Kathleen eines Abends beim Essen heraus, «Tom hat keinen Geburtstag!»

«Wieso denn nicht?»

«Als seine Mutter im Planwagen starb, da vergaß sie, den O'Briens zu sagen, wann sein Geburtstag ist, und dabei war er doch ein kleines Baby. Sie hat sogar vergessen, ihnen zu sagen, wie alt er ist. Sie glaubten, er müßte anderthalb Jahre alt sein, weil er so groß war. Aber Mrs. O'Brien hat immer gesagt, für anderthalb Jahre hätt' er nicht genug Zähne gehabt.»

St. Peter fragte sie, ob Tom ihnen vielleicht erzählt habe, weshalb seine Mutter auf einem Planwagen sterben mußte.

«Sie war eben sehr krank, und wegen ihrer Gesundheit zogen sie in den Westen. Und eines Tages, als sie neben einem Fluß kampierten, ging Toms Vater ins Wasser und wollte schwimmen und bekam einen Krampf oder sowas ähnliches und ertrank. Das hat Toms Mutter mitangesehen, und davon ist sie noch kränker geworden. Sie war ganz allein, und das ist sie geblieben, bis andere Leute sie fanden und sie in ihrem Wagen in die nächste Stadt fuhren, zu einem Doktor. Aber als sie in die Stadt kamen, war Toms Mutter so krank, daß sie nicht mehr aus dem Wagen konnte. Sie fuhren sie auf den Hof von O'Briens, weil der gleich neben dem Doktorhaus lag und weil Mrs. O'Brien eine nette Frau war. Und nach ein paar Stunden war Toms Mutter tot.»

«Weiß Tom etwas über seinen Vater?»

«Nein, nicht viel, bloß, daß er in Missouri Lehrer gewesen war. Das hat Toms Mutter den O'Briens erzählt. Und die O'Briens waren ganz furchtbar lieb zu ihm.»

Es war St. Peter bereits aufgefallen, daß in den Geschichten, die Tom den kleinen Mädchen erzählte, nie etwas Böses vorkam. Kathleen und Rosamond betrachteten seine ungebundene Kindheit als ein fröhliches Abenteuer, das sie gerne mit ihm geteilt hätten. Sie spielten mit besonderer Vorliebe, daß sie Tom und Roddy waren. Roddy war der fabelhafte Freund, zehn Jahre älter als Tom, der alles über Schlangen und Panther und Wüsten und Indianer wußte. «Und er hat seinen schönen Posten als Heizer auf der Santa Fé-Linie aufgegeben und ist mit Tom als Cowboy losgezogen, fast ohne Lohn, nur weil er immer bei Tom sein wollte und um für ihn zu sorgen, weil er doch Lungenentzündung gehabt hatte!» erzählte Kathleen.

«Das war nicht der einzige Grund», fügte Rosamond verträumt hinzu. «Roddy war stolz. Er haßte es, Befehle annehmen zu müssen und von der Lohntüte zu leben. Lieber wollte er frei sein und den ganzen Tag im Sattel sitzen und den Sattel nachts als Kopfkissen benutzen. Du weißt doch, Kitty, so hat's Tom erzählt!»

«Jedenfalls war er ein edler Mensch. Er war immer edel, der edle Roddy!» schloß Kathleen.

Nach jenem allerersten Tag, an dem Tom im Garten erschienen war und sich vorgestellt hatte, erzählte er weder dem Professor noch Mrs. St. Peter, wie es ihm weiter ergangen war, obwohl er oft dazu aufgefordert worden war. Er sprach manchmal über New Mexico, wenn sie ihn danach fragten, und über Pater Duchène, den Missionspriester, der ihn unterrichtet hatte, und über die Indianer. Doch nur den beiden kleinen Mädchen gegenüber sprach er frei und vertraulich von sich selbst. St. Peter wunderte sich oft, wieso der junge Mann es sich leisten konnte, soviel Zeit mit den Kindern zu verbringen. Den ganzen ersten Sommer und Herbst kam er jeden Nachmittag in den Garten und blieb bei ihnen. Im Winter schob er noch zwei oder drei Abende wöchentlich ein, um «Fünfhundert» zu spielen oder Tanzunterricht zu nehmen.

Offenbar übte die Atmosphäre des Hauses einen ganz besonderen Zauber auf einen Jungen aus, der stets ein hartes Leben geführt hatte. Er genoß die Frische und Anmut und Heiterkeit der kleinen Mädchen, als wären sie Blumen. Wahrscheinlich gefiel es ihm auch, daß sie ihn so sehr bewunderten. Freudige Röte konnte ihm ins Gesicht steigen – so viel heller jetzt als an seinem Ankunftstag in Hamilton –, wenn Kathleen nach seiner Hand haschte und sie so heftig zu drücken versuchte, daß es ihm weh tat, und dazu rief: «Oh, Tom, du mußt uns jetzt erzählen, wie du mit Roddy entdeckt hast, daß das Wasserloch trocken war, und nachher, wie Henry von der Klapperschlange gebissen wurde!» Dann flüsterte er: «Bald, warte nur!» Und nach einem Weilchen hörte es der Professor durch das offene Fenster: das Lachen und die Rufe der kleinen Mädchen und Toms seltsame, unverwechselbare Stimme – vollentwickelt, vertrauenerweckend, immer gleichbleibend in der Lautstärke, aber voller eleganter, sehr anrührender Modulationen.

Er hätte sich keinen besseren Gefährten für seine

Töchter wünschen können, und sie lehrten Tom Dinge, die für ihn wichtiger waren als Mathematik.

Nun, nach so langer Zeit, saß der Professor in seinem Studio und dachte, daß jene ersten Jahre, bevor Tom Outland etwas Bemerkenswertes geleistet hatte, wirklich die allerbesten gewesen waren. Gern erinnerte er sich an das reizende Dreiergrüppchen, das er bald hier, bald dort antraf – in der Hängematte unter den Linden, im Erker am Fenster oder im Eßzimmer vor dem Kaminfeuer. Ach, es waren schöne Zeiten im alten Haus gewesen: Familienfeste und Geselligkeit, kleine Mädchen, die ein und aus tänzelten, Augustas Kommen und Gehen, bunte Kleider, die nachts in seinem Studio hingen, Weihnachtseinkäufe und Geheimnisse und unterdrücktes Gekicher auf der Treppe. Wenn ein Mann reizende Kinder in seinem Haus hatte, glückliche, zierliche, voll hübscher Einfälle und mit freigebigen Herzen, weshalb konnte er sie nicht behalten? Gab es denn keinen anderen Weg als den Medeas, fragte er sich.

11

St. Peter war nach einer Nachmittagsvorlesung ziemlich spät in sein Studio gekommen und hatte gerade die alte Petroleumlampe angezündet, um sich an die Arbeit zu setzen, als er einen leichten Schritt auf der Treppe vernahm. Gleich darauf rief Kathleens Stimme: «Darf ich dich einen Augenblick stören, Papa?»

Er öffnete die Tür und zog seine Tochter an sich.

«Kathleen, weißt du noch, wie du mit deinem Bienen-
stich und der Arnikaflasche draußen gewartet hast? Soviel Rücksicht hat mir kein Mensch mehr erwiesen, nicht
einmal deine Mutter.»

Kathleen warf Hut und Jacke auf den Nähstuhl und
ging im Dachstudio umher und strich über Möbelstücke,
um zu sehen, wie verstaubt sie waren. «Ich hatte überlegt,
ob ich nicht herkommen und etwas saubermachen sollte,
aber es ist gar nicht so schlimm, wie sie's hingestellt
haben. Es ist mein erster Besuch bei dir, seit du hier
alleine wohnst. Ich bin mehr als einmal nach einem
Spaziergang zum Haus eingebogen, aber dann bin ich
immer wieder ausgerissen.» Sie blieb stehen, um sich die
Hände am Öfchen zu wärmen. «Weißt du, ich bin ein
Dummerchen; solch seltsame Dinge wie die hier machen
mich traurig. Ach, und Augustas alte Kleiderpuppen hast
du ja auch noch! Ich glaube, das ist das Lustigste, das
ihr je im Leben vorgekommen ist. Und jetzt ist sie geradezu gerührt, daß sie noch bei dir sind. Wegen Augusta
bin ich eigentlich hier, Papa. Wußtest du, daß sie einen
Teil ihrer Ersparnisse bei der Kinkoo-Kupfermine verloren hat?»

«Augusta? Bist du sicher? Wie schändlich!»

«Ja, finde ich auch. Sie hat vorige Woche bei mir
genäht. Es fiel mir auf, daß sie niedergeschlagen war und
beim Mittagessen keinen Appetit hatte – was bei Augusta
erstaunlich ist, wie du weißt. Sie schämte sich, es einem
von uns zu erzählen, denn sie hatte anscheinend Louie
vorher um Rat gefragt, und er hatte ihr davon abgeraten,
das Geld bei jener Gesellschaft anzulegen. Eine Menge
Leute aus ihrer Kirche hatten ihres dort angelegt, und

natürlich dachte sie daraufhin, es müsse richtig sein. Sie hat fünfhundert Dollar verloren, für sie ein Vermögen, und Scott sagt, sie wird nie einen Cent davon wiedersehen.»

«Fünfhundert Dollar», murmelte St. Peter, «mal sehen, bei drei Dollar Arbeitslohn täglich bedeutet das hundertsechsundsechzig Tage Arbeit. Was können wir nun tun?»

«Ja, natürlich müssen wir etwas tun. Ich wußte, daß du so darüber denken würdest, Vater.»

«Selbstverständlich, wir werden die Summe zusammen aufbringen. Ich werde heute abend mit Rosamond darüber sprechen.»

«Das brauchst du nicht!» Kathleen warf den Kopf in den Nacken. «Ich war schon bei ihr. Sie weigert sich.»

«Sie weigert sich? Sie kann sich nicht weigern, Kind. Da habe ich auch noch ein Wort zu sagen.» Der feste Tonfall und sein rasches Rotwerden vor Empörung bedeuteten eine Genugtuung für seine Tochter.

«Sie sagt, Louie hätte sich die Mühe gemacht und mit seinem Bankier und mehreren Kupferfachleuten gesprochen, und wenn sie diesmal ihre Lektion nicht bekäme, würde sie das nächste Mal wieder so töricht handeln. Rosamond sagte, sie würden später vielleicht etwas für Augusta tun, aber was, das hat sie nicht gesagt.»

«Überlaß Rosamond nur mir. Ich werde sie schon von meiner Ansicht überzeugen.»

«Selbst wenn du das fertigbringst, nützt es nichts. Sie hat es sich in den Kopf gesetzt, daß Augusta zuerst ihre Dummheit zugeben müsse, und das geht natürlich nicht. Augusta hat ihren Stolz. Als ich zu ihr sagte, ihre

Kundinnen könnten doch für die Summe aufkommen, da wurde sie sehr hochmütig und erwiderte, sie gehöre nicht zu so einer Sorte von Näherinnen, und sie habe ihren Damen für den Lohn auch stets die entsprechende Arbeit geliefert. Scott dachte, wir könnten in einer guten Gesellschaft Papiere für sie kaufen und ihr sagen, wir hätten unseren Einfluß benutzt und sie eingetauscht, sie dürfe jedoch nicht darüber sprechen. Eine kleine Flunkerei wie diese wird uns leicht glücken, sie versteht so wenig vom Geschäftsleben. Ich weiß, daß die Dudleys und die Browns auch helfen wollen, wir sind nicht auf die Marsellus' angewiesen.»

«Warte noch ein paar Tage! Es wäre eine Schande für unsere Familie, wenn wir es nicht allein schaffen könnten. Es ist zu Rosamonds Bestem, wenn wir sie nicht übergehen. Sie ist solchen Pflichten gegenüber stets blind gewesen. Die Welt ist voller Dummköpfe, warum sollte also gerade Augusta haarklein für ihre Fehler büßen müssen? Es ist wirklich sehr kleinlich von Rosie!»

Kathleen setzte zum Sprechen an, schwieg aber dann und wandte sich ab. «Scott will hundert Dollar geben», sagte sie bald darauf.

«Das ist sehr großzügig von ihm. Ich gebe auch hundert, und Rosie muß den Rest übernehmen. Wenn sie es nicht tut, spreche ich mit Louie. Er ist durch und durch großzügig, und ich habe es noch nie erlebt, daß er sich weigerte, etwas von seinem Geld oder seiner Zeit zu opfern.»

Kathleens Augen leuchteten plötzlich auf. «Daddy, du hast ja Toms mexikanische Decke! Ich wußte nicht, daß er sie dir geschenkt hatte. Ich habe mich oft gefragt, was wohl aus ihr geworden ist.» Sie hob die Wolldecke auf, die am Fußende der Couch lag, eine violette, die stellenweise zu hellem Amethyst verblaßt war und an jedem Ende einen blaßgelben Streifen aufwies.

«Ja, wenn ich mich hinlege, ist's mir oft kühl, besonders, wenn ich den Ofen abstelle, und das soll ich stets tun, sagt Mutter. Von der Decke kann mich nichts trennen.»

«Er hätte sie auch niemand anderem als dir gegeben. Es war seine zweite Haut. Weißt du noch, wie sehr sie nach Pferd roch, als er sie das erstemal anbrachte, um sie uns zu zeigen?»

«Wie ein ganzer Pferdestall. Er hatte sie auf so manchem schwitzenden Pony hinter sich auf den Sattel gebunden. Bei feuchtem Wetter ist der Geruch immer noch wahrnehmbar.»

Kathleen streichelte sie nachdenklich. «Roddy hatte sie aus Mexico mitgebracht. Er hat sie Tom in dem Winter geschenkt, als er Lungenentzündung bekam. Tom hätte sie nach Frankreich mitnehmen sollen. Er hat oft gesagt, daß Rodney Blake vielleicht auch dort auftauchen könnte. Wenn er sie mitgenommen hätte, dann wäre sie sein Erkennungszeichen gewesen!»

St. Peter lächelte und tätschelte ihre Hand auf der Wolldecke. «Denk dir, Kitty, manchmal ist mir so, als müßte ich mich selber aufmachen und Blake suchen. Ich muß immer an ihn denken. Wenn das Land da unten nur nicht so entsetzlich groß wäre ...»

«Ach, Vater! Das war ja mein großer romantischer Traum, als ich noch klein war, Roddy zu finden! Stundenlang habe ich darüber wachgelegen, wenn ich eigentlich meinen Mittagsschlaf halten sollte. In Gedanken bin ich durch Flüsse geschwommen und über Berge geklettert und mit den Navajo-Indianern herumgezogen, um Roddy dann aus den gefährlichsten Situationen zu retten, wenn er beispielsweise durch einen Messerstich im Rükken verletzt worden war oder betäubt in einer Spielhölle lag, und ihn zu Tom zurückzubringen. Du weißt ja, daß Tom uns viel über ihn erzählt hat, lange bevor er ihn dir gegenüber erwähnte.»

«Ihr Kinder habt mit seinen Geschichten gelebt. Ihr hattet sie lieber als all eure Abenteuerbücher.»

«So geht's mir noch heute», sagte Kathleen und erhob sich. «Seit Rosamond ihr Haus Outland hat, betrachte ich Toms Blue Mesa gänzlich als mein eigen.»

St. Peter legte die Zigarette hin, die er sich voreilig angezündet hatte. «Kannst du nicht noch ein Weilchen bleiben, Kitty? Ich treffe fast keinen, der über jene Seite Toms etwas weiß. Es war eine so schöne Zeit, als er all die Jahre wie ein älterer Bruder bei uns ein und aus ging. Und immer so anders als die übrigen Studenten, nicht wahr? Es war etwas in seiner Stimme, in seinen Augen ... Wenn er ins Zimmer trat, glaubte man hinter seinen Schultern einen Blick auf den ungewöhnlichen Schauplatz seiner Jugend werfen zu können.»

Kathleen lächelte matt. «Ja, und jetzt ist er zu lauter Chemikalien und Dollars und Cents geworden, nicht wahr? Aber nicht für dich und mich! Unser Tom ist viel netter als der andere Tom!» Sie zog ihre Jacke über und ging rasch aus dem Studio und die Treppe hinunter. Ihr Vater stand oben am Treppenabsatz und blickte ihr nach, bis sie verschwunden war. Als sie fort war, stand er noch immer da, reglos, als lauschte er angestrengt, oder als versuchte er einen umherschweifenden Gedanken zu erhaschen.

12

St. Peter frühstückte um halb sieben für sich allein und las die gestern abend eingetroffenen Briefe, während er wartete, daß der Kaffee durch die Maschine lief. Es war lange her, seit er um acht eine Vorlesung gehabt hatte, aber dieses Jahr hatten ihm die Stundenplaner arglistigerweise eine angehängt. «Jetzt kann er sich ja ein Taxi leisten», hatte der Dekan bemerkt.

Nach dem Frühstück ging er nach oben ins Zimmer seiner Frau. «Ich habe eine Verabredung mit einer Dame», sagte er und warf einen Briefumschlag auf die Steppdecke. Sie las den Brief von Mrs. Crane, der häßlichsten aller Fakultätsdamen, die den Professor bat, ihn so bald wie möglich sprechen zu dürfen. Da sie ihn ganz allein sprechen mußte, wollte sie gern in sein Studio im alten Haus kommen, wo er, wie sie gehört hatte, doch noch immer arbeitete?

«Armer Godfrey!» murmelte seine Frau.

«Es ist nicht zum Lachen...», sagte St. Peter und ging in sein Zimmer, um sich ein Taschentuch zu holen, kam dann wieder und beendete seinen abgebrochenen Satz: «...ich befürchte, es bedeutet, daß der arme Crane sich wieder einer Operation unterziehen muß. Oder, was noch schlimmer wäre, daß die Chirurgen ihr sagen, noch eine Operation wäre unnütz. Es ist wie in Poes Erzählung ‹Die Grube und das Pendel›. Mir kommt es immer so vor, als

121

läge der arme Mensch auf einer kreisenden Tischplatte, die bei jeder Umdrehung unter das Messer gerät.»

Mrs. St. Peter betrachtete forschend den Brief und blickte dann zu ihrem Mann hinüber, der ihr den Rücken zugewandt hatte. Sie glaubte nicht, daß eine Operation das Thema der Unterredung sein würde. Mrs. Crane hatte sich in der letzten Zeit sehr seltsam verhalten.

Doktor Crane hatte ein Mädchen geheiratet, bei dem noch niemals zuvor ein Mann auf den Gedanken verfallen war, man könne ihm den Hof machen, so ein Mädchen, von dem die Leute immer sagen: «Ach, was für ein gutes Mädchen sie doch ist!» und das auch nur, weil sie eben so häßlich war. Sie hatten drei sehr häßliche Töchter und mußten mit Cranes Gehalt auskommen. Die Ärzte sorgten dafür, daß sie arm blieben.

St. Peter gab seiner Frau einen Kuß und ging, ohne zu ahnen, was sie im stillen dachte. Im Laufe des Vormittags rief er Mrs. Crane an und machte mit ihr ab, sie solle um fünf Uhr kommen. Da die Klingel im alten Haus nicht mehr in Ordnung war, wartete er unten auf der Vorderveranda, um den Gast zu empfangen und in sein Studio hinaufzuführen. Es regnete trübselig, und Mrs. Crane erschien in einem Gummimantel und einem gestrickten Sporthut, der einer ihrer Töchter gehörte. St. Peter nahm ihr den nassen Regenschirm ab und führte sie die zwei Treppen hinauf.

«Für Besuche von Damen bin ich nicht besonders gut eingerichtet, Mrs. Crane. Das hier war nämlich unser Nähzimmer. Das da ist Augustas Stuhl, von dem sie immer behauptete, er sei sehr bequem.»

«Danke!» Mrs. Crane nahm Platz, zog die Handschuhe

aus und schob ein paar nasse Haarsträhnen unter den Sporthut. Ihr blasses, unschönes Gesicht war voller Kummer.

«Ich bin ohne Wissen meines Mannes hier, Doktor St. Peter, um Sie zu fragen, was Ihrer Ansicht nach wegen unseres Anrechts an den Outland-Patenten getan werden kann. Sie wissen ja, daß wir infolge der Krankheit meines Mannes finanziell sehr schlecht dran sind, und wir wissen nicht, wann sein Leiden wieder schlimmer wird. Ich habe nie Zweifel gehegt, daß Sie einsehen würden, es sei nicht mehr als recht und billig, Ihren Anteil mit uns zu teilen.»

St. Peter blickte sie betroffen an. «Aber meine liebe Mrs. Crane, wie kann ich etwas mit Ihnen teilen, was ich gar nicht besitze? Tom hat auf vollkommen legale Art über seinen Besitz und die Einkünfte verfügt. Die Tatsache, daß er meine Tochter als alleinige Erbin einsetzte, berührt mich genauso wenig, als wenn er einen seiner eigenen Verwandten zum Erben ernannt hätte. Ich erkläre Ihnen ganz ehrlich, daß ich nie einen Dollar aus der Outland-Erfindung bezogen habe.»

«Das Geld fließt Ihrer Familie zu, Professor St. Peter, und das ist das Ausschlaggebende. Mein Mann muß berücksichtigt werden. Er hat viele Tage und Nächte mit Tom Outland gearbeitet. Ohne Roberts Hilfe hätte Tom niemals seine Theorie ausarbeiten können. Er hat es selber gesagt, und mehr als einmal, in meiner Gegenwart und in der Gegenwart von anderen.»

«Oh, das glaube ich schon, Mrs. Crane. Die Schwierigkeit ist nur, daß Tom in seinem Testament den Beistand nicht anerkannt hat.»

Mrs. Crane hatte ihren Kopf gehoben und ihr langes

Kinn mit milder Entschlossenheit vorgestreckt. «Nun also, Professor, das Ganze verlief folgendermaßen. Mr. Marsellus kam als Fremder nach Hamilton, um das Edison-Kraftwerk aufzustellen, gerade um die Zeit, als die ganze Stadt darüber in Aufregung war, daß Outland an der Front gefallen war. Jeder wollte als Anerkennung für den jungen Mann irgend etwas tun. Sie brachten Mr. Marsellus in unser Haus und stellten ihn uns vor. Von da an kam er allein, wieder und immer wieder, und ging meinem Mann um den Bart. Robert glaubte, er habe nur ein selbstloses, rein wissenschaftliches Interesse, und erzählte ihm sehr viel über das, was er mit Outland erarbeitet hatte. Dann holten Rosamonds Rechtsanwälte die Papiere. Tom hatte kein eigenes Laboratorium gehabt, sondern nur durch die Vermittlung meines Mannes ein Zimmer im Physikgebäude erhalten. Er wollte gern dort sein, weil er ständig Roberts Hilfe benötigte. Und dann hörten wir, daß Ihre Tochter sich mit Marsellus verlobt habe und daß ihm sämtliche Papiere Outlands ausgehändigt worden waren.»

Hier wurde sie von St. Peter unterbrochen. «Aber Mrs. Crane, Ihr Mann hätte Toms Papiere nicht für sich behalten können, und er hätte es auch nie getan. Sie mußten dem Testamentsvollstrecker übergeben werden, und das war der Rechtsanwalt meiner Tochter.»

«Aber ich hätte sie behalten können, wenn Robert es nicht tun konnte!» Mrs. Crane warf den Kopf in den Nacken, wie um zu zeigen, daß es nun endlich heraus wäre. «Ich hätte sie so lange behalten, bis uns Gerechtigkeit widerfahren und bis meines Mannes Anteil an all der Forschungsarbeit anerkannt worden wäre. Wenn er damals die Papiere bei Gericht vorgelegt hätte, mitsamt all dem Beweismaterial, das wir haben, dann hätten wir mühelos das Billigkeitsrecht beanspruchen können. Aber Mr. Marsellus ist sehr geschickt. Er hat Robert geschmeichelt und alles bekommen, was da war.»

«Aber er hat ja gar nichts von Ihrem Mann bekommen! Outlands Papiere und Apparate wurden dem Testamentsvollstrecker ausgehändigt, und das war unumgänglich.»

«Das ist eine armselige Ausrede!» sagte Mrs. Crane bedeutungsvoll. «Sie wissen, wie weltfremd Robert ist, und als alter Freund hätten Sie ihn warnen sollen.»

«Wovor, Mrs. Crane?»

«Oh, daß Marsellus herausbekommen würde, was für ein Vermögen in dem Gas steckte, das mein Mann und sein Schüler gefunden hatten. Dann hätten wir das Billigkeitsrecht beanspruchen können, bevor wir Ihrem Schwiegersohn freie Hand ließen.»

St. Peter war sehr unglücklich. Er begann in dem kleinen Studio auf und ab zu gehen. «Weiß Gott, wie gern möchte ich, daß Crane auch etwas bekommt. Aber wie? Wie? Ich habe so viel darüber nachgedacht, und ich muß Tom tadeln, daß er ein solches Testament gemacht hat. Ich glaube, es ist dem Jungen gar nicht in den Sinn gekommen, das Testament könne jemals zum Tragen kommen. Er erwartete, vom Krieg zurückzukehren und seine Erfindung selbst zu entwickeln. Ich bezweifle, ob Robert, trotz all seines Wissens, die Kniffe und Tricks gekannt hätte, die nötig waren, um das Patent für den Handel verwertbar zu machen. Es erforderte sehr viel Arbeit und eine ganz besondere Geschicklichkeit.»

«Krämer-Geschicklichkeit!» Mrs. Cranes Stimme wurde allmählich gehässig.

«Wenn Sie so wollen. Aber jedenfalls wäre Robert nicht der Mann gewesen, Fabrikanten und Mechaniker zu überzeugen – ebensowenig wie ich. Es wurde auch sehr viel Geld hineingesteckt, ehe das Ganze einen Gewinn abwarf; jeder Cent, den Marsellus besaß, und alles, was er sich leihen konnte. Er riskierte sehr viel. Crane und ich zusammen hätten nicht ein Hundertstel des Kapitals aufbringen können, das notwendig war, um die Sache in Gang zu bringen. Ohne Kapital, das dazu erforderlich war, wäre Toms Erfindung nichts als eine auf Papier niedergelegte Formel geblieben. Zwei Jahre lang hatte sie im Laboratorium Ihres Mannes gelegen, und sie hätte noch viele Jahre dort gelegen, bevor er oder ich etwas damit hätten anfangen können.»

Mrs. Cranes trauriges Gesicht belebte sich so, wie er es nie für möglich gehalten hätte. «Sie hatte dort gelegen, weil sie dort hingehörte und dort ausgearbeitet wurde! Mein Mann wurde durch einen Abenteurer darum geprellt, und wegen seiner Freundschaft zu Ihnen waren ihm die Hände gebunden. Ich muß schon sagen, Sie haben sich sehr wenig Gedanken um ihn gemacht. Sie hätten uns warnen können, die Papiere nie aus der Hand zu geben. Und nun sehen Sie zu, wie Robert immer schwächer wird und all die schrecklichen Operationen durchmachen muß, und wie unsere Töchter schäbig angezogen herumlaufen und in der Armenschule unterrichten müssen, und Rosamond fährt in einer Limousine spazieren und baut sich Landhäuser – und Sie tun nichts dagegen. Sie haben Ruhm und Ehre geerntet – wohlverdient, wir wissen das – und Sie ziehen in ein neues Haus und denken nicht daran, was es heißt, in armseligen Verhältnissen zu leben.»

St. Peter zog seinen Stuhl näher und redete geduldig auf Mrs. Crane ein. «Mrs. Crane, wenn Sie irgendeinen rechtlichen Anspruch auf das Patent hätten, würde ich ihn gegen Rosamond verteidigen, und zwar energischer als jeder andere. Ich finde ja auch, sie sollte Dr. Cranes lange Freundschaft mit Tom und die Hilfe, die er ihm gewährte, irgendwie anerkennen. Ich weiß nicht recht, wie sich das machen ließe, aber ich finde, es sollte geschehen. Wenn Sie es wünschen, will ich Rosamond gerne sagen, was ich darüber denke. Aber warum haben Sie sich eigentlich nicht an sie gewandt?»

«Ich habe nicht die Absicht, Mrs. Marsellus um etwas zu bitten. Vor einiger Zeit hatte ich ihr geschrieben, und sie hat mir durch ihren Rechtsanwalt antworten lassen, daß alle Ansprüche auf das Outland-Patent in gebührender Reihenfolge in Erwägung gezogen würden. Es ist unter der Würde eines Mannes wie Robert, von den Marsellus' eine Abfindungssumme in Empfang zu nehmen. Wir wollen Gerechtigkeit, und mein Bruder ist überzeugt, sie bei Gericht für uns zu erlangen.»

«Ich nehme an, Bright weiß besser als ich, was das Gericht da tun kann. Aber wenn Sie beschlossen haben, damit vor Gericht zu gehen, warum kommen Sie dann zu mir?»

«Es gibt da einige Dinge, die das Gesetz nicht erfaßt», erklärte Mrs. Crane geheimnisvoll, während sie sich erhob und ihre Handschuhe anzog. «Ich wollte Ihnen gern mitteilen, wie wir darüber denken.»

St. Peter begleitete sie nach unten und spannte ihr den Regenschirm auf, dann kehrte er in sein Studio zurück, um darüber nachzudenken. Seine Freundschaft mit Crane war von merkwürdiger Art. In der Welt draußen wären sie einander ziemlich sicher aus dem Weg gegangen, doch in der Universität hatten sie Schulter an Schulter gekämpft. Beide hatten sich mit all ihren Kräften gegen die Kommerzialisierung der Universität gewehrt, die «Resultate zeitigen» wollte, was den Bildungsanspruch unterminieren und verwässern würde. Die Regierung und der Senat schienen entschlossen, aus der Universität eine Handelshochschule zu machen. Kandidaten für den Bachelor of Arts wurden Scheine in allen Handelsfächern anerkannt; Kurse in Buchhaltung, experimenteller Landwirtschaft, Hauswirtschaft, Schneidern und was noch mehr. Jedes Jahr versuchte die Rektorenkonferenz, die erforderlichen Scheine in den Natur- und Geisteswissenschaften zu reduzieren. Großzügige Gelder, Beförderungen und Gehaltserhöhungen wurden nur denjenigen Professoren gewährt, die mit den Rektoren zusammen auf eine Abschaffung der rein wissenschaftlichen Studiengänge hinarbeiteten. Von den etwa sechzig Professoren der Fakultät setzten sich vielleicht zwanzig für reine Wissenschaft und freie Gelehrsamkeit ein, und Robert Crane war darin einer der eifrigsten. Wegen seines kompromißlosen Widerstandes gegen den zunehmenden und verderblichen Einfluß der Politiker auf das Universitätswesen hatte er schließlich sein Dekanat der Technischen Hochschule eingebüßt. Die Ehre hatte ein viel jüngerer Mann, Vorsitzender der Abteilung Chemie, der gewillt war, «dem Steuerzahler zu geben, was des Steuerzahlers ist». Der Kampf um die Würde der Universität und ihre eigene Würde hatte St. Peter und Dr. Crane oft zusammengebracht. Außerdem waren sie die beiden einzigen Männer an der Fakultät, die eine Forschungsarbeit ohne kommerziellen Nutzen leisteten, und hin und wieder besuchten sie sich in ihren Arbeitsräumen in der Universität, um Ideen auszutauschen. Doch dabei blieb es. St. Peter konnte Crane nicht zum Essen einladen. Der Anblick einer Flasche Rotwein auf dem Tisch hätte ihm Unbehagen verursacht. Dr. Crane hatte all die Vorurteile der Baptisten-Gemeinde, der er angehörte. Er war darin aufgewachsen, er nahm sie mit, als er zum Studium nach Deutschland ging, und er brachte sie wieder zurück. Doch Crane wußte, daß keiner seiner Kollegen so eingehend Anteil an seinen Arbeiten nahm und sich so herzlich über seine kleinen Triumphe freute, wie es St. Peter tat.

St. Peter konnte nicht anders, er mußte den Mut des Mannes bewundern; arm, krank, überarbeitet und durch sein Gewissen dazu angehalten, seinen Lehrpflichten gründlich nachzukommen, führte er die ganze Zeit über weiterhin seine langweiligen und heiklen Experimente durch, die mit der Ausdehnung des Raumes zu tun hatten. Glücklicherweise hegte er kein Bedürfnis nach Geselligkeit. Er ging niemals aus, außer ein- oder zweimal jährlich zu einem Essen im Hause des Rektors. Musik störte ihn zu sehr, Tanzen empfand er als anstößig – er konnte nicht begreifen, wieso es den Studenten erlaubt wurde. Mrs. St. Peter, die ihn einmal an der Tafel des Rektors als Tischherrn gehabt hatte, sagte hinterher zu ihrem Mann: «Der gute Crane ist zu langweilig. Den ganzen Abend stahl sich sein dickes Unterhemd unter der Manschette hervor, und dauernd schob er es mit dem Zeigefinger zurück. Ich glaube, er hält es für sündhaft, mit einer Frau zusammenzuleben, selbst wenn sie so häßlich wie Mrs. Crane ist.»

Nachdem Tom Outland die Universitäts-Examina bestanden hatte, arbeiteten er und Dr. Crane mehrere Jahre Seite an Seite im Physikgebäude. Der ältere Mann war dem jüngeren zweifellos eine große Hilfe gewesen. Obwohl man jene Art Beistand, das Ergebnis von Kritik und Vorschlag, schwerlich in Prozente umrechnen kann, fand St. Peter doch, Crane müsse etwas von den Erträgen aus dem Patent erhalten. Er beschloß, Louie deswegen aufzusuchen. Doch zuerst wollte er zu Crane gehen und versuchen, ihn davon abzuhalten, einen Prozeß anzufangen. Seinen Schwager Homer Bright lockte vermutlich nur das öffentliche Aufsehen, das ein gerichtliches Vorgehen wegen des Outland-Patents bestimmt erregen würde. Doch er würde seinen Fall verlieren, und Crane würde nichts erhalten. Louie dagegen, falls man sich in der richtigen Form an ihn wandte, würde freigebig sein.

St. Peter blickte auf die Uhr. Er wollte jetzt nach Hause gehen, und nach dem Abendessen konnte er zum Physik-gebäude hinüberspazieren, in dem sein Kollege Nacht für Nacht arbeitete. Er vermied es, Crane in seiner Wohnung aufzusuchen, denn er lebte in einer Umgebung, die von niederdrückender und vermeidbarer Häßlichkeit war.

13

Lillian stellte ihm während des Essens keine Fragen
wegen seiner Unterredung mit Mrs. Crane, und er begann auch nicht von sich aus darüber zu reden. Sie war
jedoch nicht überrascht, als er sich nach dem Essen keine
Zigarre anzünden, sondern zum Physik-Laboratorium
gehen wollte.

Er wanderte durch den Park, am alten Haus vorbei und
über das Nordende des Universitätsgeländes zu einem
Gebäude, das etwas abseits in einem Kiefernwäldchen
stand. Es war nach englischem Vorbild aus rotem Back-
stein errichtet. Der Architekt hatte einen guten Entwurf
gehabt, etwas wie das alte Smithsonian Institute in Washington. Aber nachdem man mit dem Bau schon begonnen hatte, machte ihm die Regierung einen Strich durch
die Rechnung und zwang den Bauunternehmer zur bil-
ligsten Ausführung. Dadurch wurde alles verdorben, sowohl außen wie innen. Seit der Bau vollendet war, mußten Klempner und Maurer und Zimmerleute unablässig
daran herumflicken und es ausbessern. Crane und St.
Peter, die damals beide noch jung waren, hatten viele
Wochen Zeit mit dem Bauunternehmer vergeudet und
waren schließlich bis vor den obersten Verwaltungsaus-
schuß gegangen, damit er Mittel zur vollständigen In-
standsetzung des Gebäudes bewillige, doch all ihre Mühe
war vergebens. Es war ein Fehlschlag, wie so vieles andere auch.

St. Peter betrat das Gebäude und ging nach oben, zu
einem kleinen Zimmer am Ende einer langen Reihe von
Laboratorien. Nachdem er geklopft hatte, hörte er das

vertraute Schlurfen von Cranes Pantoffeln, und die Tür ging auf.

Crane trug einen grauen, vom Waschen zu einem Lumpen geschrumpften Baumwollkittel, obwohl er heute abend nicht mit Flüssigkeiten oder Batterien hantierte, sondern an einem mit Papieren bedeckten Rollpult arbeitete. Der Raum sah wie alle Arbeitszimmer hinter einem Vorlesungssaal aus; vollgestopft mit verstaubten Büchern und verstaubten Ordnern, jedoch ohne Apparate – außer einem Spiritusbrenner und einem kleinen Kochtopf, in dem sich der Physiker Wasser für seinen Kakao kochte. Er arbeitete beim Licht einer schirmlosen, sehr starken elektrischen Birne – für Gemütlichkeit schien er keinerlei Sinn zu haben. Er bat seinen Besucher, Platz zu nehmen und ihn einen Augenblick zu entschuldigen, bis er ein paar Aufzeichnungen in ein Heft eingetragen hatte.

St. Peter beobachtete ihn, wie seine Füllfeder übers Papier kritzelte. Die Hände, die so geschickt mit heiklen Versuchsaufbauten hantierten, waren weiß und zart, die Finger lang und schlaff; sie hatten Flecken von Chemikalien, und die Fingerspitzen waren stumpf wie bei einem Geiger. Der Schädel war viereckig, und den unteren Teil seines Gesichts bedeckte ein rötlicher struppiger Bart. Seine blassen Augen und die sandfarbenen Augenbrauen standen in grellem Gegensatz zu seinem höchst auffälligen Mund. Immer, wenn man an Crane dachte, fiel einem zuerst der grellrote Mund in dem krausen Bart ein. Die Lippen waren formlos, an den Winkeln ebenso dick wie in der Mitte, und er sprach eher durch sie hindurch als mit ihnen. Es machte den Eindruck, als schäme er sich ihretwegen.

St. Peter hielt es für zwecklos, lange um den heißen Brei herumzureden. Sowie Crane den Füllfederhalter hingelegt hatte, sagte er, daß Mrs. Crane ihn am Nachmittag besucht habe. Sein Kollege wurde rot, nahm ein großes Papiermesser und spielte unaufhörlich damit.

«Ich möchte gern genau wissen, was Sie darüber denken und wie die Tatsachen liegen», begann St. Peter. «Wir haben noch nie darüber gesprochen, und es könnte Dinge geben, von denen ich nichts weiß. Hat Tom Ihnen jemals gesagt, daß er Sie am Gewinn beteiligen wollte, vorausgesetzt, daß sich einer erzielen ließe?»

«Nein, nicht in Worten. Nicht eigentlich.» Dr. Cranes Schultern zuckten in dem zu engen Kittel, und er sah verlegen und unglücklich aus. «Mehr als einmal hat er ganz allgemein gesagt, er hoffe, daß es gelinge, meinetwegen wie seinetwegen, und daß wir den Gewinn für weitere Experimente benutzen wollten.»

«Sprach er oft über den möglichen kommerziellen Wert des Gases, während er es herzustellen versuchte?»

«Nicht oft. Nein, sehr selten. Vielleicht nicht öfter als ein halbes dutzendmal in den drei Jahren, die er in meinem Labor gearbeitet hat. Aber wenn er es tat, dann sprach er so, als ob genug für uns beide herausspringen würde, wenn sich unser Gas als einträglich erweisen sollte.»

«Und inwiefern war es ‹unser Gas›, Crane?»

«Strenggenommen war es das natürlich nicht. Outland hatte die Idee gehabt. Er zog Nutzen aus meiner Kritik, und oft half ich ihm bei den Experimenten. Er lernte nie eine ordentliche Labortechnik. Wiederholt mißlang ihm etwas, weil er nicht sorgfältig genug vorging.»

«Glauben Sie, daß er auch ohne Ihre Hilfe zu seinem Resultat gelangt wäre?»

Dr. Crane umklammerte das Papiermesser mit beiden Händen. «Das kann ich nicht sagen. Er war ungeduldig. Er hätte vielleicht nicht durchgehalten und sich etwas anderem zugewandt. Auf jeden Fall hätte er seine Resultate viel langsamer erzielt. Seine Idee war richtig, aber es war eine sehr feinfühlige Arbeit notwendig, und er experimentierte nicht sorgfältig.»

St. Peter merkte, daß er das reinste Kreuzverhör anstellte. Er versuchte einen anderen Ton anzuschlagen.

«Ich möchte gern, daß Sie volle Anerkennung und Entschädigung für alles erhalten, was Ihren Anteil an den Experimenten betrifft, falls die Möglichkeit besteht, es durchzudrücken. Sie waren aber fahrlässig, Crane! Sie haben nicht die notwendigen Schritte unternommen. Warum haben Sie sich nicht schon mit Tom verständigt, nachdem er das Patent bekommen hatte? Das wußten Sie doch!»

«Damals bin ich nicht auf den Gedanken gekommen. Wir hatten die Experimente beendet, und ich dachte nicht mehr an sie. Ich versuchte, mich wieder auf meine eigene Arbeit zu konzentrieren. Seine Resultate waren wissenschaftlich nicht so bedeutend, wie ich es erwartet hatte.»

«Während seine Manuskripte und Formeln zwei Jahre lang hier bei Ihnen lagen, haben Sie da je das Gas herzustellen versucht oder weitere Versuche angestellt?»

«Nein, natürlich nicht. Es ist nicht mein Gebiet, und darum interessierte es mich nicht.»

«Es interessiert Sie also erst, seit das Patent Geld bringt?»

Dr. Crane zuckte die Achseln. «Ja. Es ist wegen des Geldes.»

«Ich wünsche weiß Gott, daß Sie einen Anteil erhalten. Aber warum haben Sie es solange aufgeschoben? Warum haben Sie Ihren Anspruch nicht schon geltend gemacht, als Sie dem Testamentsvollstrecker die Papiere aushändigten? Warum haben Sie mir damals von der Sache nichts erzählt, so daß ich für Sie einen Anspruch auf den Nachlaß erheben konnte?»

Dr. Crane konnte nicht länger stillsitzen. Er begann in seinen Pantoffeln leise herumzulaufen, ohne etwas fest ins Auge zu fassen, aber hier und da hob er etwas auf – Zeichenmaterial, seine Kakaotasse, ein Sahnekännchen aus Porzellan. Er drehte sie in den Händen und stellte sie dann behutsam wieder hin, wie er auch oft während seiner Vorlesungen gedankenverloren mit Teilen von Apparaten hantierte.

«Ich weiß», sagte er, «der Schein spricht gegen mich. Aber Sie müssen meine Nachlässigkeit begreifen! Sie wissen, wie wenig Gelegenheit man hier hat, seine eigenen Forschungen zu verfolgen. Sie wissen, wieviel Zeit ich jedem meiner Studenten opfere, der ehrlich arbeiten will. Outland war natürlich der glänzendste Schüler, den ich jemals hatte, und ich widmete ihm ohne Einschränkung meine Zeit und meine Überlegungen. Mit Freuden natürlich. Wenn er den Lohn für seine Entdeckung selbst ernten würde, hätte ich nichts gesagt – obwohl ich nicht den geringsten Zweifel hege, daß er mich reichlich entschädigt hätte. Doch es scheint mir ungerecht, daß ein Fremder davon profitieren soll, und nicht diejenigen, die ihm geholfen haben. Sie profitieren natürlich davon –

indirekt, wenn nicht direkt. Sie können Ihre Augen nicht vor der Tatsache verschließen, daß das Geld, das Ihrer Familie zukommt, auch Ihr eigenes Ansehen und die allgemeine Sicherheit Ihrer Stellung gefestigt hat. Das schadet auch nichts – das ist gut so. Doch Ihr Anspruch ist weniger eindeutig als meiner. Gerade für jene Experimente, die schließlich zu den Resultaten führten, habe ich viel Zeit und Kraft geopfert, die ich eigentlich gar nicht entbehren konnte. Marsellus profitiert ebenso von meiner wie von Outlands Arbeit. Ich bin bestimmt ungerecht behandelt worden – und, wie Sie schon sagten, wird es schwierig sein, eine Entschädigung zu erhalten, weil ich so spät darum ersuche. Es kann aber sicher nicht zu meinen Ungunsten ausgelegt werden, daß ich keine Maßnahme ergriff, um meine Interessen zu wahren. Ich dachte nie an Geld, wenn ich die Arbeit meiner Studenten im Sinn hatte. Das taten andere, und ich wurde übergangen», schloß er bitter.

«Warum reichen Sie nicht Marsellus Ihre Forderung für die von Ihnen aufgewandte Zeit und Ihren fachmännischen Rat ein? Ich glaube, daß er sie anerkennen würde. Er bleibt ja nun hier. Wahrscheinlich wünscht er nicht unbeliebter zu werden, als es jeder plötzlich wohlhabend gewordene Mann ohnehin wird, und Sie haben viele Freunde. Ich glaube, ich könnte ihm klarmachen, daß es wenig diplomatisch wäre, wenn er eine vernünftige Forderung zurückweisen würde.»

«Daran hatte ich auch gedacht. Aber der Bruder meiner Frau rät zu einem anderen Vorgehen.»

«O ja. Mrs. Crane erwähnte etwas dergleichen. Aber, Crane, wenn Sie damit vor Gericht gehen wollen, dann nehmen Sie wenigstens einen tüchtigen Anwalt, denn Sie wissen genausogut wie ich, daß Homer Bright es nicht ist.»

Dr. Crane wurde rot und warf ärgerlich den Kopf zurück. «Ich glaube Ihnen gern, daß Sie uneigennützig sind, St. Peter, aber ich finde, offengestanden, daß Ihr Urteil durch die Ereignisse etwas getrübt ist. Sie sehen nicht mehr, wie klar die Sache einem unvoreingenommenen Geist erscheint. Obwohl ich ein unpraktischer Mann bin, habe ich doch Beweise, auf die ich meine Ansprüche stützen kann.»

«Je mehr, desto besser, falls Sie sich auf solch einen Windbeutel wie Bright verlassen wollen. Wenn Sie schon einen Prozeß anstrengen, dann möchte ich wenigstens, daß Sie ihn gewinnen.»

St. Peter sagte Gute Nacht und ging die Treppe hinunter und zwischen den dunklen Kiefern hindurch. Beweise, sagte Crane, wahrscheinlich Briefe, die Tom ihm während des Winters geschrieben hatte, als er am Johns Hopkins arbeitete. Aber er konnte nichts weiter ausrichten, höchstens den alten Dr. Hutchins bitten, er solle Crane überreden, einen intelligenten Anwalt zu nehmen. Homer Brights Redetalent mochte eine Jury in einem Fall von Bigamie oder Vergewaltigung beeinflussen, aber in einem Billigkeitsverfahren würde er sich den Richter damit nur zum Gegner machen.

Der Professor schlug einen Umweg durch den Park ein. Die Begegnung hatte ihn trübe gestimmt, und er befürchtete, daß er nicht einschlafen könnte. Er hatte seinen Kollegen noch nie in einem so ungünstigen Licht gesehen. Crane mochte engherzig sein, aber er war aufrecht; ein Mann, auf den man im unredlichen Spiel der Fakultätspolitik bauen konnte. Nie war er darauf aus gewesen, etwas für sich selbst zu erreichen. St. Peter war der Meinung gewesen, daß nichts am doch eher profanen Erfolg von Outlands Idee für Crane von irgendwelcher Bedeutung hatte sein können, außer vielleicht, daß es seinem Stolz als Lehrer und Freund schmeichelte.

Der Park war leer. Die Bogenlampen brannten nicht mehr. Die unbelaubten Bäume standen völlig reglos im Licht der klaren Sterne. Die Welt kam St. Peter traurig vor, als er Umschau hielt; das Ufergelände vor dem See war flach und bedrückend, Hamilton klein und eng und stickig. Die Universität, das alte Haus, das neue Haus, alles schien ihm unerträglich, wie einem Seekranken das Schiff, auf dem er eingesperrt ist. Ja, es war möglich, daß die kleine Erde auf ihrer Reise zwischen all den Sternen auch so etwas wurde; ein Schiff, auf dem man nicht länger reisen, von dem man nicht länger aufsehen konnte zu all den strahlenden Ringen und Umdrehungen.

Mit einem Ruck kehrte er wieder zurück. Ach ja, Crane! Das war das Problem. Wenn Outland heute abend hier wäre, hätte er mit Mark Antonius sagen können: «Oh, mein Schicksal hat auch Ehrliche verführt!»

14

Gegen Ende des Semesters fuhr Professor St. Peter mit Rosamond nach Chicago, um ihr beim Einkauf von Möbeln für ihr Landhaus zu helfen. Er wäre viel lieber zu

Hause geblieben und hätte sich ausgeruht – die Arbeit an der Universität schien ihn in diesem Winter mehr denn je zu ermüden; doch Rosamond hatte es sich in den Kopf gesetzt, daß er mitkommen sollte, und Mrs. St. Peter erklärte ihm, er könne es nicht gut abschlagen. Eine Chicagoer Firma hatte eine Menge alter spanischer Möbel von drüben kommen lassen, und niemand verstand sich besser darauf als St. Peter. Auch über Teppiche besaß er ein gutes Urteil. Wenn seine Frau ihm sagte, etwas müsse getan werden, dann tat er es, schon rein gewohnheitsmäßig, denn sie hatte ein besseres Gefühl dafür, was man anderen Menschen schuldig war.

Louie begleitete sie bis Chicago, wo er seinen Bruder treffen wollte, der in China im Seidenhandel arbeitete. Er würde dann mit ihm zusammen nach New York zu einer Familientagung fahren. Der Professor beobachtete mit heimlichem Vergnügen, aber auch erfreut, daß Louie sich gar nicht gern von ihnen trennen wollte – es hätte nur sehr wenig Zuredens bedurft, und er hätte seinen Bruder allein weitergeschickt und wäre bei seiner Frau und seinem Schwiegervater in Chicago geblieben. Nach einem gemeinsamen Mittagessen brachten Rosamond und der Professor die Brüder Marsellus an den LaSalle-Street-Bahnhof. Als Louie ihnen wieder und wieder von der hinteren Plattform des Aussichtswagens Handküsse zuwarf und davongetragen wurde, noch während er seiner Frau etwas zurief, empfand der Professor eine jähe Leere, ein deutliches Gefühl von Verlust, obwohl er sich doch sonst stets beklagte, in seinem Leben sei «zuviel Louie».

Er nahm Rosamonds Arm, und sie verließen den Bahnsteig. «Jetzt müssen wir fleißig sein, Rosie. Er erwartet, daß wir Wunderdinge tun.»

Scott McGregor, der von einer beruflichen Reise für seine Zeitung zurückkehrte, stieg eines Nachmittags in den «Blue Bird-Expreß», und als er den Salonwagen betrat, fand er seinen Schwiegervater halb liegend in einem Ledersessel, mit geschlossenen Augen und staubigen Kleidern, während eine erloschene Zigarre zwischen den schlaffen Fingern seiner dunklen Hand hing. Scott erschrak: Er stellte fest, daß der Professor schlecht aussah.

«Hallo, Professor! Was tun Sie hier? Ach, stimmt ja! Die Einkaufsexpedition! Wo ist Rosamond?»

«In Chicago. Im Blackstone Hotel.»

«Sie konnt's länger aushalten, wie?»

«Ja», gestand der Professor und lächelte etwas beschämt, weil er klein beigegeben hatte.

Scott nahm neben ihm Platz und versuchte, ihn für verschiedene Gesprächsthemen zu interessieren, jedoch ohne Erfolg. Es fiel ihm ein, daß er den Professor eigentlich noch nie so vollkommen erledigt und teilnahmslos gesehen hatte. Das war ein schlechtes Zeichen; er war froh, daß sie nur noch eine halbe Stunde bis Hamilton zu fahren hatten. «Der alte Knabe braucht Ruhe», dachte er. «Rosamond hat ihn in Chicago zu Tode gehetzt. Man sollte ihn mit solchen Dingen überhaupt nicht belästigen. Ich muß es Kitty sagen, daß wir uns etwas um ihren Vater kümmern. Rosamond und Louie kennen kein Erbarmen, und Lillian hat von jeher angenommen, daß er soviel Kraft hat wie drei Männer zusammen.»

Am gleichen Abend stand Mrs. St. Peter etwas besorgt an der Glastür ihres Wohnzimmers und wartete auf ihren Mann. Der Zug aus Chicago war meistens pünktlich, und am Bahnhof hatte der Professor doch hoffentlich ein Taxi genommen, denn es war eine kalte Februarnacht, und ein eisiger Wind blies vom See her über die Stadt. St. Peter erschien jedoch zu Fuß. Als er durch die Pforte kam, konnte sie an seinem Gang und an der Haltung seiner Schultern erkennen, daß er sehr müde war. Sie eilte an die Haustür, öffnete ihm und fragte, weshalb er denn kein Taxi genommen habe.

«Bin nicht auf den Gedanken gekommen. Ich bin eben ein Gewohnheitstier, und das gehört zu den Dingen, die ich noch niemals getan habe.»

«Und in deinem dünnsten Mantel! Ich dachte, du hättest den hier nur deshalb mitgenommen, weil du dir in Chicago einen Pelzmantel kaufen wolltest?»

«Hab ich aber nicht», erwiderte er ziemlich knapp. «Laß uns das Verb ‹kaufen› und all seine Flexionsformen bitte für eine Weile aus unserem Wortschatz streichen, ja? Und, Lillian, laß uns noch nicht gleich essen! Ich möchte erst ein warmes Bad nehmen und mich umkleiden. Ich habe unterwegs reichlich gefroren.»

Mrs. St. Peter ging in die Küche, und nachdem sie ihm eine kleine Ruhepause gegönnt hatte, folgte sie ihrem Mann nach oben und betrat sein Zimmer.

«Ich weiß, daß du müde bist, aber sag mir nur eins: Habt ihr die bewußte spanische Schlafzimmer-Einrichtung gefunden?»

«Oh ja, Liebste, mehrere sogar.»

«Und waren sie hübsch?»

«Sehr hübsch. Wenigstens nehme ich an, daß ich sie hübsch gefunden hätte, wenn ich nicht daneben noch so viele andere Sachen gesehen hätte. Ein Zuviel ist bestimmt schlimmer als ein Zuwenig – in jeder Hinsicht. Zuletzt wurde die reinste Einkaufsorgie daraus.»

«Hat Rosamond den Kopf verloren?»

«O nein! Sie blieb völlig kühl. Ich finde, sie versteht sich großartig aufs Einkaufen. Mich wundert, wo das Mädchen, das in unserem alten Haus aufwuchs, so etwas her hat. Sie war wie Napoleon beim Plündern der italienischen Paläste.»

«Sei nicht so ungerecht. Du hattest jedenfalls einen netten kleinen Urlaub!»

«Einen sehr kostspieligen, für einen armen Professor. Und nicht viel Ruhe.»

In Mrs. St. Peters Gesicht war eine jähe Befürchtung abzulesen. «Du meinst doch nicht etwa», flüsterte sie betroffen, «daß sie dich...»

Er unterbrach sie schroff. «Ich meine, daß ich für mich bezahlt habe, wie ich es hoffentlich immer tun kann. Jeder Gegenvorschlag wäre zwar liebenswürdig gewesen, doch hätte ich ihn abgelehnt. Ich gestatte mir sehr gern ein paar unnötige Ausgaben, wenn ich dadurch den Damen meiner Familie behilflich sein kann. Eine andere Regelung wäre demütigend gewesen.»

«Deshalb also hast du dir den Pelzmantel nicht gekauft!»

«Das mag einer meiner Gründe gewesen sein. Ich war auch nicht in der richtigen Stimmung.»

Mrs. St. Peter ging rasch nach unten, um ihm einen Cocktail zu machen. Sie fühlte, daß er ungewöhnlich müde war und spürte gewissermaßen den bitteren Nachgeschmack auf seiner Zunge. Sie wußte, daß die Kränkungen, die ein Mann von seiner Tochter erfahren konnte, von einer ganz besonderen Art waren – eine der grausamsten, die unseres Fleisches Erbteil sind. Weh tat ihr Herz, wenn sie an Godfrey dachte.

Nachdem ein gutes Abendessen den Professor erwärmt und behaglich gestimmt hatte, zündete er sich eine Zigarre an und setzte sich zum Lesen an den Kamin. Nach einiger Zeit bemerkte seine Frau, daß ihm das Buch auf die Knie geglitten war und daß er ins Feuer starrte. Während sie noch sein dunkles Profil betrachtete, sah sie, wie sich die Enden seiner komischen Augenbrauen hoben, als amüsiere er sich über etwas.

«Woran denkst du, Godfrey?» fragte sie nach einem Weilchen. «Ich sah dich lächeln – und offenbar recht zufrieden über etwas.»

«Ich mußte an Euripides denken», erwiderte er, noch immer gedankenverloren. «Als er ein alter Mann war, zog er in eine Höhle am Meer und wohnte dort, und die Leute fanden es wunderlich. Anscheinend war ihm das Wohnen in Häusern unerträglich geworden. Und ich frage mich, ob es vielleicht deshalb war, weil er sein Leben lang Frauen aus nächster Nähe beobachtet hatte.»

15

Der März war in Hamilton stets der trübste und langweiligste Monat des ganzen Jahres, und Louie wollte ihn durch eine Besprechung von Sommerplänen etwas verschönen. Er hatte schon seit einiger Zeit Andeutungen gemacht, daß er etwas Herrliches plane, und wenn er auch sein Vorhaben nicht vor Mrs. St. Peter hatte geheimhalten können, so sprach er zum Professor doch erst an einem Abend darüber, als sie beide bei den Marsellus' zum Abendessen waren. Während der ganzen Mahlzeit hatte Louie den Professor schon ständig an gewisse Spezialitäten in diesem und jenem Pariser Restaurant erinnert, so daß er nicht gänzlich unvorbereitet war.

Als sie das Eßzimmer verließen, konnte Louie nicht länger an sich halten. Er und Rosamond wollten Herrn und Frau Professor St. Peter einen ganzen Sommer lang nach Frankreich entführen. Louie hatte schon die Abfahrtszeiten, das Schiff und den Reiseplan in Frankreich ausgesucht, er war wie berauscht von der Vorfreude des Plänemachens.

«Versteht es richtig», sagte er, «ihr seid eingeladen von Hamilton bis zurück nach Hamilton! Wir wollen in aller Behaglichkeit reisen, aber nicht in Luxus. Wie werden für ein paar Tage nach Biarritz gehen und uns das mondäne Badeleben ansehen, und wir machen in Marseille Halt, um Ihren Pflegebruder Charles Thierault aufzusuchen. Den Rest des Sommers wollen wir in Paris leben und uns der Gelehrsamkeit widmen. Ich habe meine sehr eigennützigen Gründe, Sie mitzunehmen, Professor. Das Vergnügen Ihrer Gesellschaft wäre an sich schon genug, aber ich habe noch andere Pläne. Ich möchte das intellektuelle Leben von Paris kennenlernen und ein paar von den Gelehrten und Wissenschaftlern, mit denen Sie bekannt sind. Wie schade, daß Gaston Paris nicht wirklich existiert! Wir hätten bei Lapérouse eine wundervolle kleine Party für ihn geben können. Aber es gibt ja noch andere.»

Mrs. St. Peter war gleich dafür. «Ja, Louie, du und Godfrey, ihr könnt mit den Gelehrten essen, und Rosamond und ich machen Einkäufe.»

Marsellus sah bestürzt aus. «Aber nein, Liebste! Es ist schon abgemacht, daß ich immer mit euch Besorgungen mache. Ich schwärme für die Pariser Geschäfte! Und wenn wir mit den Berühmtheiten Mittag essen, müßt ihr auch dabei sein. Wann wäre ein Gelehrter, und ein Franzose obendrein, nicht Feuer und Flamme für die Gesellschaft von zwei reizenden Damen beim ‹déjeuner›? Und vielleicht habt ihr die Ehegesponse bis dahin auch über, so freut ihr euch ob des anderen Tischgegenübers. Sie müssen sich eine kleine Agenda zulegen: Lundi, déjeuner Monsieur Emile Faguet; Mercredi, dîner Monsieur Anatole France . . . und so weiter.»

St. Peter kicherte. «Leider überschätzen Sie die Größe meines Pariser Bekanntenkreises, Louie. Ich hatte nicht das Vergnügen, Anatole France kennenzulernen.»

«Das macht nichts; wir werden dann am Mittwoch mit Monsieur Paul Bourget Vorlieb nehmen!»

«Du kannst uns auch helfen, Sachen für unser Haus aufzutreiben, Papa», sagte Rosamond. «Wir hoffen, auf viele schöne Dinge zu stoßen. Die Thieraults kennen wahrscheinlich gute Geschäfte im Süden unten, wo die Preise noch nicht so in die Höhe geschnellt sind.»

«Leider sind die Antiquitätenläden alle in Paris. In Lyon oder im Midi habe ich noch nie etwas Beachtenswertes gefunden. Aber es gibt sie vielleicht.»

«Charles Thierault ist doch noch an der Schiffslinie

beteiligt, deren Schiffe nach Mexiko City fahren, nicht wahr? Er könnte unsere Einkäufe also ohne Probleme von Marseille nach Mexiko City senden lassen. Sie kämen ohne Zoll herüber, und Louie meint, er bekäme sie als Haushaltswaren über die Grenze.»

«Das klingt praktisch, Rosie. Es läßt sich bestimmt so machen.»

Marsellus lachte und tätschelte die Hand seiner Frau. «Oho, cher Papa! Sie haben keine Ahnung, wie praktisch wir sein können!»

«Dein Vorschlag ist sehr verlockend, Louie, und ich will ihn mir gut überlegen. Ich muß sehen, ob ich es mit meiner Arbeit so einrichten kann.» St. Peter wußte schon im gleichen Augenblick, daß er sich an der fröhlichen Reise nicht beteiligen würde, und er haßte sich selbst für das häßliche Gefühl des Widerwillens, das Louies Plan in ihm erregt hatte.

Die Familie besprach während des ganzen Abends die Pläne für die Sommerreise. Louie wollte sofort Zimmer im Meurice bestellen, aber Mrs. St. Peter verbot es, weil es zu kostspielig sei.

Als St. Peter in der Nacht im Bett lag, versuchte er vergeblich, seine unvermeidbare Absage vor sich selbst zu rechtfertigen. Er liebte Paris, und er hatte Louie gern. Aber man konnte nicht alle Eigenheiten unterdrücken und sich gänzlich den Reiseplänen anderer Leute anpassen; es mochte selbstsüchtig sein, doch so war es nun einmal. Er konnte sich darauf verlassen, daß Louie in jeder Beziehung für Lillian sorgen würde, und sie ließ sich von niemand so gern verwöhnen wie von ihrem Schwiegersohn. Die «Beaux-fils» sind anscheinend von der Vorsehung dazu bestimmt, die Stelle des Mannes einzunehmen, wenn die Männer nicht länger die Liebhaber ihrer Frau sind. Marsellus vergaß nie auch nur eine von den hundert dummen, kleinen Aufmerksamkeiten, auf die Lillian so großen Wert legte. Und was das beste war, er bewunderte sie rückhaltlos, und ihre Vornehmheit schätzte er über alles. Viele Leute bewunderten Lillian, doch keiner so wie Louie. Diese Weltzugewandtheit, diese Bereitwilligkeit, aus Menschen und Situationen das Beste zu machen, war in den letzten paar Jahren immer stärker bei Lillian hervorgetreten, und Louie hielt sie für ebenso natürlich und richtig, wie Godfrey sie unnatürlich fand. Es war ein Wesenszug, der stets in Lillian gesteckt hatte, und solange er sich nur in einem wählerischen Geschmack äußerte und nicht Mittel zum Zweck wurde, mochte ihn Godfrey auch ganz gerne. Dieser Weltzugewandtheit war es mehr zu verdanken als der Tatsache, daß seine Frau etwas eigenes Vermögen hatte, wenn sie und seine Töchter nie so mausgrau und mitleiderregend gekleidet waren wie die anderen Fakultätsdamen. Viel hatten sie nicht gehabt, aber niemals waren sie unvernünftig. Schäbige Kompromisse gingen sie gar nicht erst ein. Konnten sie sich nicht das Passende leisten, verzichteten sie lieber ganz. Meistens bekamen sie aber das Passende, und irgendwie wurde es auch bezahlt. Er konnte nicht behaupten, daß sie verschwenderisch gelebt hätten; das alte Haus war wohl etwas wunderlich und kahl gewesen, aber häßliche Dinge waren nicht geduldet.

Seit Rosamond sich mit Marsellus verheiratet hatte, war eine erschreckende Veränderung mit ihr und mit ihrer Mutter vor sich gegangen – sie waren anders und sie waren härter geworden. Doch Louie, der den Schaden angerichtet hatte, hatte selbst keinen Schaden dabei genommen. Immer konnte man sich an ihn wenden – wegen Augusta, wegen Professor Crane, wegen der verletzten Gefühle von Menschen, die in weniger glücklichen Umständen lebten. Es gab andere Gründe als Louie dafür, daß er die fürstliche Einladung ausschlagen würde.

Er konnte sich zurückziehen, ohne jemand zu kränken – obwohl er wußte, daß Louie es sehr bedauern würde. Er konnte einfach darauf bestehen, daß er arbeiten müsse und nicht fern von seinem Studio arbeiten könne. Man hatte so einige Vorteile als Verfasser von Geschichtsbüchern. Der Schreibtisch war ein Bollwerk, hinter dem man geborgen war, ein Loch, in das man sich verkriechen konnte.

Als St. Peter der Familie seinen Entschluß mitteilte, war Louie enttäuscht, doch er achtete die Entscheidung und gab bereitwillig zu, daß die erste Pflicht des Professors seiner Arbeit galt. Rosamond konnte es nicht fassen und war beleidigt; sie wollte nicht einsehen, warum er so kleinlich sein und eine Verabredung verderben mußte, die allen Beteiligten Freude bereitet hätte. Seine Frau betrachtete ihn mit nachdenklicher Ungläubigkeit.

Als sie beide wieder allein waren, packte sie den Stier bei den Hörnern, was in letzter Zeit nicht ihre Art gewesen war.

«Godfrey», sagte sie langsam und traurig, «wenn ich nur wüßte, was daran schuld ist, daß du dich immer mehr von deiner Familie zurückziehst. Oder wer daran schuld ist.»

«Meine Liebe, du wirst doch nicht eifersüchtig sein?»

«Wenn ich's nur sein dürfte! Ich sähe viel lieber, wenn du dich wegen einer Frau komisch benehmen würdest, als wenn du einsam und menschenscheu wirst.»

«Vermutlich kann man sich's ebenso angewöhnen, nur mit Ideen zu leben, wie man sich der vergnüglicheren Gewohnheit hingeben kann, gleichzeitig mit verschiedenen Damen zu leben. Beides hat seine guten Seiten.»

«Ich glaube, du hattest die besten Ideen, als du ganz menschlich warst.»

St. Peter seufzte. «Da möchte ich dir nicht widersprechen. Aber ich muß so weitermachen, wie ich's kann. Es ist nicht ewig Mai.»

«Für diese Pose bist du noch nicht alt genug. Das verwirrt mich. Viele Jahre lang schienst du überhaupt nicht älter zu werden, obwohl ich alterte. Vor zwei Jahren warst du noch ein ungestümer junger Mann. Jetzt hältst du dich in allem zurück. Du bist von Natur warm und herzlich, aber ganz plötzlich fängst du an, dich vor jedermann zu verschließen. Ich glaube nicht, daß du dadurch glücklicher werden wirst.» Bis dahin hatte sie in einem vorwurfsvollen Ton mit ihm gesprochen. Jetzt ging sie auf einmal quer durchs Zimmer und setzte sich auf die Lehne seines Sessels, blickte ihm ins Gesicht und zog mit Daumen und Mittelfinger die Spitzen seiner Mephisto-Augenbrauen in die Höhe. «Warum ist es denn so, Godfrey? In deinem Gesicht kann ich keine Veränderung sehen, obwohl ich dich gründlich beobachte. Es ist etwas in deiner Stimmung und in deinem Denken. Etwas ist mit dir geschehen. Ist es, daß du zuviel weißt? Zuviel, um glücklich zu sein? Du warst immer der weiseste Mensch in der Welt. Was ist es denn, kannst du mir's nicht sagen?»

«Ich kann es mir selbst auch nicht ganz genau erklären, Lillian. Es ist nicht nur ein Problem des Älterwerdens. Es ist das Gefühl, daß ich sehr viel hinter mir gelassen habe, dort, wohin ich nicht mehr zurückkehren kann – und eigentlich möchte ich auch gar nicht dorthin zurück. Der Weg wäre zu lang und zu ermüdend. Für einen häuslichen Mann habe ich vielleicht ein ziemlich gehetztes Leben geführt. Ich wollte nichts vernachlässigen – weder dich noch meine Studenten noch meinen Schreibtisch. Und jetzt bin ich unsäglich müde. Man muß eben bezahlen, so oder so. Ein Mann hat gerade genug Kraft in sich, ist sie verbraucht, stürzt er. Selbst dem ersten Napoleon ist's so ergangen.» Sie lachten beide. Es war ein alter Witz – und das streng gehütete Geheimnis des Professors. Über dem Taufbecken war ihm der Name Napoleon Godfrey St. Peter gegeben worden. In der Familie hatte es stets einen Napoleon gegeben, seit ein Urahn aus der Grande Armée entlassen wurde. Godfrey hatte schon in Kansas seinen zweiten Vornamen unterdrückt, und selbst seine Töchter wußten nichts davon.

«Ach, weißt du», sagte er zu seiner Frau und erhob sich, um zu Bett zu gehen, «wahrscheinlich komme ich noch in meine zweite Jugend. Aber augenblicklich sehne ich mich gar nicht nach Anregung. Paris ist zu herrlich und auch zu sehr von Erinnerungen erfüllt.»

16

Eines Frühlingmorgens, als der Professor im alten Haus bei seiner Arbeit saß, hörte er energische Tritte die Treppe heraufkommen. Louies Stimme rief:

«Cher Papa, störe ich Sie sehr?»

St. Peter stand auf und öffnete ihm. Louie trug seine Golfstrümpfe und eine weinrote Jacke mit einem Pelzkragen.

«Nein, ich gehe nicht Golf spielen. Ich habe meine ursprüngliche Absicht geändert, konnte mich aber nicht mehr umziehen. Ich möchte gern, daß du uns auf einer Fahrt den See entlang begleitest. Rosie hat sich mit Freundinnen im Country Club zum Essen verabredet. Wir fahren mit ihr zusammen hinaus und setzen sie dort ab. Es ist so prächtiges Wetter!» Louies scharfer, aufmerksamer Blick flog über das armselige Studio. Er kicherte. «Der alte Bär, der sich nicht von seiner alten Höhle trennen kann, was? Wie gut ich das verstehe! Hier kamen Ihre Kinder zur Welt. Nicht Ihre Töchter – Ihre Söhne, die herrlichen spanischen Abenteurer! Ich bin stolz, mit ihnen verwandt zu sein, wenn auch bloß durch Heirat. Und Ihre Wolldecke, die ist auch irgendwie spanisch, oder?» Louie stürzte sich auf die blaurote Decke, warf sie sich um die Schultern, schob die Drahtkorb-Dame beiseite und musterte sich in Augustas Schneiderspiegel. «Ein sehr hübscher Morgenrock für Louie könnte daraus werden, wie?»

«Sie hat Outland gehört – er hat sie sehr geliebt. Sein verschollener Freund hat sie ihm aus Mexiko mitgebracht.»

«Ach, hat sie Outland gehört?» Louie betrachtete sie mit erhöhtem Interesse im Spiegel und streichelte darüber hin. «Ich kann's dem Schicksal nie verzeihen, daß ich keine Gelegenheit hatte, den prachtvollen Menschen kennenzulernen!»

Verdutzt hob der Professor seine Augenbrauen. «Das hätte peinlich werden können – wegen Rosie, nicht wahr?»

«Ich denke nie an ihn als einen Nebenbuhler», sagte Louie und warf die Decke mit großartiger Gebärde von sich. «Ich denke an ihn wie an einen Bruder, einen verehrten und begabten Bruder!»

Eine halbe Stunde drauf glitten sie durch das Land, das gerade grün zu werden begann. Rosamond und ihr Vater saßen hinten, und Louie saß ihnen gegenüber. Der Professor merkte, daß Louie etwas auf dem Herzen hatte. Seine rastlosen blanken Augen flogen immer wieder zu seiner Frau hinüber, als warte er auf eine günstigte Gelegenheit zum Sprechen.

«Übrigens haben wir uns entschlossen», sagte er dann auch bald, «unser Haus aufzugeben, bevor wir ins Ausland gehen, um dadurch die Miete zu sparen. Wir wollen die Bücher und Bilder nach Outland schaffen (und natürlich unsere Hochzeitsgeschenke), und das Silber bringen wir auf die Bank. Von unseren jetzigen Möbeln werden wir kaum etwas brauchen. Würden Sie vielleicht etwas davon benötigen? Und soeben fällt mir ein, Rosie», sagte er und beugte sich vor, um Rosamonds Knie zu berühren, «wir sollten Scott und Kathleen fragen, ob sie nicht vorbeikommen und sich aussuchen wollen, was ihnen gefällt. Es hat keinen Zweck, die Sachen zu verkaufen, man bekommt so wenig dafür.»

Rosamond blickte ihn erstaunt an. Es war ganz offensichtlich, daß sie noch nicht darüber gesprochen hatten. «Rede nicht so töricht, Louie», erwiderte sie ruhig. «Sie würden nie etwas von uns annehmen.»

«Aber warum denn nicht?» fragte er beharrlich und heiter. «Es sind sehr hübsche Sachen dabei. Nicht das richtige für unser Outland, aber gerade richtig für ein kleineres Haus. Wir hatten sie mit viel Bedacht ausgesucht, und wir wollen doch nicht, daß sie nun in einem schmutzigen Trödelladen landen.»

«Das ist auch nicht nötig. Wir können sie draußen in Outland auf dem Boden unterstellen, der ist weiß Gott groß genug. Du brauchst einstweilen überhaupt nichts damit zu unternehmen.»

«Ich finde das bedauerlich, da doch jemand einen Vorteil davon haben könnte. Scott zum Beispiel würde sich über meine Kommode freuen. Er hat sie sehr bewundert, wie ich mich erinnern kann, und mir gesagt, er hätte keine mit richtigen Schubfächern für seine Hemden.»

Rosie ließ verächtlich die Mundwinkel sinken.

«Rosie, laß das! Es ist nicht nett! Hör auf!» Louie schüttelte sie sanft am Ellbogen. «Und woher willst du so genau wissen, daß die McGregors unsere Sachen nicht nehmen würden, wenn du sie doch noch gar nicht gefragt hast?»

«Sie würden sie deshalb nicht nehmen wollen, weil sie uns gehört haben, dir und mir, wenn du's durchaus wissen mußt», entgegnete sie kalt und zog sich zurück.

Louie lehnte sich in seinem Sitz zurück und gab auf. «Warum mußt du so etwas Häßliches denken? Ich glaube es nämlich nicht. Du bist so empfindlich. Scott und Kitty sind ein bißchen reserviert, aber vielleicht würde sich das ändern, wenn du recht nett mit ihnen über die Möbel reden würdest.» Er begann einen neuen Angriff. «Sie hat sich's nämlich in den Kopf gesetzt, Professor, daß die McGregors etwas gegen uns haben. Das stimmt natürlich nicht.»

Rosamond war sehr blaß geworden. Ihre Oberlippe, die, wenn sie freundlich war, so sehr der ihrer Mutter glich, und so viel härter wirkte, wenn sie verärgert war, sank wie ein eiserner Vorhang nieder. «Ich weiß zufällig, daß Scott im Schriftstellerverband seine Stimme gegen dich abgegeben hat, Louie! Du kannst solche Einstellung nennen, wie du willst.»

Marsellus war sichtlich betroffen. Er sah traurig aus. «Das wäre allerdings nicht nett von ihm, wenn er's wirklich getan hätte. Aber bist du sicher, Rosie? Es wird soviel geklatscht, und manche Leute behaupten viel, nur um Familienmitglieder gegeneinander auszuspielen.»

«Es ist kein Klatsch, und es hat auch nicht irgendwer behauptet. Ich weiß es ganz genau. Kathleens beste Freundin hat es mir erzählt.»

Louie warf sich zurück und schüttelte sich vor Lachen. «Oh, die Damen, die Damen! Was sie einander antun, nicht wahr, Professor?»

St. Peter war es sehr unbehaglich zumute. «Ich finde, Rosamond, du solltest solchen Worten keinen Glauben schenken. Ich kann es Scott nicht zutrauen, und ich finde, Louie hat recht. Die Leute sind wie kleine Kinder, und Scott ist arm und stolz. Ich denke mir, daß ihm Louies Kommode große Freude machen würde, falls Louie sie ihm anbietet. Ich fürchte, dir würde es an der notwendigen Liebenswürdigkeit dazu mangeln.»

«Ja, Professor, ich werde zu ihm ins Büro gehen und sie ihm anbieten. Wenn er sie ausschlägt, um so schlimmer für ihn. Dann entgeht ihm ein sehr praktisches Möbelstück.»

Rosamonds Blässe ging in ein Rot über. Glücklicherweise fuhren sie bereits über den gewundenen Kiesweg, der mitten durch den kurzen Teppichrasen zum Country Club führte. «Du kannst mit deinen eigenen Sachen anfangen, was du willst, Louie. Aber von meinen Sachen kommt mir nichts in den Bungalow der McGregors. Ich kenne Scotts eigenartigen Humor zu gut und weiß, was für Witze er darüber reißen würde.»

Der Wagen hielt. Louie stieg aus und reichte seiner Frau den Arm. Er ging mit ihr die Treppe zur Tür hinauf, und selbst sein Rücken drückte soviel geduldige, beschützende Güte aus, daß sich der Professor empört auf die Lippe biß. Louie kam zurück und sah grau und müde aus; er sank mit einem Trauriger-aber-weiser-Lächeln neben dem Professor auf den Rücksitz.

«Louie», sagte der Professor und sprach mit sehr innigem Gefühl, «haben Sie Henry James' Roman ‹Der Amerikaner› gelesen? Darin kommt eine sehr hübsche Szene vor, in der ein junger Franzose, der bei einem Duell verwundet wird, für das Benehmen seiner Familie um Entschuldigung bittet. Ich möchte gern etwas Ähnliches tun. Ich entschuldige mich wegen Rosamond, und auch wegen Scott, falls er eine solche Gemeinheit begangen hat.»

Louies niedergeschlagenes Gesicht begann sofort aufzuleuchten. Er drückte den Arm des Professors voller

Wärme. «Oh, das macht ja nichts, Professor! Was Scott betrifft, so kann ich's verstehen. Er war in der Familie der erste und einzige. Und dann kam ich daher, ein Fremder, und nehme Rosie mit, und dann warf auch das Patent noch so viel Gewinn ab − das genügt, um jeden Mann neidisch zu machen, und noch dazu einen Schotten! Aber ich glaube, daß Scott sich allmählich noch ändern wird. Das tun die Menschen meistens, wenn man sie nett behandelt, und ich will es tun. Ich kann ihn gut leiden. Und was Rosamond betrifft, so brauchen Sie sich ihretwegen keine Gedanken zu machen. Ich habe sie gern, wenn sie ungezogen ist. Sie ist manchmal ein bißchen unvernünftig, aber ich hoffe immer auf eine Zeit, in der sie ganz unglaublich und phantastisch unvernünftig ist, und das wäre für uns alle der Beginn einer sehr glücklichen Epoche.»

«Louie, Sie sind von einer herrlichen Großherzigkeit!» murmelte sein Schwiegervater überwältigt.

17

In den ersten Maitagen schifften sich Lillian und das Ehepaar Marsellus nach Frankreich ein. Der Professor blieb allein zurück und hatte reichlich Zeit, seine Kletterrosen zu spritzen. Sein Garten war noch nie so schön gewesen wie in jenem Juni. Nachdem seine Pflichten an der Universität beendet waren, schmuggelte er sein Bettzeug und ein paar Kleidungsstücke ins alte Haus hinüber und begann ein gemütliches Junggesellenleben. Er wußte ganz genau, daß er eigentlich mit der Arbeit anfangen sollte. Der Garten, in dem er den ganzen Tag über saß, war nicht länger eine stichhaltige Ausrede, die ihn von seinem Dachstudio fernhielt. Doch die Aufgabe, die ihn dort oben erwartete, war schwierig. Es war eine Kleinigkeit, aber eine von jenen Kleinigkeiten, bei denen die Hand befangen wird und sich als steif und plump empfindet.

Er hatte geplant, einen Teil des Sommers dem Tagebuch Tom Outlands zu widmen – es herauszugeben und mit Anmerkungen zu versehen. Lästig war nur, daß er eine Einleitung schreiben mußte. Das Tagebuch umfaßte ein halbes Jahr aus dem Leben des jungen Tom, einen Sommer, den er auf der Blue Mesa verbracht hatte, und über Tom stand kaum etwas darin. Um es verständlich zu machen, mußte ihm ein Vorwort mit einer Skizze über Outland und ein Bericht über sein späteres Leben und Werk vorausgeschickt werden. Über seine wissenschaftlichen Arbeiten zu schreiben, würde verhältnismäßig einfach sein. Doch das war nur ein Teil des ganzen Bildes; Toms Geist war vielseitig, so einfach und geradeheraus sein Charakter auch gewesen sein mochte.

Mrs. St. Peter bestand aber darauf, daß er ganz und gar nicht geradeheraus gewesen sei; aber das lag nur daran, daß er ganz und gar nicht stimmig handelte. Als Forscher war er scharfsichtig und nüchtern; in persönlichen Beziehungen neigte er jedoch zu Übertreibungen und Überspanntheiten. Er idealisierte die Menschen, die er liebte, und brachte seine Verehrung mehr dem Ideal entgegen als der jeweiligen Person, so daß sein Verhalten oft unangemessen überschwenglich war – «Film-Ritterlichkeit» hatte Lillian dies genannt. Einer seiner vielen Aberglauben in Gefühlsdingen war, daß man niemals und unter keinen Umständen einen persönlichen Vorteil aus einer Freundschaft ziehen solle, daß man Zuneigung und berufliches Fortkommen weit voneinander getrennt zu halten habe, als wären es zwei Chemikalien, die sich vermischt gegenseitig zersetzen würden. St. Peter hielt es für die logische Folge seiner fremdartigen Erziehung und seiner frühesten Bekanntschaften. Er wußte, daß es unter Tagelöhnern, die die Eisenbahnen, die Boote, die Mäh- und Dreschmaschinen und die Grubenbohrer der ganzen Welt im Gange hielten, solche Träume aufopferungsvoller Freundschaft und uneigennütziger Liebe gab. Tom aber war mit seinen Träumen in der Universität erschienen, wo ein Aufstieg aufgrund persönlicher Beziehungen als ehrenvoll galt.

Erst als Outland in den letzten Semestern stand, begann Lillian auf ihn eifersüchtig zu werden. Zwei Jahre lang war er fast ein Mitglied der Familie gewesen, und nie hatte sie etwas an dem jungen Burschen auszusetzen gehabt. Doch als der Professor anfing, Tom in sein Studio zu holen, seine Arbeit mit ihm durchzusprechen und ihn zum Freund zu erheben, da entzog ihm Mrs. St. Peter ihre Gunst. So unbeständig konnte sie sein; für sie war Freundschaft nichts Dauerndes. Wenn sie von jemand nichts mehr wissen wollte, dann fand sie natürlich auch Gründe für ihre Treulosigkeit. Sie redete ihrem Mann ein, Tom sei alles andere als offenherzig, wenn er auch so wirke. Über seine eigenen Angelegenheiten habe er sich gründlich ausgeschwiegen, und die Tatsachen, die er ihnen verschweige, seien vielleicht unehrenhaft. Sie hätten ja immer gewußt, daß er Geheimnisse hatte; es müsse mit dem rätselhaften Rodney Blake zusammenhängen und mit dem Bankkonto in New Mexico, von dem er nichts abheben könne. Der junge Mann mußte den Umschwung in ihr gespürt haben, denn von jenem Winter an nahm er seine Arbeit zum Vorwand und kam weniger oft ins Haus. Dafür trafen er und St. Peter sich jetzt regelmäßig in dem kleinen Raum hinter dem Vorlesungssaal des Professors in der Universität.

Eines Sonntags, kurz vor seiner Promotion, kam Tom ins Haus und bat Rosamond, mit ihm zum Abschlußball zu gehen. Die Familie nahm den Tee im Garten ein; einige Tage sehr großer Hitze hatten die Rosen plötzlich zum Blühen gebracht. Rosamond fragte Tom, der in seiner weißen Flanellhose dasaß und sich mit dem Strohhut Luft zufächelte, ob der Frühling im Südwesten ebenso warm sei.

«O nein», hatte er erwidert. «Der Mai ist meistens kühl da unten – strahlende Sonne, aber scharfer Wind und kalte Nächte. Bei der Hitze heute nacht mußte ich unwillkürlich an die stickigen Nächte im Mai in Washington denken.»

Mrs. St. Peter blickte auf. «Meinen Sie Washington City? Ich wußte gar nicht, daß Sie soweit nach Osten gekommen sind?»

Es ließ sich nicht leugnen, daß der junge Mann ein verlegenes Gesicht machte. Er zog die Augenbrauen zusammen und sagte leise: «Doch, ich bin dagewesen. Wahrscheinlich habe ich es deshalb noch nie erwähnt, weil ich keine sehr angenehmen Erinnerungen an die Zeit habe.»

«Wie lange waren Sie dort?» fragte Mrs. St. Peter.

«Den Winter und den folgenden Frühling. Mehr als ein halbes Jahr, und lange genug, um furchtbares Heimweh zu bekommen.» Er verabschiedete sich fast unmittelbar darauf, als befürchte er, noch weiter ausgefragt zu werden.

Ein paar Wochen später tauchte das Thema jedoch noch einmal auf. Nach Toms Abgangsexamen standen ihm zwei Möglichkeiten offen. In der Abteilung Physik wurde ihm unter Dr. Crane eine Dozentenstelle mit kleinem Gehalt angeboten, und außerdem an der Johns Hopkins Universität ein Stipendium für Graduierte. St. Peter riet ihm sehr zu letzterem. Eines Abends, als die Familie über Toms Aussichten sprach, zählte der Professor alle Gründe auf, weshalb Tom nach Baltimore gehen und in dem unter Dr. Rowland berühmt gewordenen Labor arbeiten sollte. Er versicherte ihm auch, daß er die Atmosphäre einer alten südlichen Universitätsstadt reizend finden würde.

«Ja, über die Atmosphäre weiß ich Bescheid», stieß Tom schließlich hervor. «Sie ist reizend, aber für mich ist sie nicht gut. Sie lähmt mich schrecklich. Als ich in Washington war, ging ich oft hin, und jedesmal war ich danach ganz niedergeschlagen. Ich glaube nicht, daß ich dort arbeiten könnte.»

«Aber können Sie sich jetzt bei einer so wichtigen Entscheidung von den Eindrücken eines Kindes leiten lassen?» fragte Mrs. St. Peter ernst.

«Ich war damals kein Kind mehr, Mrs. St. Peter. Ich war ebenso erwachsen, wie ich es jetzt bin – in mancher Hinsicht sogar älter. Es war knapp ein Jahr, bevor ich hierher kam.»

«Aber Tom, damals warst du doch bei der Bahn? Warum bringst du uns so durcheinander?» Kathleen haschte nach seiner Hand und quetschte seine Knöchel zusammen, was sie immer tat, wenn sie ihn strafen wollte.

«Also dann ist's vielleicht zwei Jahre her. Ist ja egal. Jedenfalls war es lange genug, um für zwei gewöhnliche Jahre zu zählen!» entgegnete Tom geistesabwesend.

Wieder ging er unvermittelt rasch fort, und zwei Tage drauf erzählte er St. Peter, er habe sich endgültig für die Dozentenstelle bei Crane entschieden und bliebe in Hamilton.

In jenem Sommer nach Tom Outlands Graduierung sollte der Professor alles erfahren, was hinter Toms Zurückhaltung steckte. Mrs. St. Peter und die beiden Mädchen waren in Colorado, und der Professor war allein im Haus und schrieb an den Bänden drei und vier seines Geschichtswerks. Tom führte für sich privat drüben im Physiklabor einige Experimente durch. Er und St. Peter waren abends oft zusammen, und an den schönen Nachmittagen gingen sie schwimmen. Jeden Samstag überließ der Professor das Haus der Putzfrau, und er und Tom gingen zum See und verbrachten den Tag im Segelboot.

Es war ein Sommer, wie ihn St. Peter besonders liebte, wenn er schon in Hamilton bleiben mußte. Er war sein eigener Koch und hatte sich von einem gerissenen Importhändler in Chicago eine Auswahl an Käsesorten und leichten italienischen Weinen kommen lassen. Jeden Morgen, ehe er sich an den Schreibtisch setzte, unternahm er einen Gang zum Markt und suchte sich Obst und Salat aus. Abends aß er um acht Uhr. Wenn er eine schöne Lammkeule gebraten hatte, «saignant» und or-

dentlich mit Knoblauch eingerieben, ehe sie in die Brat-
pfanne kam, dann war Outland zum Essen geladen. Über
einer Platte mit dampfendem Spargel, der in eine Serviette gehüllt war, um heiß zu bleiben, und bei einer
Flasche spritzigen Astis plauderten sie und beobachteten,
wie die Nacht über den Garten hereinbrach. War der
Abend zufällig einmal verregnet oder kühl, dann saßen
sie im Haus und lasen Lukrez.

An einem dieser Regenabende, als sie im Eßzimmer
vor dem Kaminfeuer saßen, erzählte Tom endlich die
Geschichte seiner Jugend, die er solange verschwiegen
hatte. Es war nichts sehr Belastendes, nichts sehr Wichti-
ges; eine Geschichte jugendlichen Mißerfolgs, eine Geschichte über Dinge jener Art, für die ein Junge empfänglich ist – bis er älter wird.

ZWEITES BUCH

Tom Outlands Geschichte

1

Was mich etwas aus dem Geleise warf, so daß ich erst so spät zum Studium kam, war ein ungewöhnliches Ereignis oder vielmehr eine Kette von Ereignissen. Es begann mit einem Pokerspiel, damals, als ich noch «Callboy» in Pardee, New Mexico, war.

In einer kalten, klaren Nacht im Herbst brach ich auf, um eine Rotte für einen Güterzug zusammenzutrommeln, die bald nach Mitternacht abfahren sollte. Es war nach dem Zahltag, und einer von den Leuten hatte mir verraten, daß im Kartenzimmer hinter dem «Ruby Light Saloon» Poker gespielt wurde. Ich wußte, daß fast alle von meiner Rotte mitmachen würden, bis auf den Zugführer Willis, der zu Hause ein krankes Baby hatte. Die Vorderfenster waren natürlich dunkel. Ich ging eine Hintergasse hinauf, durch eine Ruine von Eishaus und über einen Hof bis in einen Adobe-Raum, der mit dem eigentlichen Restaurant überhaupt nicht in Verbindung stand. Er war überfüllt und heiß und stickig. Sechs oder sieben Männer spielten, und eine Menge Männer standen an den Wänden und rieben mit ihren Rockschultern die weiße Tünche von der Lehmwand. In dem einen Fenster hing ein Vogelkäfig, der mit einem alten Flanellhemd zugedeckt war, aber der Kanarienvogel war erwacht und

sang aus Leibeskräften. Er konnte wundervoll singen –
ein alter Mexikaner hatte ihn ausgebildet –, und er gehörte zu den Attraktionen des Restaurants.

Ich traf gerade ein, als ein Jackpot im Gange war. Zwei
von den Leuten, die ich holen mußte, waren daran beteiligt, und natürlich wollten sie das Spiel erst zu Ende
bringen. Ich stand mit der Uhr in der Hand neben der Tür
und achtete für sie auf die Zeit. Unter den Spielern sah
ich zwei Schafhirten, die immer für ein lebhaftes Spiel zu
haben waren, und einer von den Zuschauern erzählte
mir, man müsse Chips im Wert von hundert Dollar kaufen, wenn man mitmachen wollte. Die Menge regte sich
besonders über einen gewissen Rodney Blake auf, der,
ohne sich zu waschen, schnurstracks von seiner Lokomo-
tive hergekommen war. Das war sonst nicht üblich. Sowie
jemand von seiner Tour zurückkehrte, nahm er gleich ein
Bad, zog sich Zivilkleider an und ging zum Friseur, um
sich rasieren zu lassen. Dieser Blake war ein neuer Heizer
auf unserer Strecke. Er war in seinem schmierigen Over-
all und einem verschwitzten blauen Hemd in die Stadt
gekommen, und sein Gesicht war vom Rauch schwarzge-
streift. Er hatte getrunken; er roch danach, und seine
Augen konnten nichts mehr fixieren. Die anderen Männer waren alle sauber gewaschen und frisch rasiert, und
sie waren wütend auf Blake – sagten, seine Hände wären
so ölig, daß die Karten verdreckten. Ein paar wollten ihn
vom Spiel ausschließen, aber er war ein großer, kräftig
gebauter Mensch, und keiner traute sich, es ihm zu
sagen. Und es paßte ihnen erst recht nicht, als er den
Jackpot dann auch noch gewann.

Ich holte mir meine beiden Leute und hetzte sie nach

draußen, und zwei andere von den an der Wand stehenden Männern nahmen ihre Plätze ein. Einer von den Gesellen, der mit mir fortging, bat mich, in sein Haus hinaufzugehen und seine Tasche mit der Arbeitskleidung zu holen. Er hatte jeden Cent seines Wochenlohns verspielt und wollte seiner Frau nicht gegenübertreten. Ich fragte ihn, wer am Gewinnen sei.

«Blake. Der dreckige Strolch hat alles eingestrichen. Aber bis morgen früh werden's ihm die anderen schon wieder abgenommen haben!»

Gegen zwei Uhr, als meine Nachtarbeit beendet war und ich zum Schlafen nach Hause gehen wollte, schaute ich nochmal ins Pokerzimmer, um zu hören, wie alles abgelaufen war. Das Spiel war gerade aus. Seit ich sie um Mitternacht verlassen hatte, waren sie zu Stud-Poker übergegangen, und der Heizer Blake hatte alle ausgeplündert. Er löste gerade seine Chips ein, als ich hereinkam. Die Bank konnte ihn nicht völlig ausbezahlen, aber darüber regte sich Blake nicht weiter auf. Vor ihm auf dem Tisch lagen etwa sechzehnhundert Dollar in Banknoten und Gold. Ein paar Männer in der Menge beschimpften ihn und wollten ihn so zu einer Rauferei herausfordern, um ihn dann zu bestehlen. Er achtete nicht darauf, sondern begann das Geld einzustecken und blickte keinen an. Die Scheine faltete er zusammen und steckte sie hinter das Band seines Hutfutters. Das Gold verstaute er in den Taschen seines Overalls, und den Rest wischte er in sein großes rotes Schnupftuch hinein.

Seit der Mann in unseren Bezirk versetzt wurde, hatte ich mich für ihn interessiert; er war stets verschlossen und unfreundlich. Er war einer der Männer mit gedrungenen, kräftigen Körpern und jungen Gesichtern, wie man sie häufig bei Arbeitern antrifft. Sein Gesichtsausdruck hatte etwas Stilles und Sarkastisches und Spöttisches an sich – auch das findet man oft bei Arbeitern. Als er all sein Geld eingesteckt hatte, stand er auf und ging schweigend auf die Tür zu, ohne auch nur einer Menschenseele Gute Nacht zu sagen.

«Is'n Schwein und benimmt sich wie'n Schwein!» schrie ihm der kleine Barney Shea nach. Blake stand schon auf der Schwelle; er zuckte mit der einen Schulter, drehte sich aber nicht um und gab keinen Laut von sich.

Ich glitt hinter ihm nach draußen und folgte ihm die Straße hinab. Sein Gang war unsicher, und bei jedem Schritt klimperte das Gold in seinen vollgestopften Taschen. Ich rannte ein Stückchen und holte ihn ein. «Was wollen Sie mit all dem Geld machen, Blake?» fragte ich ihn.

«Will's morgen nacht wieder verlieren. Bin kein geldgieriges Schwein! Die verdammten geschniegelten Stadtfratzen, die!»

Ich fand, es sei besser, wenn ich ihn bis nach Hause begleitete. Ich wußte, daß er bei einer alten Mexikanerin in Logis war, im gelben Stadtviertel hinter dem Lokschuppen. Sein Zimmer ging direkt auf die Straße, und die Tür war himmelblau. Er trat ein, zündete keine Kerze an und machte auch nicht die geringsten Anstalten, sich auszukleiden, sondern warf sich aufs Bett, wie er war, und schlief ein. Der Hut verklemmte sich zwischen den Eisenstangen am Kopfende seines Bettes, das Gold kullerte ihm aus den Taschen und rollte im Dunkeln über den kahlen Fußboden.

Ich strich ein Zündholz ab und zündete eine Kerze an. Das Bett nahm die Hälfte seines Zimmers ein. Auf der Kommode stand ein Koffer mit seinen sauberen Sachen, stand noch so dort, wie er ihn hingestellt hatte, als er von seiner Tour zurückkam. Ich nahm die Sachen heraus und begann das Geld aufzusammeln. Ich holte die Scheine aus seinem Hut, leerte seine Taschen und sammelte die Münzen ein, die rings um seine Hüften in der Bettmulde lagen, und brachte alles im Koffer unter. Danach blies ich das Licht aus und setzte mich hin, um aufzupassen. Ich traute allen Burschen, die in der Nacht im «Ruby Light» gewesen waren, bis auf Barney Shea. Er könnte einen Versuch machen, dem Fremden im Mexikanerviertel etwas abzuknöpfen. Wir hatten jedoch eine ruhige Nacht, und obendrein eine kalte. Ich fand Blakes Wintermantel, der an der Wand hing, und wickelte ihn um mich herum. Es tat mir kein bißchen leid, als die Hähne zu krähen begannen und alle Hunde durchs ganze Mexikanerviertel zu bellen anfingen. Endlich ging auch die Sonne auf und tauchte die Wüste und die Adobe-Stadt im Handumdrehen in ein glühendes Rot. Ich fing an, den Mann auf dem Bett wachzurütteln. Männer zu wecken, die nicht aufstehen wollten, war ein Teil meiner Berufspflichten, und ich ließ nicht locker, bis ich ihn auf den Beinen hatte.

«Hallo, Kleiner, willst mich abholen?»

Ich erwiderte ihm, ich hätte ihn zu einem Frühstück im Harvey House abholen wollen. «Sie schulden mir eins! Ich hab' Sie letzte Nacht heimgebracht!»

«Fein, ich freu mich, wenn du mir Gesellschaft leistest! Warte nur, bis ich mich gewaschen hab!»

Er nahm Seife, Handtuch und Kamm und ging nach

draußen in den Patio, einen kleinen hübschen, sandigen Innenhof, rundum bewachsen mit Blumen und Ranken, und wusch sich am Brunnentrog. Dann rief er mich, ich solle kommen und ihm Wasser auf den Kopf pumpen. Nachdem er dem kalten Wasserstrahl ein paar Sekunden standgehalten hatte, richtete er sich zähneklappernd auf.

«Das sollte einem wohl den Whisky aus dem Kopf treiben, was? Herrliches Gefühl, Tom!» Dann begann er seine Taschen zu betasten. «Hab' ich's bloß geträumt? Oder hab' ich letzte Nacht eine Reihe Jackpots gewonnen?»

«Das Geld ist in Ihrem Koffer», entgegnete ich. «Sie verdienen's gar nicht, denn Sie waren zu betrunken und konnten nicht drauf achtgeben. Ich mußte hinter Ihnen herlaufen und es aus dem Dreck aufsammeln.»

«Schon gut. Machen wir halbe-halbe! Wie gewonnen, so zerronnen!»

Ich erklärte ihm, daß ich weiter gar nichts von ihm annehmen wolle als ein anständiges Frühstück, das aber sehr rasch.

«Immer mit der Ruhe, Jungchen! Muß mein Hemd wechseln. Das hier ist naß!»

«Es ist mehr als naß, es ist dreckig. Sie sollten nicht in die Stadt gehen, ohne sich vorher umzuziehen. Sie sind hier fremd, und es macht einen schlechten Eindruck.»

Er zuckte die Achseln und setzte eine überlegene Miene auf. Er hatte ein vierkantiges, ehrliches Gesicht und ernste Augen, zu denen der höhnische Ausdruck gar nicht paßte. Ich wußte, daß er ein anständiger Mensch war, obwohl er, seit er in unserem Bezirk wohnte, dauernd getrunken und sich schlecht benommen hatte.

Nach dem Frühstück gingen wir ins Freie und setzten uns an eine Stelle, wo der Bretterbürgersteig über eine Sandrinne führt und dort eine Art Brücke bildet. Wir hatten ein langes Gespräch, und schließlich konnte ich ihn dazu überreden, mit mir zur Bank zu gehen, denn den Koffer mit seinem Gewinn hatte ich schon mitgenommen. Wir zahlten alles bis auf den letzten Cent auf ein Sparkonto ein, das er vor Ablauf eines Jahres nicht anrühren konnte.

Von jener Nacht an waren Blake und ich die engsten Freunde. Er gehörte zu den Menschen, die für einen anderen alles tun und nichts für sich selbst. Solche gibt's viele unter den Arbeitern. Sie sind nicht durch irgendwelche Erfolge zu einer Art planmäßiger Selbstsucht erzogen worden. Rodney hatte mit den Menschen seiner Umgebung Pech gehabt. Er war von zu Hause fortgelaufen, als er noch klein war, weil seine Mutter sich wieder verheiratet hatte – und zwar mit einem Mann, der ihr schon den Hof gemacht hatte, während sein Vater noch lebte. Er hatte sich mit einem Mädchen verlobt, als er bei der Southern Pacific arbeitete, und sie hatte ihn betrogen, wie er sagte. Dann ging er nach Mexiko und hörte auf seine Freunde, die ihm empfahlen, all seine Ersparnisse in einer Ölquelle anzulegen, und sie zogen ihm das Fell über die Ohren. Was er brauchte, war ein Kamerad, ein aufrechter Bursche, vor dem er sich bewähren konnte. Ich war zehn Jahre jünger als er, und das war günstig. Er war gern der ältere Bruder. Ich glaube, die Tatsache, daß ich eine Art Heimatloser war und keine Familie hatte, erleichterte es ihm, mir gegenüber weniger verschlossen zu sein. Allmählich hielt er sehr viel von mir, und ich von

ihm. Es war der Winter, in dem ich die Lungenentzündung bekam. Mrs. O'Brien konnte nicht viel für mich tun,
denn sie war völlig überfordert, die Arme, mit ihrem
Haus voll Kinder. Blake nahm mich in sein Zimmer, und
er und die alte Mexikanerin pflegten mich. Er hätte
eigene Jungen haben sollen, für die er hätte sorgen
können. Die Natur liefert gern solchen Ersatz, aber mir
kommt's immer traurig vor, auch dann, wenn es sich nur
in der Botanik abspielt.

Erst im Frühling war ich wieder auf den Beinen, und
dann sagten der Arzt und Pater Duchène, ich müsse
meine Nachtarbeit aufgeben und den ganzen Sommer im
Freien leben. Ehe ich selber etwas davon erfuhr, hatte
Blake schon seinen Posten bei der Santa Fé-Linie aufgegeben und für sich und mich Arbeit bei der Sitwell Cattle
Company angenommen. Jonas Sitwell war einer der
größten Viehzüchter in unserem Teil von New Mexico.
Roddy und ich sollten eine kleine Herde Weidevieh den
ganzen Sommer lang über das Grasland treiben und
dann hinunter zum Winterlager am Cruzados-Fluß führen, wo sie bis zum Frühling auf der Weide bleiben
würden.

Ungefähr am ersten Mai brachen wir auf, und zwanzig
Meilen südlich von Pardee, der Blue Mesa entgegen,
trafen wir auf unsere Herde. Die Blue Mesa war eine von
den Landmarken, die man immer von Pardee aus sehen
konnte – Landmarken bedeuten viel in einem flachen
Lande! Im Nordwesten, in der Richtung von Utah, lagen
die Mormon Buttes, drei zackige blaue Gipfel, die seit
Ewigkeiten dort thronten. Südlich von uns war die Blue
Mesa, und sie war viel farbiger, fast violett. Die Leute

erzählten, das Felsgestein habe dort eine satte, etwas violette Tönung. Von unserer Stadt aus glich sie einem kahlen blauen Felsklotz, der ganz allein in der Ebene hockte und fast viereckig schien, bis auf den Gipfel, der auf der einen Seite etwas höher ragte. Die alten Siedler sagten, daß kein Mensch je hinaufgekommen sei, weil die Seiten so steil waren und der Cruzados-Fluß eine Schleife um die Blue Mesa beschrieb und sie an der einen Seite unterhöhlt hatte.

Blake und ich wußten, daß sich das Sitwell-Winterlager unten am Cruzados-Fluß befand, genau unterhalb der Mesa, und den ganzen Sommer hindurch, während wir mit unserer Herde von einem Wasserloch zum nächsten zogen, redeten wir von unserem Plan, die Mesa zu erklimmen und als erste Menschen oben zu stehen. Nach dem Abendbrot, wenn wir unsere Pfeifen angezündet hatten und den Sonnenuntergang beobachteten, war die Ersteigung der Mesa unser Hauptgesprächsthema. Unser Posten war ein Kinderspiel und gab kaum für einen Mann genügend zu tun. Die Sitwells waren gut zu ihren Cowboys. Der Vorarbeiter John Rapp kam einmal monatlich in seinem kleinen Planwagen an, um zu sehen, wie es den Herden ging, und um uns neue Lebensmittelvorräte und Bündel alter Zeitungen zu bringen.

Blake studierte die Zeitungen sehr gründlich. Er wollte stets wissen, was in der Welt vor sich ging, obwohl ihm das meiste mißfiel. Er grübelte über die großen Ungerechtigkeiten unserer Zeit nach, über die Hinrichtung der Anarchisten in Chicago, an die er sich noch erinnern konnte, und über die Dreyfuß-Affäre. Über das, was wir in der Zeitung lasen, disputierten wir lang und breit, aber gestritten haben wir uns nie. Mit Blake hatte ich keinen anderen Ärger als den, daß ich meinen Anteil an der Arbeit nicht erledigen durfte. Immer schob er meinen Gesundheitszustand vor, um alle schwere Arbeit selber zu machen, auch noch, nachdem ich längst ganz gesund war. Ich hatte meinen Cäsar mitgebracht, da ich Pater Duchène versprochen hatte, täglich hundert Verse zu lesen. Blake achtete darauf, daß ich es tat – und wollte, daß ich ihm das langweilige Zeug laut übersetzte. Er sagte, wenn ich einmal mein Latein richtig könnte, brauchte ich mich nicht mein Leben lang wie ein Esel abzurackern. Vor der Bildung empfand er eine große Hochachtung, hielt sie aber für eine Art Hokuspokus, die den Menschen in die Lage versetzt, ohne Arbeit zu leben. Wir hatten Defoes «Robinson Crusoe» mitgenommen und auch Roddys Lieblingsbuch, Swifts «Gullivers Reisen», an dem er sich nie satt lesen konnte.

Ende Oktober kam Rapp, der Vorarbeiter, um uns zum Winterlager hinunter zu begleiten. Blake blieb etwa fünfzehn Meilen weiter östlich bei der Herde, weil das Gras dort noch gut war, und Rapp und ich ritten zum Lager hinunter, um die Hütte zu lüften und die Wintervorräte zu verstauen.

2

Die Hütte lag in einem kleinen Piñon-Wäldchen, ungefähr dreißig Meter vom Ufer des Cruzados-Flusses entfernt. Sie blickte nach Süden. Gegen Norden war sie durch einen niedrigen Hügel geschützt. Das Grama-Gras

stand hoch und wuchs fast bis zur Türschwelle, und als
wir hielten und uns alles besahen, hüpften die Kanin-
chen herum, und die Heuschrecken plumpsten gegen die
Tür. Es lag nirgends Gerümpel, und alles war so ordentlich wie der Bau eines Präriehundes. Ställe waren nicht
da, nur ein Schuppen für unsere Pferde. Der Hügel hinter dem Haus war sandig und mit einer Ansammlung
hochgewachsener Hirschhornkakteen bedeckt; nach Süden hin wuchs nur Gras und ab und zu strichweise etwas leuchtend gelber Kaninchenbusch. Die Baumwoll-
pappeln und Zitterespen längs des Flusses hatten sich
schon golden verfärbt. Uns genau gegenüber, ja, fast
überhängend, erhob sich die Blue Mesa, eine Masse aus
violettem Felsgestein, dessen Spalten in den Steilwän-
den hoch oben überquollen von rotem Sumach und goldenen Espen. Von der Hütte aus konnte man Tag und
Nacht den Fluß rauschen hören, wo er sich um den Fuß
der Mesa wand und über Steinblöcke strudelte. Es war
ein Ort, wie geschaffen, um ein Leben lang dortzublei-
ben.

Ich half Rapp, die hölzernen Fensterläden zu öffnen
und die Hütte zu fegen. Wir breiteten saubere Wolldek-
ken auf die Pritschen und verstauten Kaffee und Speck
und Konservenbüchsen auf den Regalen hinter dem
Kochherd. Ich muß gestehen, daß ich mich darauf freute,
auf einem eisernen Kochherd mit vier Feuerlöchern zu
kochen. Aber Rapp erklärte mir, daß Blake und ich all
den Luxus in der nächsten Zeit noch nicht gemeinsam
genießen könnten. Er wollte, daß die Herde noch ein
gutes Stück weiter nördlich blieb, solange das Gras dort
gut war, und Roddy und ich sollten uns abwechseln,

indem einer in der Nähe der Herde kampierte und der andere im Bett schlief.

«Hier unten ist nicht genug Weidegras für einen langen Winter», sagte er, «und es ist am sichersten, sie solange wie möglich im Norden weiden zu lassen. Außerdem, wenn ihr sie hier herunterbringt, solange das Wetter noch so warm ist, dann werden sie launisch, und die Mesa wird ihnen gefährlich. Dann schwimmen sie durch den Fluß und stürzen sich auf die Mesa, und ihr bekommt sie nie wieder zu Gesicht. Auf die Art haben wir schon viel Vieh verloren. Die Mesa ist geradezu bevölkert von Herumtreibern aus unserer Herde, und jetzt muß es da oben schon eine hübsche kleine Herde Wildrinder geben. Wenn der Wind gerade so steht, dann bekommen unsere Kühe hier Witterung und reißen aus, einfach über den Fluß weg. Ihr müßt sehr scharf auf sie aufpassen.»

Ich fragte ihn, ob denn noch nie jemand nach drüben gegangen sei, um das ausgerissene Vieh zurückzuholen.

Rapp starrte mich an. «Von der Mesa? Da ist noch nie jemand gewesen. Die Steilwände sind wie der Sockel von einem Denkmal, ringsherum. Der einzige Weg, der hineinführt, ist der tiefe Canyon drüben, der über dem Wasserspiegel anfängt, dort, wo der Fluß die Biegung macht. Da kann man nicht hin, weil der Fluß zu tief zum Hindurchwaten ist, und zum Schwimmen ist die Strömung zu stark. Vielleicht könnte ein Pferd hinüberschwimmen, weil's ja die Rinder können, aber ich möchte nicht der Mann sein, der's ausprobiert.»

Ich erzählte ihm, daß ich den ganzen Sommer die Mesa vor Augen gehabt hätte und entschlossen sei, sie zu besteigen.

«Nicht, solange du bei der Sitwell-Company arbeitest, das laß dir gesagt sein! Wenn ihr Jungs solchen Unsinn anstellen wollt, dann fliegt ihr raus! Ihr brecht euch die Knochen, und wir verlieren die Herde. Man muß sie scharf beobachten, damit sie nicht nach drüben gehn, glaubt's mir! Wenn nicht die Mesa drüben wäre, dann wäre das hier das beste Winterlager von New Mexico!»

Nachdem der Vorarbeiter weg war, richteten wir uns ein und genossen das beschauliche Dasein und das schöne Wetter; blaugoldne Tage und klare, frostkühle Nächte. Wir ließen die Herde im Norden und Osten und wechselten uns beim Hüten ab. Der eine blieb bei der Herde, während der andere sich in der Hütte ausruhte und etwas zu essen kochte. Die Mesa war unser einziger Nachbar, und je näher wir ihr waren, um so verführerischer wurde sie. Sie war nicht länger ein blauer, formloser Klumpen, wie sie uns aus der Ferne erschienen war. Ihre Umrisse zeichneten sich gegen den Himmel wie die eines riesigen Urtiers ab, das sich hingelagert hat, den Kopf im Norden und höher als die Flanken, die der Fluß umspülte. Daß die Nordseite unbegehbar war, glaubten wir ohne weiteres − senkrechte, glatte Felswände, die vierhundert Meter tief zur Ebene abfielen. Die Südflanke, die jenseits des Flusses der Hütte gegenüber lag, schien jedoch ersteigbar, und zwar in dem tiefen Canyon, der den Klotz vom obersten Rand bis hinunter zum Fluß in zwei Hälften spaltete. Auf einige Entfernung war er zwar unsichtbar und verlor sich in dem massiven Würfel wie eine Mäusespur in einem großen Käse. Der Canyon durchbrach augenscheinlich die Umrisse der Mesa nicht, und man mußte dicht davorstehen, um zu erkennen, daß er überhaupt vorhanden war. Wir sahen auf die schmalste Seite der Mesa. Von Norden nach Süden war sie nur drei Meilen lang, aber von Osten nach Westen maßen die Flanken die doppelte Länge. Ob die Hochfläche oben bewaldet war oder nicht, konnten wir nicht sehen – sie ragte zu hoch vor uns auf; aber die Steilwände und der Canyon über dem Fluß waren herrlich bewachsen, und Gruppen von Zitterpappeln und Piñons und ein paar dunkle Zedern schwebten in den Lüften wie die hängenden Gärten von Babylon. Zu bestimmten Tageszeiten nahmen die Zedern, die so hoch oben die Felswand säumten, die bläuliche Tönung des Gesteins an.

Lange bevor das Licht zu uns kam, war es dort oben hell. Wenn ich bei Tagesanbruch aufstand und zum Wasserholen an den Fluß hinunterging, war unser Lager noch grau und kalt, aber den Mesa-Gipfel rötete die aufgehende Sonne, und all die schlanken Zedern längs der Felsen brannten metallisch wie mattes Gold. An manch einem Morgen stieg die Mesa wie ein lodernder Vulkan aus dem dunklen Fluß. Doch die Mesa verkürzte unsere Tage auch beträchtlich. Bereits früh am Nachmittag verschwand die Sonne hinter dem Klotz, und dann lag unser Lager in seinem Schatten. Nach einiger Zeit strömte das Licht der untergehenden Sonne hinter der Mesa hervor, und sie stand wie ein riesiger, pechschwarzer Steinblock vor einem Feuerhimmel.

Kein Wunder, daß sie uns plagte und lockte. Immer war sie da, und immer wieder in anderer Gestalt. Düstere Gewitter rückten hinter der Mesa näher und stürzten dann ohne Warnung wie Panther auf uns nieder. Die Blitze umspielten sie und stachen ihr in die Flanken, so daß wir stets befürchteten, sie würden das Unterholz in Brand stecken. Nirgends habe ich so laute Donnerschläge gehört wie dort. Die Steilwände warfen den Schall zurück, und wir meinten, die Mesa müsse, obwohl sie so massiv schien, voller tiefer Canyons und Höhlen sein, die das noch lange nachhallende Grollen und Poltern verursachten, das auf jeden Donnerschlag folgte. Nachdem der Himmel sich ausgetobt hatte, tönte die Mesa noch immer wie eine Trommel und schien von sich aus zu murren und zu knurren.

Eines Nachmittags war ich unterwegs, um Truthähne zu jagen. Als die Sonne schon sank, stieß ich auf ein wogendes Meer von Kaninchenbüschen, die noch gelb blühten, und die waagrechten Sonnenstrahlen tasteten sich hinein und zeigten sehr deutlich, wie der Boden dort gestaltet war. Ich bemerkte eine Anzahl gerader Furchen und Kuppen, die wie Ackerfurchen vom Fluß her landeinwärts verliefen. Es war zu spät, um sie genauer zu untersuchen. Ich schnitt eine Weidengerte ab und steckte sie in einen Furchenrücken, um sie wiederzufinden. Am nächsten Tag ging ich mit einem Spaten zum Kaninchenbuschfeld zurück und begann in dem sandigen Boden zu graben. Ich entdeckte etwas, das unverkennbar ein Bewässerungskanal war, denn er war mit harten, glatten Steinen und Adobe-Zement ausgelegt und wies Schleusen auf, durch die das Wasser in die Gräben geführt werden konnte. Längs der Wasserrinnen grub ich Stücke und Scherben von Töpfen aus, jedoch war alles zerbrochen, dann noch Pfeilspitzen und eine sehr sauber gearbeitete Steinaxt.

An jenem Abend kehrte ich nicht in die Hütte zurück,

sondern ich brachte Blake, der im Norden bei der Herde war, meine ausgegrabenen Probestücke. Natürlich wußten wir beide, daß überall im Land Indianer gelebt hatten, doch waren wir überzeugt, daß es sehr, sehr lange her sein mußte, seit die Indianer Steinwerkzeuge benutzt hatten. In alten Zeiten mußte hier eine Kolonie von Pueblo-Indianern gelebt haben; feste Siedler wie die Taos-Indianer und die Hopi, nicht Nomaden wie die Navajo.

Für Menschen, die so abseits und allein wohnen wie wir damals, ist es immer aufregend, im Boden eines unbesiedelten Landes Zeugnisse menschlicher Arbeit und Mühen zu entdecken. Es kommt einem vor wie eine Art Botschaft, und man hat plötzlich eine andere Einstellung zu dem Boden, über den man täglich hinwegschreitet. Ich liebte das Winterlager allmählich mehr als jeden anderen Ort, an dem ich je gelebt hatte. Nie trat ich morgens aus der Tür unserer Hütte, um Wasser zu holen, ohne stets von neuem entzückt zu sein von unserem reizenden Winkel und dem Fluß und der alten Mesa hoch über uns, deren Hochplateau schon wie ein Freudenfeuer brannte. Ich wollte gar zu gern sehen, wie es auf der anderen Seite aussah, und bald machte ich mir einen freien Tag und ritt nördlich des Lagers, wo der Fluß seicht und breit war, durch ihn hindurch und um die Mesa herum, bis ich unter der Südflanke wieder auf den Fluß stieß.

Durch den Ritt bekam ich eine bessere Vorstellung von der tatsächlichen Gestalt der Mesa. Ringsherum erhoben sich die gleichen Steilwände aus hartem, blauem Felsen, doch an manchen Stellen war ihm eine viel weichere

Gesteinsart beigemischt. In den weichen Adern verliefen ausgetrocknete Wasserrinnen, in denen man bestimmt emporklimmen konnte, doch keine erreichte den oberen Rand der Mesa. Das Hochplateau schien eine einzige große Platte aus sehr hartem Felsen zu sein, die wie die Fläche eines altmodischen Marmortisches auf der aus gemischtem Gestein bestehenden Basis ruhte. Die vom Wasser ausgewaschenen Rinnsale stiegen mehrere hundert Meter die Felswand hinauf, doch stets hörten sie unterhalb des großen Randfelsens auf, der wie ein Granitbord weit über sie hinausragte. Ohne eine Spalte in der Felsenplatte war die Mesa nicht zu erklimmen, das war mir klar. Als ich am Abend ins Lager zurückritt, war ich überzeugt, daß wir, falls wir jemals hinaufkletterten, die gleiche Route wie die Rinder einschlagen mußten, nämlich durch den Fluß und den Canyon hinauf, der am Fluß unten begann.

3

Ende November trieben wir die Herde ins Winterlager hinunter. Anfang Dezember kam der Vorarbeiter mit köstlichen Vorräten für die Weihnachtszeit. Diesmal kam er nicht allein. Er hatte eine Aushilfe mitgebracht, ein klägliches Wrack von einem alten Mann, den er in Tarpin aufgelesen hatte, einem Ort an der Bahnlinie, etwa dreißig Meilen nordöstlich von uns, wo die Sitwells ihre Vorräte einkauften. Der alte Mann war eine gescheiterte Existenz, ein Engländer namens Henry Atkins. Er war Kammerdiener und Krankenpfleger und Koch gewesen, und viele Jahre lang war er bei der Anchor-Line als Steward angestellt. In letzter Zeit war er Koch bei ein paar Schaftreibern gewesen, doch hatten sie im Rinderland geweidet, wo sie nicht sein durften. Sie hatten irgendetwas Finsteres angestellt und mußten in aller Eile fliehen. Den alten Henry ließen sie in Tarpin zurück, wo er bald seinen ganzen Lohn vertrank. Als Rapp ihn dort aufgabelte, lebte er von Almosen.

«Ich habe ihm gesagt, daß wir ihm nichts bezahlen könnten», erklärte Rapp. «Aber wenn er hierbleiben und für euch Jungs kochen will, bis ich das nächste Mal komme, dann hat er reichlich zu essen und ein Dach über dem Kopf. In Tarpin hat er im Mietstall geschlafen. Er sagt, er sei ein guter Koch, und ich dachte, zu Weihnachten könnte er's euch ein bißchen festlicher machen. Er stört euch nicht weiter, er hat nichts von einem gemeinen Säufer an sich – ich erkenne einen Säufer, wenn ich ihn sehe. Wenn ich das nächste Mal herkomme, bring' ich ihm ein paar alte Sachen von der Ranch mit, und ihr könnt ihn rauswerfen, wenn ihr ihn nicht haben wollt. Er hat weiter kein Gepäck als das, was er da in die Zeitung eingewickelt hat. Es sind nur Schuhe drin – ein Paar Lacklederschuhe und ein Paar Pantoffeln. Wichtig ist mir nur, daß ihr beiden niemals und unter keinen Umständen allein loszieht und euch amüsiert und ihm die Herde überlaßt. Denkt dran, nicht mal eine Stunde! Er ist nicht kräftig genug und hat nicht viel Verstand.»

Nachdem wir nun den alten Henry hatten, wurde das Leben für Blake und mich zu einem endlosen Feiertag. Er war ein wundervoller Koch und ein guter Haushalter. Die Hütte hielt er so sauber wie eine Puppenstube, schmückte sie mit Piñon-Zweigen und bedeckte die Küchenregale mit Zeitungspapier, das er in wunderlichen Mustern ausschnitt. Er hatte, als er im Hospital Krankenpfleger war, das Bettenmachen erlernt, und von nun an schliefen wir auf unseren Pritschen wie in den feinsten Hotelbetten im Harvey House, und das ist noch heutigentags das beste, was ich von einem Bett sagen kann. Er war ein so höflicher, manierlicher alter Knabe, und so einfältig und freundlich wie ein Kind. Ich fragte mich oft, wie ein so unschuldiger und wehrloser Mensch es überhaupt fertig gebracht hatte, sich in einer so harten Welt fast siebzig Jahre lang durchzuschlagen. Jeder konnte ihn übers Ohr hauen. Leuten, die ihn schlecht behandelt hatten, war er noch nicht einmal böse. Sehr gern erzählte er von den vornehmen Leuten, bei denen er Diener gewesen war, und was für glänzende Trinkgelder sie ihm gegeben hatten. Bei uns draußen, wo er keinen Whisky bekam, war er ein Muster an gutem Benehmen. «Der Alkohol ist meine schwache Seite», sagte er manchmal entschuldigend. Er rasierte sich jeden Morgen und war immer geschniegelt und gestriegelt. Er wuchs uns richtig ans Herz, und wir drei waren eine glückliche Familie.

Seit wir unsere Herde ins Winterlager heruntergeholt hatten, machte sich drüben auf der Mesa die wilde Herde bemerkbar. Die Tiere kamen an den Fluß, um zu trinken, und strolchten herum und weideten so oft im Canyon, daß wir ihn den Kuh-Canyon nannten. Es waren gut genährte Tiere. Daraus schlossen wir, daß sie oben ausgezeichnetes Weideland hatten. Henry hatte sich ausgedacht, wir sollten sie mit Salz auf unser Ufer hinüberlocken. Er wollte eins von den Tieren schlachten, damit wir

Beefsteaks hätten. Bald nach Henrys Ankunft büßten wir zwei Kühe ein. Ohne es sich im geringsten anmerken zu lassen, rissen sie plötzlich aus, hinüber zur Mesa, genau wie es der Vorarbeiter gesagt hatte. Von da an gaben wir noch besser auf die Herde acht, aber ein paar Tage vor Weihnachten, als Blake jagen gegangen war und ich meine Pflicht versah, schlichen sich vier prächtige Jungstiere durchs Unterholz ans Flußufer hinunter, und ehe ich etwas davon bemerkte, schwammen sie durch den Fluß – ohne die geringste Schwierigkeit. Drüben sprangen sie ans Ufer, trabten gemächlich in den Canyon hinein und verschwanden. Ich war wütend, daß sie mich so einfach abgehängt hatten, und schwor mir im stillen, ihnen zu folgen und sie zurückzubringen.

Am anderen Morgen trieben wir die Herde ein paar Meilen weiter nach Osten, um sie aus der Gefahrenzone zu bringen. Ich trennte mich unter einem Vorwand von Blake, eilte zur Hütte zurück und bat Henry, mir etwas zum Mittagessen einzupacken. Ich erzählte ihm von meinem Plan, ermahnte ihn aber, es niemandem weiterzusagen. Falls ich nicht wieder zu Hause sein sollte, wenn Blake gegen Abend heimkehrte, dann dürfe er ihm berichten, wohin ich gegangen sei.

Henry ging mit mir an den Fluß hinunter, um zu beobachten, wie ich ihn überquerte. Seit dem Morgen war es kälter geworden, und jetzt sah es nach Schnee aus. Der alte Mann befürchtete einen Schneesturm und sagte, ich könnte eingeschneit werden. Aber ich hatte mir nun mal ein Herz gefaßt und wollte wenigstens den Versuch nicht länger hinausschieben. Ich schnallte meine Wolldecke und den Mundvorrat auf die Schultern, hängte mir die Stiefel um den Hals, damit sie trocken blieben, stopfte die Socken in meinen Hut und ließ mein Pferd hineinwaten. Es ging auch ohne Umstände ins Wasser, obwohl es sehr zitterte. Es trat sehr behutsam auf, und als es ihm zu tief wurde, begann es zu schwimmen, ohne zu erschrekken. Die Strömung trug uns ein wenig flußabwärts, aber ich konnte auf dem Rücken des Pferdes bleiben. Nach einem Weilchen fand es Grund, und wir kamen mühelos an Land. Ich winkte Henry, der noch drüben am andern Ufer stand, zu und stieg den Canyon hinauf. Um warm zu werden, lief ich neben dem Pferd her.

Der Canyon war unten am Wasser sehr breit, und obwohl er sich in scharfen Korkzieherwindungen in die Mesa hineinbohrte, behielt er den offenen, geräumigen Charakter bei. Eigentlich handelte es sich um ein sehr tiefes Tal mit sanft abfallenden Hängen, felsig und zerrissen, aber dicht bewachsen mit schönem Gras. Es war eine deutliche Spur zu erkennen. Pferde haben keinen Sinn dafür, sich einen Pfad zu suchen, aber Rinder finden bestimmt die beste Möglichkeit mit der geringsten Steigung. Der bläuliche Felsen und das von der Sonne gebräunte Gras unter einem ungewöhnlich violettgrauen Himmel verliehen dem ganzen Tal eine sehr weiche Farbe, lauter Lavendelblau und Mattgold, und deshalb wirkten die Zedern, die vereinzelt neben Felsblöcken wuchsen, an diesem Morgen geradezu schwarz. Vielleicht kam es daher, weil die Luft nach Schnee roch, aber mir schien es, daß ich noch nie etwas so Reines eingeatmet hatte wie die Luft in jenem Tal. Es erfrischte Mund und Nase wie prickelndes Quellwasser, schien mir in den Kopf zu steigen und rief eine Art Freudenrausch hervor.

Ich sagte mir immer wieder, wie sehr sie sich von der Luft jenseits des Flusses unterschied, obwohl sie dort wahrhaftig rein und unverseucht war.

Als ich diesen Canyon etwa eine Meile weit hinaufgestiegen war, stieß ich auf einen anderen, der nach Norden hin abzweigte – einen sogenannten Box-Canyon von gänzlich anderem Charakter. Hier gab es keine sanften Hänge mehr. Die Felswände waren senkrecht, falls sie nicht sogar überhingen, und stellenweise waren sie, wie wir später durch Messungen herausfanden, zwischen drei- und vierhundert Meter hoch. Der Talgrund war eine Ansammlung von riesigen Brocken und großen Felsklötzen, die schon vor vielen Jahrhunderten von oben heruntergestürzt sein mußten und unter der langen Einwirkung von Wasser so glatt und rund wie Kiesel geworden waren. Manche waren so groß wie Heuschober, und doch lagen sie einer über dem anderen, als wäre es nur eine Ladung Kies. Mit diesen glatten Steinen unter den Hufen kam mein Pferd nicht voran, deshalb fesselte ich ihm die Vorderbeine und ging noch ein Stückchen allein weiter, nur um festzustellen, wie es dort aussah. Die Augen hielt ich ständig auf den Boden geheftet – ein einziger Fehltritt konnte einen zum Krüppel machen.

Es war eine so mühsame Kletterei, daß ich unter meinen nassen Kleidern bald schweißüberströmt war. Als ich stehenblieb, um Atem zu holen, blickte ich zufällig an der Wand des Canyons in die Höhe. Ich wünschte, ich könnte Ihnen beschreiben, was ich dort sah – ich meine, so, wie ich es an jenem ersten Morgen sah, hinter einem Schleier feinen Schnees. Hoch über mir, etwa dreihundert Meter hoch, und in eine große Höhle der Klippenwand hineingebaut, erblickte ich eine kleine schlafende Stadt aus Stein. Sie lag so still wie eine Skulptur – und sie war es auch. Alles bildete ein geschlossenes Ganzes, als läge ihm ein künstlerischer Plan zugrunde: blasse, kleine Häuser aus Stein, die sich dicht aneinander schmiegten und übereinander thronten, mit Flachdächern, schmalen Fenstern und geraden Wänden, und in der Mitte der Gruppe ein runder Turm.

Der Turm war von wunderschönen Ausmaßen. Dicht über der Basis nahm er ein wenig an Umfang zu, dann wurde er wieder schlanker. Es war etwas Symmetrisches und Kraftvolles in dem An- und Abschwellen des Mauerwerks. Der Turm war die Schönheit, die das Häusergewirr zusammenhielt und ihm Bedeutung verlieh. Er leuchtete rot, sogar an jenem grauen Tag. Bei Sonnenschein hatte er die Farbe herbstlich lodernder Eichenblätter. Ein Saum von Zedern wuchs wie ein Garten am Rande der Höhlung. Sie waren das einzig Lebendige. Soviel Schweigen und Stille und Ruhe – unvergängliche Ruhe! Das Dörfchen blickte mit der Stille der Ewigkeit in den Canyon hinunter. Die fallenden Schneeflocken überhauchten die Piñonbäume und ließen alles noch feierlicher erscheinen. Ich kann es nicht beschreiben. Es glich alles eher einer Skulptur als irgend etwas anderem. Ich wußte sofort, daß ich den Wohnort eines untergegangenen Volkes vor mir hatte, seit Jahrhunderten in der unzugänglichen Mesa versteckt, in der trockenen Luft und dem fast ständigen Sonnenschein so gut erhalten wie eine Fliege im Bernstein, bewacht von den Felswänden und dem Fluß und der Wüste.

Während ich dastand und nach oben blickte, fragte ich

mich, ob ich es Blake erzählen sollte, ob ich nicht lieber über den Fluß zurückkehren und das Geheimnis hüten sollte, wie es die Mesa gehütet hatte. Als ich mich endlich abwandte, sah ich noch einen Canyon, der von diesem abzweigte, und auch in dessen Felswand lag unter einer großen Wölbung eine Gruppe von Gebäuden. Da wurde es mir blitzartig klar, daß die Mesa einst einem Bienenkorb geglichen haben mußte, so voll war sie von kleinen, in Felswänden klebenden Dörfchen. Die Mesa war die Heimat eines mächtigen Stammes, einer ganz besonderen Zivilisation gewesen.

Als ich an jenem Abend nach Hause kam, stand Blake am Flußufer und erwartete mich. Ich sagte ihm, daß es mir lieber wäre, erst nach dem Essen über meinen Ausflug zu sprechen – ich sei völlig erschlagen. Ich glaube, er hatte mich tadeln wollen, weil ich mich allein fortgeschlichen hatte, aber er tat es nicht. Er schien von Anfang an zu spüren, daß es für mich sehr viel bedeutete, und so ließ er es durchgehen.

Als wir nach dem Essen unsere Pfeifen angezündet hatten, erzählte ich Blake und Henry, wie es drüben auf der anderen Seite aussah, und wir sprachen alles durch. Die Stadt in den Felswänden erklärte die Bewässerungsgräben. Wie alle Pueblo-Indianer, hatten auch diese hier ihre Farmen nicht in der Nähe ihrer Wohnungen. Für ein Bollwerk brauchten sie Fels, und zum Farmen brauchten sie weiche Erde und einen Bewässerungskanal.

«Und das beweist», meinte Roddy, «daß es am Nordende einen Pfad in die Mesa hinein gegeben haben muß, und daß sie ihre Ernten über diese Furt heimtrugen. Wenn der Kuh-Canyon der einzige Zugang wäre, hätten sie niemals hier unten Land bestellen können.» Wir kamen überein, daß er am ersten warmen Tag hinübergehen sollte, um einen Pfad zur Felsenstadt, wie wir sie für uns schon nannten, hinauf zu suchen.

Wir plauderten und ergingen uns noch bis weit nach Mitternacht in Vermutungen. Es war Heiliger Abend, und Henry sagte, es sei nur recht und billig, an solch einem Abend etwas Ungewöhnliches zu tun. Doch nachdem wir zu Bett gegangen waren, konnte ich trotz aller Müdigkeit nicht einschlafen. Ich stand auf, kleidete mich an und schlüpfte in meinen Mantel. Dann stahl ich mich nach draußen, um noch einen Blick auf die Mesa zu werfen. Der Wind hatte sich erhoben und jagte die Sturmwolken über den Himmel. Der Mond war beinahe voll; er stand genau über der Mesa, die mir noch nie so feierlich und schweigsam erschienen war. Ich fragte mich, wieviel Weihnachtsfeste wohl gekommen und vergangen waren, seit der runde Turm erbaut worden war. Ich bin in den Dörfern der Acoma und der Hopi gewesen, doch nirgends hatte ich solch einen runden Turm gesehen. An ihm schien sich der Unterschied dieses Volkes zu anderen zu offenbaren. Nur ein starkes und hochstrebendes Volk hatte ihn erbauen können, ein Volk mit viel Sinn für Harmonie. Die Gruppe von Gebäuden in ihrem Felsbogen, von deren Türschwellen es schwindelerregend ins Leere abfiel, und die senkrechte Felswand darüber, alles stand mir so deutlich vor Augen wie ein Gemälde. Wenn ich meine Augen schloß, konnte ich es wie das Lichtbild einer Laterna Magica vor dem Dunkel sehen.

Blake setzte noch vor Neujahr über den Fluß, doch er entdeckte keine Möglichkeit, vom Grunde des Box-Can-

yons zur Felsenstadt hinaufzugelangen. Er war überzeugt, daß die Bewohner dieser Himmelsstadt ihre Häuser vom Hochplateau der Mesa erreicht haben mußten
und nicht vom Talgrund aus. Er untersuchte die Seiten-
Canyons ein wenig und entdeckte vier andere Dörfchen,
kleiner als das erste, aber in ähnlichen Felsbögen gelegen.

Solche Felsbögen hatten wir schon oft in anderen
Canyons gesehen. Man findet sie im Grand Canyon und
überall längs des Rio Grande. Wo das Oberflächenge-
stein härter ist als der darunterliegende Fels, beginnt der
weichere Stein durch die Verwitterung rissig zu werden
und abzubröckeln, und zwar dort, wo das härtere Ober-
flächengestein beginnt. Es zerbröckelt immer weiter und
fällt nach unten, und mit der Zeit werden Aushöhlungen
zu geräumigen Höhlen. Unsere Felsenstadt schmiegte
sich in eine ungewöhnlich große Höhle. Wir stellten
später fest, daß sie hundertzwanzig Meter lang und in der
Mitte fünfundzwanzig Meter hoch war. Der runde Turm
war fünfzehn Meter hoch.

Blake und ich begannen nun Pläne zu schmieden. Unsere Anstellung bei der Sitwell Company dauerte bis zum
Mai. Nachdem wir dem Vorarbeiter die Herde übergeben
hatten, wollten wir mit so viel Lebensmitteln und Werk-
zeugen, wie wir tragen konnten, in die Mesa gehen und
versuchen, am Nordende einen Pfad zu finden, denn dort
mußte unserer Meinung nach früher ein Weg gewesen
sein. Hätten wir dann einen müheloseren Ein- und Ausstieg entdeckt, wollten wir die Sommermonate und unseren Winterlohn der Erforschung der Mesa opfern. Von
Tarpin, der nächsten Bahnstation, konnten wir Vorräte

und Werkzeuge bekommen, auch Hilfe, falls wir sie brauchten. Wir glaubten, daß wir die Arbeit allein schaffen würden, wenn der alte Henry bei uns bleiben wollte. Unsere Entdeckung sollte nicht mehr als nötig an die Öffentlichkeit dringen. Es widerstrebte uns, so herrliche und stille Gegenden der gemeinen Neugier preiszugeben. Schließlich erzählten wir dem alten Henry von unserem Plan und erklärten ihm, daß wir ihm keinen Lohn bezahlen könnten.

«Davon wollen wir gar nicht sprechen», wehrte er sofort ab. «Ich kann mir nichts Besseres wünschen, als bei dem Abenteuer mitzumachen. In meiner Jugend hab' ich mir immer gewünscht, nach Ägypten zu reisen und die Gräber der Pharaonen anzuschauen.»

«Aber du könntest dich böse erkälten, Henry, wenn du durch den Fluß mußt», warnte Blake. «Es ist kein angenehmer Übergang – es wird dir schwindlig werden, wenn das Pferd zu schwimmen anfängt, und du mußt die Nerven beisammen halten.»

«Ich bin noch nie in meinem Leben seekrank gewesen», erklärte er, «und dabei habe ich auf der Anchor-Line in der Schiffskombüse ausgeholfen, wenn das Schiff beinah auf dem Kopf stand. Ihr werdet schon merken, daß ich stark und fleißig bin, wenn ich erstmal alles begriffen habe. Ich stamme aus einer zähen Familie, auch wenn ich, zugegeben, meinen Körper malträtiert habe.»

Henry erzählte gern von seiner Familie und von der Arbeit, die jeder geleistet hatte, und welch hohes Alter sie erreicht hatten, und was für Rumpuddings seine Mutter kochte. «Achtzehn waren wir, wenn wir uns an den Tisch setzten», sagte er oft und lächelte sein leises, entschuldigendes Lächeln. «Mutter und Vater und zehn Kinder am Leben und vier tot und zwei totgeborene.» Roddy und ich strengten unsere Phantasie an, um uns ein derartig großes Familienabendessen vorzustellen.

Alles ließ sich gut an. Der Vorarbeiter zeigte so viel Interesse für unsere Pläne, daß wir ihm jede Einzelheit mitteilten. Er wollte durchaus, daß wir das Winterlager solange benutzen sollten, wie wir ein Standquartier benötigten, und daß wir alle Vorräte aufbrauchten, die noch übrig waren. Als er uns den Lohn auszahlte, verkaufte er uns unsere beiden Pferde zu einem sehr vorteilhaften Preis.

4

Anfang Mai gingen Blake und ich zum erstenmal zusammen zur Mesa hinüber. Wir hatten soviel Lebensmittel bei uns, wie wir tragen konnten, und außerdem Axt und Spaten. Wir brauchten mehrere Tage, um den Pfad zu finden, der von der Sohle des Box-Canyons zur Felsenstadt hinaufführte. Er war voller Spalten, immer wieder wurde er zu bloßen Felsgesimsen, die für einen Mann zu schmal waren. Als wir neben einem solchen Felsenband lagerten, entdeckten wir zufällig einen alten verdorrten Zedernstamm, in den Tritte für die Zehen eingehauen waren. Das war ein deutlicher Wink. Wir fällten ein paar Bäume und legten sie über die Spalten. Gegen Ende der Woche, als unsere Vorräte sich dem Ende näherten, schafften wir den letzten Überhang und betraten das

Felsenband, das den Boden der hochgelegenen Stadt bildete.

Vor den Häusergruppen lag ein freier Platz, wie eine Art Hof. An seinem äußeren Rand lief eine niedrige Steinmauer entlang, die an manchen Stellen verwittert und in die Tiefe gestürzt war. Doch die Häuser lagen so weit im Felsen, daß der Regen sie nie hatte erreichen können. Bei Gewittern habe ich später oft beobachtet, wie das Wasser als dichter Schwall vom oberen Felsrand niederstürzte, ohne daß auch nur ein Tropfen auf das Dörfchen fiel.

Der Hof war von keinerlei Pflanzenwuchs überwuchert, denn es war keine Erdkrume vorhanden, nur der kahle Fels mit ein paar alten, flachwipfligen Zedern, die aus den Rissen drängten, und ein bißchen blasses Gras. Alles war offen und sauber, und die Steine waren warm und fühlten sich angenehm glatt an, wie ich mich noch erinnern kann.

Die Außenwände der Häuser waren heil und ganz, abgesehen vielleicht von einer zu weit vorragenden Ecke, die etwas abgebröckelt war. Sie waren aus zurechtgehauenen Steinen errichtet, innen und außen mit Lehm verputzt und in hellen Farben getüncht, rosa und blaßgelb und goldbraun. Hier und da hatte ein Deckenbalken aus Zedernholz nachgegeben, so daß ein Zimmer aus dem zweiten Stock in den ersten hinuntergesackt war, sonst aber war von Schutt oder Unordnung nichts zu bemerken. Blake meinte, daß der Wind und die Sonne gute Hausfrauen seien.

Das Dorf war bestimmt niemals von einem Feind geplündert worden. In den kleinen Räumen standen Wasserkrüge und Schüsseln völlig unversehrt da, und auf den Fußböden lagen Matten aus Yuccafaser.

Wir konnten alles nur flüchtig anschauen, da unser Eßvorrat verbraucht war und wir vor Anbruch der Dunkelheit über den Fluß mußten. Wir gingen leise umher und versuchten, nichts aufzustören – nicht einmal die Stille. Außer dem Turm schienen etwa dreißig kleine Gebäude vorhanden zu sein. Hinter der Häusergruppe befand sich noch eine Art Hinterhof, der vom einen Ende der Höhle bis zum anderen verlief, ein langer, niedriger, matt erhellter Raum, der nach hinten allmählich niedriger wurde, bis der Felsen auf den Boden der Höhle stieß, genau wie das schräge Dach einer Mansarde. Dort hinten herrschte ewiges Dämmerlicht; es war kühl und schattig, wofür wir nach der sengenden Sonne im vorderen Hof sehr dankbar waren. Als wir den Hinterhof betraten, hörten wir ein leises Tröpfeln und fanden eine Quelle, die aus dem Felsen in ein Steinbecken quoll, dann durch einen mit Kieseln gepflasterten Rinnstein floß und draußen über die Felswand troff. Nirgends habe ich Wasser getrunken, das so gut schmeckte; kalt wie Eis, und so klar! Sehr viel später kam Pater Duchène einmal zu uns, um eine Woche auf der Mesa zu verbringen; er trug immer ein kleines Trinkglas bei sich, und er füllte es gern an der Quelle und betrachtete es dann draußen im Sonnenschein. Das Wasser sah aus wie flüssiger Kristall; vollkommen farblos und ohne die schwache bräunliche oder grünliche Tönung, die das Wasser sonst stets hat. Es warf die Sonne wie ein Brillant zurück.

Neben der Quelle standen ein paar von den schönsten

Wasserkrügen, die wir je fanden – einen davon habe ich Mrs. St. Peter geschenkt. Sie standen da, als hätte man sie erst gestern dort stehen lassen. Im Hinterhof fanden wir aber noch viele andere Dinge außer Krügen und Schüsseln: eine Reihe von Mahlsteinen und mehrere Lehmherde, die denen glichen, welche heutzutage die Mexikaner benutzen. Verkohlte Knochen und Holzkohle lagen auf ihnen, und die ganze Wölbung des Hinterhofs war dick verrußt. Offenbar war es eine Art von Gemeinschaftsküche gewesen, in der sie brieten und buken und wahrscheinlich auch klatschten. Überall lagen Maiskolben herum, abgeschabte und solche, an denen noch Körner waren – kleine, aufgeplatzt wie Popcorn. Auch getrocknete Bohnen fanden wir und auf Schnüre aufgereihte Kürbiskerne und Pflaumenkerne und ein Fach voll kleiner Geräte, die aus Truthahnknochen angefertigt waren.

Gegen Abend überquerten Roddy und ich den Fluß. Wir suchten unsere Hütte auf und ruhten ein paar Tage lang aus.

Als wir das zweite Mal hinübergingen, entdeckten wir einen langen, gewundenen Pfad, der von der Felsenstadt nach oben zum Hochplateau führte. Es war ein schmaler Pfad, der tief in die Felsvorsprünge einschnitt, die über der Höhle lagerten, und dann in den Wald verkrüppelter Piñons oben auf dem Gipfel mündete. Wir folgten diesem Pfad über die ganze Mesa bis ans Nordende, und dort fanden wir die Überreste eines alten Weges, der in die Ebene hinunterführte. Um diesen Weg instand zu setzen, mußten wir Arbeiter und Werkzeuge aus Tarpin kommen lassen, und viele Wochen Zeit verstrichen darüber. Es war nur ein schmaler Fußweg, der für ein zuverlässiges Maultier kaum breit genug war, und er wand sich in vielen Schleifen durch den Black Canyon die schrecklichen Steilwände hinunter. Etwa dreißig Meter über dem Fluß hörte er plötzlich auf – mitten in der Luft brach er einfach ab. Eine ganze Felswand war dort in die Tiefe gestürzt, wahrscheinlich bei einem Bergrutsch. Dieses letzte Stück erforderte noch einmal drei Wochen schwerer Arbeit und den größten Teil unseres Winterlohns. Die Arbeiter behielten wir noch solange, bis sie uns auf dem Gipfel der Mesa eine feste Blockhütte errichtet hatten. Sie stand oben auf dem Hochplateau, etwas hinter dem Felsvorsprung, der die Felsenstadt überragte.

Während wir mit dem Wegebau beschäftigt waren, legten wir noch einen Schleichpfad von unserer Blockhütte zur Felsenstadt und dem Kuh-Canyon hinunter. Gerade oberhalb der Felsenstadt befand sich ein breiter Spalt im Gestein, eine Art Kamin, und in ihn hängten wir eine Leiter aus Kiefernstämmen, die wir mit Ketten aneinanderspleißten; die Seitenäste ließen wir als Fußstütze stehen. Wenn wir die Leiter hinunterkletterten, ersparten wir uns ungefähr zwei Meilen eines sich schlängelnden Pfades und landeten fast genau im Kuh-Canyon, wo wir stets ein Pferd grasend zurücklassen wollten. Falls wir diese Route einschlugen, kamen wir jederzeit rasch aus der Mesa heraus – an das Durchschwimmen des Flusses hatten wir uns unterdessen gewöhnt, und im Sommer trockneten unsere nassen Sachen sehr schnell.

Bill Hook, der Besitzer des Mietstalls von Tarpin, der den alten Henry beherbergt hatte, als er am Ende war, erwies sich als unser guter Freund. Er brachte unsere

Arbeiter hin und zurück, schickte uns mit seinen Maultieren neue Vorräte zur Mesa hinauf, und wenn mal einer von uns über Nacht unten in Tarpin bleiben mußte, ließ er uns in seinem Heustall schlafen, damit wir die Hotelrechnung sparten. Er wußte, daß wir große Unkosten hatten, und berechnete uns stets den niedrigsten Preis.

Anfang Juli hatten wir fast alles Geld verbraucht, doch dafür war der Weg fertig, und wir besaßen eine Blockhütte oben auf der Mesa. Wir holten den alten Henry über den Maultierpfad zu uns herauf und richteten uns häuslich ein. Wir waren jetzt bereit für das, was wir unsere Ausgrabungen nannten. Ringsum an den Wänden unserer Hütte brachten wir Regale an, auf denen wir die kleineren Gegenstände aufstellten, die wir in der Felsenstadt fanden. Jedes Stück erhielt eine Nummer, und ich trug in mein Tagebuch ein, wo und in welchem Zustand wir es gefunden hatten und zu welchem Zweck es unserer Ansicht nach gebraucht worden war. Ich hatte mir in Tarpin eine Kladde erstanden, und jeden Abend nach dem Essen, während Roddy seine Zeitungen las, setzte ich mich an den Küchentisch und schrieb einen Bericht über die Arbeit des Tages.

Henry führte uns nicht nur den Haushalt, sondern er war auch sehr eifrig dabei, uns in den «Ruh-inen» zu helfen, wie er sie bezeichnete. Er hatte mehr Geduld als wir und konnte einen halben Tag mit den Fingerspitzen graben, um einen Topf aus einem Abfallhaufen herauszuholen, ohne ihn zu zerbrechen. Schließlich war der alte Mann doch welterfahrener als wir, und manchmal kam uns das sehr zu gute. Als wir an einem hellrosa Haus mit zwei Stockwerken und einem Balkon vor den oberen Fenstern arbeiteten, stießen wir in der Wand des oberen Zimmers auf eine Art Geheimschrank, in dem viele seltsame Dinge lagen, unter anderem ein Wildlederbeutel mit kleinen Geräten. Henry sagte sofort, es müßten chirurgische Instrumente sein; eine Stein-Lanzette, ein Bündel feiner Nadeln aus Knochen, eine Holzzange und ein Katheter.

Eins konnten wir schon mit Bestimmtheit über diese Leute aussagen: Sie hatten ihre Stadt nicht in aller Eile erbaut. Alles war ein Zeugnis ihrer Geduld und Sorgfalt. Die Querbalken aus Zedernholz waren mit einer Steinaxt gefällt und mit Sand geglättet worden. Die kleineren Pfähle, die über ihnen lagen und den Lehmfußboden der oberen Kammern stützten, waren säuberlich poliert. Die Türpfosten waren genau eingepaßt (die Türen bestanden aus Steinplatten, die von hölzernen Riegeln und Haspen gehalten wurden). Der Verputz, der die Steinmauern bedeckte, war farbig getüncht, und manche Kammern hatten geometrische Freskomuster, wobei eine Farbe über der anderen lag. In einem Raum sahen wir eine gemalte Borte in leuchtendem Rot: eine Reihe kleiner Zelte, Indianer-Wigwams ähnlich.

Doch das herrlichste an unserer Stadt, das, was es so wunderbar machte, hier zu arbeiten, und es zu einem Genuß gemacht haben mußte, hier zu wohnen, war die Lage. Die kleine Stadt hing wie ein Vogelnest in der Steilwand und blickte tief nach unten in den Box-Canyon über das breite Tal, das wir Kuh-Canyon getauft hatten, hinweg in ein Meer von klarer Luft. Ein Volk, das soviel Verwegenheit besaß, um dort zu bauen, das Tag für Tag dort lebte und soviel Größe vor sich hingebreitet sah, das kam und ging auf diesen gefährlichen Pfaden, mußte unserer Meinung nach ein prächtiges Volk gewesen sein. Aber was war aus ihnen geworden? Welche Katastrophe hatte sie überwältigt?

Sie konnten nicht einfach fortgezogen sein, denn von ihrer Habe hatten sie nichts mitgenommen, nicht einmal ihre Kleider. O ja, wir fanden sogar Kleider: Yucca-Mokassins und einen Stoff, der wie Baumwolle aussah und schwarzweiß verwoben war. Jedoch niemals Wolle, dafür aber Schaffelle, die mitsamt ihrem Vlies gegerbt worden waren. Vielleicht waren es Bergschafe, die ganze Mesa war voll von ihnen. Wir sprachen öfters davon, eins zu schießen, wegen des Fleisches, aber wir taten es dann doch nicht. Wenn ein Bergschaf mit seinen gewundenen Hörnern hundert Meter über einem auf dem Felsenband steht, dann hat es etwas Edles an sich – es gleicht einem Priester. Wir wollten sie nicht schießen und scheu machen. Es machte uns Freude, sie zu sehen. Wenn wir frisches Fleisch haben wollten, schossen wir eine wilde Kuh.

Endlich fanden wir auch einen von den ursprünglichen Bewohnern – kein Skelett, sondern einen eingetrockneten menschlichen Körper, eine Frau. Sie war nicht in der Felsenstadt. Wir entdeckten sie in einer kleinen Häusergruppe in einem hochgewölbten Bogen, den wir das Adlernest getauft hatten. Sie lag auf einer Yuccamatte und war zum Teil mit Lumpen bedeckt. In der wasserverzehrenden Luft war sie zu einer Mumie eingetrocknet. Wir glaubten, daß sie ermordet worden war, denn in der Seite hatte sie eine große Wunde, und die Rippen stachen durch das eingetrocknete Fleisch. Ihr Mund stand offen, als hätte sie geschrien, und ihr Gesicht hatte durch all die Jahrhunderte einen Ausdruck entsetzlicher Qual bewahrt. Ein Teil der Nase war verschwunden, doch sie hatte viele Zähne, nicht einer fehlte, und eine Fülle dicken, schwarzen Haares. Ihre Zähne waren weiß und ebenmäßig und so wenig abgenutzt, daß wir meinten, sie müsse eine junge Frau gewesen sein. Henry taufte sie Mutter Eva, und von da an nannten wir sie so. Wir legten sie auf eine Wolldecke und brachten sie mit der größten Vorsicht nach unten in die Felsenstadt, wo wir sie in einer Kammer aufbewahrten.

Dann fanden wir noch drei andere Leichen, jedoch erst viel später. Als wir eines Tages in der Felsenstadt arbeiteten, stießen wir an einem Ende der Höhle auf eine Steintafel, hinter der es gleich in den Felsen zu gehen schien. Sie war mit Mörtel eingesetzt, und als wir sie lockerten, fanden wir, daß sie zu einer kleinen dunklen Kammer führte. Darin mußte einst eine Plattform aus schönen Zedernpfählen gestanden haben, doch sie waren morsch geworden und zerbrochen. In den Trümmern lagen die drei Leichen, ein Mann und zwei Frauen. Sie waren in Yuccamatten gewickelt, sämtlich in der gleichen Haltung und offenbar für das Begräbnis vorbereitet. Es waren die Leichen von alten Leuten. Wir nahmen an, daß sie zu den Alten gehört hatten, die zurückblieben, wenn der Stamm nach unten in die Ebene zog, um während des Sommers auf den Farmen zu leben. Vermutlich waren sie während der Abwesenheit der anderen gestorben und in die Leichenkammer gelegt worden, damit sie nach der Rückkehr des Stammes mit allen erforderlichen Begräbnisriten bestattet werden konnten. Vielleicht wurden die Toten verbrannt. Ein Archäologe hätte natürlich anhand der Leichen sehr viel über jene Zivilisation aussagen können. Aber sie gelangten nie zu einem Archäologen – wenigstens nicht diesseits des Ozeans.

5

Der erste August kam, und uns ging es prächtig. Wir hatten niemals Pech gehabt, und obwohl wir fast kein Geld mehr übrig hatten, lag doch auf der Bank in Pardee noch Blakes unangetastetes Sparkonto, und in Tarpin hatten wir reichlich Kredit. Die Kaufleute dort nahmen Anteil an unserer Arbeit und waren sehr freundlich. Aber der junge Mond, der so unschuldig aussah, brachte uns Unglück. Wir verloren den alten Henry, und auf grausame Art und Weise. Von Anfang an hatten uns die Klapperschlangen einige Schwierigkeiten gemacht – man findet sie gewöhnlich in alten Steinbrüchen und in verlassenem Mauerwerk. Aus der Felsenstadt hatten wir sie so ziemlich alle vertrieben, jedenfalls hatten wir schon seit Wochen keine gesehen. Eines Sonntags nahmen wir Henry mit zu einem Erkundungsausflug am Nordende der Mesa, längs des Black Canyon. Wir erblickten eine kleine Gruppe von Ruinen, die wir noch nie gesehen hatten, und begannen eine törichte Kraxelei, um zu ihnen zu gelangen. Wir hatten es beinahe geschafft, doch da kam eine Felsenwand, die so glatt war, daß wir sie nicht ohne Leiter bewältigen konnten. Ich war der größte von uns dreien, und Henry war der leichteste. Er glaubte, er

199

könne hinaufkommen, wenn er sich auf meine Schultern
stellte. Er stand auf meinem Rücken, den Kopf auf gleicher Höhe mit dem Fußboden der Höhle, und tastete
nach einem Halt, woran er sich hochziehen konnte, da
biß ihn plötzlich eine Schlange. Von der Felsplatte aus
stieß sie zu und traf ihn an der Stirn. Es geschah blitz-
schnell. Er glitt nach unten und die Schlange mit. Bis wir
ihn aufgehoben und umgedreht hatten, war sein Gesicht
schon geschwollen. In zehn Minuten war es blaurot, und
er wurde so rasend, daß wir beide Mühe hatten, ihn zu
halten und davor zu bewahren, daß er sich in den Ab-
grund stürzte. Die Wunde lag so dicht am Gehirn, daß
man nichts dagegen machen konnte. Es dauerte fast zwei
Stunden. Dann trugen wir ihn nach Hause. Roddy benutzte die Leiter zum Kuh-Canyon hinunter, fing sein
Pferd ein und ritt nach Tarpin zum Leichenbeschauer.
Pater Duchène war an jenem Sonntag in der Missionskir-
che, um zu predigen; er kam mit Roddy zurück.

Wir begruben Henry auf der Mesa. Pater Duchène
blieb eine Woche bei uns und leistete uns Gesellschaft.
Wir waren so niedergeschlagen, daß wir am liebsten alles im Stich gelassen hätten. Aber Pater Duchène hatte schon seit langer Zeit geplant, uns zu besuchen und
unseren Fund zu besichtigen, und nun lenkte er uns etwas ab. Er arbeitete jeden Tag sehr angestrengt. Er be-
sah alles, was wir getan hatten, und prüfte jedes Stück
mit großer Gewissenhaftigkeit: die Töpferwaren, den
Stoff, die Steinwerkzeuge und die Reste an Lebensmitteln. Er maß die Köpfe der Toten und erklärte, sie hätten
gute Schädel gehabt. Von den alten Zedern, die genau in
der Mitte des tief in den Felsen gehauenen Pfades wuch-

sen, fällte er eine und zählte die Wachstumsringe mit Hilfe einer Lupe. Mit bloßem Auge konnte man sie nicht zählen, denn bei einem Baum, der sich aus einer so schmalen Felsspalte hervorzwängen mußte, war das Wachstum von einem Jahr zum anderen so geringfügig gewesen, daß die Ringe nicht zu erkennen waren, es sei denn, man hatte ein Vergrößerungsglas. Der Baum, den er gefällt hatte, verzeichnete ein dreihundertdreiundsechzigjähriges Wachstum, und er konnte in dem stark abgetretenen Pfad erst zu wachsen begonnen haben, als menschliche Füße dort nicht mehr entlang gingen.

Aber warum gingen sie dort nicht mehr entlang? Die Frage machte auch Pater Duchène Kopfzerbrechen. Die Blattern oder eine andere Epidemie hätten unbegrabene Leichen hinterlassen. Pater Duchène vermutete, was später auch Dr. Ripley in Washington annahm: daß der Stamm vernichtet wurde, und zwar nicht hier oben im Bollwerk, sondern unten im Sommerlager zwischen den Farmen am Fluß. Pater Duchène hatte damals seit etwa zwanzig Jahren bei den Indianern gelebt; in seiner Gemeinde lagen siebzehn Indianer-Pueblos, und er sprach mehrere Indianerdialekte. Er konnte uns die Verwendung vieler Geräte erklären, die wir gefunden hatten, vor allem diejenigen, die bei religiösen Zeremonien benutzt wurden. Am Abend, bevor er uns verließ, faßte er das Ergebnis seiner Untersuchungen zusammen und erzählte uns Folgendes:

«Die beiden viereckigen Türme auf dem Gipfel der Mesa, denen ihr keine besondere Aufmerksamkeit geschenkt habt, waren fraglos Kornspeicher. Unter den von den Wänden gefallenen Steinen und den Verputzbrocken fand ich eine Menge am Kolben getrockneten Mais. Es war kein großer Vorrat, denn das Leben muß hier mitten im Sommer zum Stillstand gekommen sein, als die neue Ernte noch nicht eingebracht war und die vorjährige zur Neige ging. Die halbkreisförmige Erhöhung auf dem Mesagipfel, die man deutlich zwischen den Piñons erkennen kann, wenn die Sonne tief steht und sie reliefartig hervortreten läßt, ist die unter Erdschichten ruhende Mauer eines Amphitheaters, in dem wahrscheinlich religiöse Übungen und Spiele stattfanden. Ich rate euch, dort nicht nachzugraben, denn es ist vermutlich das Wichtigste hier oben und sollte den Gelehrten zur Ausgrabung überlassen werden.

Der Turm in der Felsenstadt, den ihr so sehr bewundert, kann wohl, wie ihr meint, ein Wachtturm gewesen sein, doch die schmalen, fensterartigen Schlitze sind an so merkwürdigen Stellen angebracht, daß ich glaube, er wurde zu astronomischen Zwecken benutzt. Ich neige sehr zu der Auffassung, daß der Stamm hier einem hochentwickelten Volk angehörte. Vielleicht waren sie noch nicht so weit, als sie zum erstenmal auf die Mesa kamen, aber bei ihrem geordneten und gesicherten Leben konnten sie die Künste der Friedenszeit besonders entwickeln und pflegen. Überall fand ich Beweise, daß sie für Höheres als nur für Nahrung und Sicherheit lebten. Sie wußten Bequemlichkeit zu schätzen und gingen sogar noch weiter. Wenn ich ihr Leben mit dem unserer wandernden Navajos vergleiche, muß es sehr vielschichtig gewesen sein. Zweifellos zeigt sich in dem, was ihr die Felsenstadt nennt, ein Gefühl für Harmonie und Proportion. Obwohl auch da die Frage nach der Zweckmäßigkeit und Bequemlichkeit eine Rolle gespielt haben mag. Zweckmäßigkeit führt oft zu einem sinnvollen Bauplan.

Das Handwerkliche am Stein und im Holz der Häuser ist gute Arbeit. Die Formen und Verzierungen der Wasserkrüge und der Eßschalen sind besser als die in allen mir bekannten Pueblos, sogar noch besser als die Töpferwaren von Acoma. Ich habe eine Sammlung antiker Tonwaren von der Insel Kreta gesehen. Viele der geometrischen Verzierungen auf den Krügen hier sind ihnen nicht nur sehr ähnlich, sondern, falls mich mein Gedächtnis nicht täuscht, gleich.

Ich halte euren Stamm für ein fürsorgliches und umsichtiges Volk, das sich sein Auskommen durch Getreideanbau und Geflügelzucht sicherte – die große Menge Truthahn-Knochen und Federn beweist mir, daß es den wilden Truthahn zum Haustier gezähmt hatte. Mit dem Korn in ihren Speichern und mit Bergschafen und Rehen als Jagdbeute erhoben sie sich allmählich über den Zustand der Wildheit. Bei der abwechslungsreichen Kost von Fleisch und pflanzlicher Nahrung entwickelten sie sich körperlich weiter und vervollkommneten sich in den einfachen Künsten. Sie besaßen Webstühle und Spinnrocken und machten wahrscheinlich Versuche mit Naturfarben. Möglicherweise ließen sie gleichzeitig in der Kriegskunst nach, verloren ihre rohe Gewalt und Wildheit.

Ich sehe sie vor mir, isoliert und abgeschnitten von anderen Stämmen, wie sie ihr eigenes Schicksal schmieden, wie sie ihre Mesa immer mehr zu einem Ort machen, der Menschen würdig ist, wie sie das Leben durch religiöse Zeremonien und Bräuche veredeln, wie sie voller Pietät für ihre Toten sorgen, wie sie die Kinder beschützen und zweifellos mit Liebe und Dankbarkeit an diesem Bollwerk hingen, in dem sie gleichzeitig so sicher und so behaglich leben konnten, und in dem sie die schlimmsten Widrigkeiten primitiven Lebens überwunden hatten. Vielleicht waren sie für ihre Epoche und Umgebung zu hoch entwickelt.

Wahrscheinlich wurden sie durch einen herumschweifenden Indianerstamm ohne Kultur und häusliche Begabung vernichtet und vollständig ausgerottet – durch eine Horde, die sie im Sommerlager überfiel und sie wegen ihrer Felle und Kleider und Waffen niedermetzelte, oder auch nur aus reiner Mordlust. Ich bin überzeugt, daß die brutalen Eindringlinge vom Vorhandensein der Mesa und ihren von Menschen bewohnten Bienenwaben nie etwas erfuhren. Wenn sie hergekommen wären, hätten sie alles zerstört. Sie mordeten in der Ebene unten und zogen weiter.

Was ich nicht verstehen kann, das ist, weshalb ihr nicht noch mehr menschliche Überreste gefunden habt. Die drei Leichen in der Leichenkammer waren von den alten Leuten, die oben geblieben waren, zur Bestattung vorbereitet worden. Doch wo kamen die letzten Überlebenden hin? Es ist möglich, daß sich die Alten, als der Herbst vorrückte und keiner von den Farmen zurückkehrte, zu einer Gruppe zusammenschlossen, auf die Suche gingen und in der Ebene ums Leben kamen.

Wie ihr, hege auch ich eine große Verehrung für diese Stätten. Überall, wo die Menschheit den schwersten aller Schritte unternommen und sich aus dem Tierischen erhoben hat, ist heiliger Boden. Eure Menschen hier waren abgeschnitten, sie waren ohne jede Beeinflussung durch Beispiele und ohne anderen Antrieb als eine angeborene Sehnsucht nach Ordnung und Sicherheit. Sie formten sich hier zu einem Volk und zivilisierten die Mesa.»

Pater Duchène unterstützte Blake sehr begeistert in dessen Ansicht, ich müsse nach Washington gehen und der Regierung eine Art Bericht ablegen, damit die geeigneten Fachleute hergeschickt und die Funde studiert werden konnten, die wir entdeckt hatten.

«Du mußt zum Direktor des Smithsonian Institute gehen», sagte er. «Er wird einen Archäologen herschicken, der uns alles deutet, was uns unklar ist. In einer gelehrten Abhandlung wird er die alte Zivilisation wieder aufleben lassen. Es könnte sein, daß ihr auf ein paar wesentliche Punkte in der Geschichte unseres Landes neues Licht geworfen habt.»

Nachdem er uns verlassen hatte, begannen Blake und ich genauere Pläne für meine Reise nach Washington zu machen. Blake wollte über Winter wieder bei der Bahn arbeiten und soviel Geld wie möglich sparen. Die Kosten meiner Reise nach Washington sollten von unserem so getauften «Jackpot-Konto» auf der Bank in Pardee bestritten werden. Alle weiteren Unkosten für die Mesa würde die Regierung tragen. Roddy deutete oft an, daß wir vielleicht eine großartige Prämie bekommen könnten. Wenn wir während der Arbeit etwas zerbrachen oder verloren, pflegte er lächelnd zu sagen: «Macht nichts! Onkel Sam wird uns dafür schon schadlos halten.»

In jenem Jahr hatten wir einen herrlichen Herbst,

milde und sonnig und wie ein Traum so schön. Selbst so
hoch in den Bergen hatten wir wenig Wind, so daß das
Gold an den Pappeln und Espen bis spät in den November hinein hängen blieb. Wir blieben bis nach Weihnachten oben auf der Mesa. Wir wollten, daß unser
Archäologe, wenn er kam, alles in bester Ordnung vor-
fand. Wir räumten allen Abfall weg, der beim Ausgraben entstanden war, und brachten alle Musterstücke,
sogar die Mumien, im Blockhaus unter. Ehe wir fortgin-
gen, verschlossen wir die Fenster und die Türen mit
Vorhängeschlössern. Ich hatte bis zum letzten Tag die
Eintragungen in mein Tagebuch gemacht und sogar
etwas von Pater Duchènes Folgerungen aufgeschrieben.
Das Buch ließ ich in einem Versteck auf der Mesa zurück. Ich kletterte zum Adlernest hinauf, in dem wir die
Mumie der ermordeten Frau gefunden hatten, die wir
Mutter Eva nannten, denn dort war mir ein besonders
hübsches, kleines Wandschränkchen aufgefallen. Ich legte mein Buch in die Nische und verschloß sie mit etwas
Mörtel. Pater Duchène hatte sich übrigens sehr für Mutter Eva interessiert. Er lachte und sagte, wir hätten ihr
einen treffenden Namen gegeben. Er glaubte nicht, daß
ihr Tod ein Licht auf den Untergang ihres Stammes
werfen konnte. «Ich glaube», sagte er listig, «ich wittere
da eine persönliche Tragödie. Als der Stamm nach unten ins Sommerlager zog, war unsere Dame vielleicht
krank und wollte nicht mitgehen. Vielleicht fand es ihr
Mann der Mühe wert, eines Nachts unangemeldet von
den Farmen nach oben zu kommen, und vielleicht fand
er sie in unpassender Gesellschaft. Der junge Gast
konnte vielleicht entfliehen. In primitiven Gemeinschaf-

ten darf der Ehemann seine untreue Frau mit dem Tode bestrafen.»

Als der erste Schnee zu fallen begann, sagten wir unserer Mesa Lebwohl und ritten nach Tarpin. Wir brauchten mehrere Tage, um mich für meine Reise nach Washington auszustaffieren. Wir kauften einen Koffer (ich hatte noch nie im Leben einen besessen) und einen Vorrat an weißen Hemden, einen Mantel, der so schwer wie Blei war, und zwei Anzüge. Der gewissenlose Verkäufer hängte mir einen Schwalbenschwanz an, der seit zwanzig Jahren bei ihm herumgelegen haben muß. Er machte Roddy weis, ein Frack sei unerläßlich, wenn man abends eingeladen wäre. Mir scheint, Roddy glaubte, ich würde von Botschaftern empfangen werden – und vielleicht glaubte ich es auch.

Roddy hob bei der Bank sechshundert Dollar ab, damit ich genug Geld hatte, und kaufte mir die Fahrkarte und den Pullman-Schlafwagenplatz bis Washington. Am Morgen, als ich abreiste, ging er mit mir zum Bahnhof, und ein derber Händedruck war unser Abschied.

Noch lange, nachdem mein Zug abgefahren war, konnte ich unsere Mesa sehen, die blau über den Horizont ragte. Es war mir schrecklich, sie zu verlassen, aber ich dachte im stillen, daß sie während vieler Jahrhunderte auch ohne mich fertig geworden war. Wenn ich sie wiedersah, sagte ich mir, würde ich meine Pflicht ihr gegenüber erfüllt haben. Ich würde Männer mitbringen, die sie verstehen konnten und zu schätzen wußten und all ihre Geheimnisse ausgraben würden.

6

An einem kalten, strahlenden Januarmorgen stieg ich dicht hinter dem Capitol aus dem Zug. Lange Zeit stand ich so da und betrachtete die weiße Kuppel, die sich blitzend vom blauen Himmel abhob, mit einem sehr frommen Staunen. Nachdem ich ein wenig umhergeschlendert war und mir die Parks angeschaut hatte, die immer noch grün waren, obwohl es Winter war, und das Finanzministerium und das Kriegs- und Marineministerium, beschloß ich, meine Aufgabe noch ein wenig hintanzustellen und mir eine Woche freizunehmen, um die Stadt zu genießen. Das war so ungefähr das Vernünftigste, was ich tat, solange ich dort war. Während der einen Woche war ich wunderbar glücklich.

Nachdem ich alles besichtigt hatte, machte ich mich an die Arbeit. Zuerst suchte ich das Kongreßmitglied unseres Distrikts auf und bat ihn um Empfehlungsbriefe. Er war liebenswürdig, gab mir aber einen sehr schlechten Rat. Er beharrte darauf, daß ich zum Indianerressort im Ministerium des Innern gehen müsse und gab mir einen Einführungsbrief für den Vorsitzenden mit. Der Regierungskommissar war aber verreist, und ich vergeudete drei Tage mit Herumsitzen im Büro, wo ich von den Angestellten und Sekretärinnen ausgefragt wurde. Sie hatten nicht viel zu tun und schienen mich unterhaltsam zu finden. Ich glaubte, sie interessierten sich für meine Aufgabe, und Interesse wollte ich ja wecken. Ich wußte nicht, wie einflußreich sie waren – sie redeten jedenfalls so, als ob sie sehr viel ausrichten könnten. Ich hatte in meinem Koffer ein paar gute Probestücke von den Töpfen mitgebracht, nicht die besten, weil ich befürchtete, sie könnten Schaden nehmen, aber einige, die einen Begriff von der Sammlung geben konnten, und außerdem alle Photographien, die Blake und ich aufgenommen hatten. Wir hatten nur eine kleine Kodak-Kamera, und die Bilder zeigten nicht viel her, sie sahen eher wie Aufnahmen kleiner, verfallener Adobe-Ruinen aus, die man fast überall finden kann. Sie vermittelten keinen Eindruck von der Schönheit und Größe der Anlage. Die Angestellten des Indianerressorts waren sehr neugierig und ließen mich dauernd reden. Ich war unerfahren und verstand es nicht besser. Doch als einer von den Burschen mich überreden wollte, ihm meine beste Schale für einen Apfel und ein Ei zu verkaufen, kamen mir Zweifel an der Ehrlichkeit ihrer Anteilnahme.

Endlich kehrte der Regierungskommissar zurück, doch hatte er dringende Verpflichtungen, und ich mußte noch mehrere Tage warten, ehe er mich empfangen konnte. Nachdem er mich eine halbe Stunde lang ausgefragt hatte, erklärte er mir, ihn beschäftigten die lebenden Indianer, nicht die toten, und sein Büro hätte mich gleich zu Anfang darüber unterrichten sollen. Er riet mir, zu unserem Kongreßmitglied zu gehen und mir einen Brief für das Smithsonian Institute zu besorgen. Ich packte meine Tonwaren zusammen und verließ das Büro reichlich verärgert. Der erste Sekretär folgte mir den Korridor hinunter und fragte mich, wieviel ich denn für die kleine Schale haben wolle, in die er sich verliebt habe. Er sagte, sie habe keinen Handelswert, weil Washington, wie ich noch sehen würde, voll sei von solchen Sachen. Ganze Kisten davon stünden im Keller des Smithsonian

Institute, und keiner habe sich je die Mühe gemacht, sie auszupacken, da man keinen Platz hätte, die Sachen aufzustellen.

Ich ging wieder zu unserem Kongreßmitglied. Diesmal war er nicht mehr so freundlich, aber er gab mir ein Einführungsschreiben für das Smithsonian Institute. Dort machte ich die gleiche Erfahrung. Der Direktor ließ sich nicht sprechen, nur auf besondere Verabredung hin, und der Sekretär mußte überzeugt sein, daß es sich um eine wichtige Angelegenheit handelte, ehe er mir eine Besprechung mit seinem Chef gewährte. Nach dem ersten Besuch wurde es sogar schwierig, den Sekretär zu sprechen. Immer war er beschäftigt. Ich wurde aufgefordert, Platz zu nehmen und zu warten, doch wenn er dann frei war, eilte er an mir vorbei – zum Mittagessen. Dort blieb ich, inmitten einer Gruppe unglücklicher Menschen, den ganzen Vormittag über: Mädchen, die eine Stelle als Schreibmaschinenfräulein suchten, höfliche alte Männer, die sich im nächsten Sommer an Besichtigungen und Expeditionen beteiligen wollten. Endlich kam der Sekretär, schon im Mantel, und ging durch das Wartezimmer, in der Hand einen Brief oder Bericht, den er las, ohne auch nur aufzublicken.

Die Büroangestellten redeten mir gut zu, und ich hielt es eine ganze Woche lang durch, saß den ganzen Vormittag im Wartezimmer und studierte das Muster in den Teppichen und die Schuhe der anderen, die ebenso geduldig warteten und ebenso regelmäßig kamen wie ich. Eines Tages, nachdem der Sekretär wieder ausgegangen war, kam seine Stenotypistin, ein nettes kleines Mädchen aus Virginia, und setzte sich auf den leeren Stuhl neben dem meinen, um mit mir zu sprechen. Sie war nicht hübsch, aber ihre freundlichen Augen und ihre weiche Stimme mit dem Südstaatenakzent nahmen mich sehr für sie ein. Sie wollte wissen, was ich in meinem Koffer hätte, warum ich wartete und woher ich käme. Fast alle anderen waren zum Mittagessen gegangen – das wenigstens schien man in Washington sehr regelmäßig wahrzunehmen –, und wir hatten das Wartezimmer für uns. Ich erzählte ihr sehr viel. Sie hieß Virginia Ward. Sie war ein winzig-kleines Geschöpf, aber sie hatte wunderschöne Augen und war so sanft. Sie schien empört, daß man mich schon so lange hatte warten lassen, wo ich doch von so weit her gekommen war.

«Ich werde es für Sie in Ordnung bringen», sagte sie schließlich. «Mr. Wagner wird von sehr viel dummen Menschen belästigt, die ihm seine Zeit stehlen, und deshalb ist er mißtrauisch. Am besten wäre es, wenn Sie ihn zum Mittagessen einladen. Ich werde es einrichten. Ich führe die Liste mit seinen Verabredungen, und ich weiß, daß er morgen mittag nichts vorhat. Ich werde ihm sagen, daß er mit einem netten jungen Mann Mittag essen soll, der den ganzen Weg von New Mexico hergekommen ist, um das Institut von einer wichtigen Entdeckung in Kenntnis zu setzen. Ich sage ihm, er soll Sie um ein Uhr im Shoreham treffen. Das ist teuer, aber es wäre nicht gut, ihn in ein billiges Restaurant einzuladen. Und vergessen Sie nicht, fordern Sie ihn auf, das Essen zu bestellen. Es kostet vielleicht zehn Dollar, aber es wird Ihnen weiterhelfen.»

Ich war dem netten kleinen Ding dankbar – sie war nicht älter als ich. Ich fragte sie, ob sie nicht heute mit mir zum Mittagessen kommen und sich mit mir unterhalten wolle.

«O nein», sagte sie und wurde so rot wie eine Mohnblüte. «Ach, Sie denken doch hoffentlich nicht...»

Ich erwiderte, daß ich nichts weiter dächte, als daß sie sehr nett zu mir gewesen sei und daß ich sehr einsam sei. Sie kam mit, aber sie wollte nicht in ein elegantes Restaurant gehen. Sie erzählte mir eine Menge wissenswerte und nützliche Dinge.

«Wenn Sie wollen, daß sich in Washington jemand für Sie interessiert», sagte sie, «dann müssen Sie ihn zum Mittagessen einladen. Für ein gutes Mittagessen tun die Leute fast alles.»

«Aber der Direktor vom Smithsonian zum Beispiel», wandte ich ein, «so hohe Tiere könnten doch unmöglich...? Nein, was wird der sich schon mit einem Cowboy aus New Mexico abgeben, wenn er mit Wissenschaftlern und Botschaftern speisen kann.»

Sie hatte ein niedlich trillerndes Lachen an sich. «Versuchen Sie's nur mal und erwähnen Sie vor dem Direktor das Shoreham! Einer muß doch da sein, der fürs Mittagessen zahlt, und die Wissenschaftler und Botschafter tun das nicht, wenn sie's irgend vermeiden können. Er würde Ihre Einladung bestimmt annehmen, und wenn er das nächste Mal mit dem Staatssekretär speist, dann wird er eine nette kleine Geschichte draus machen und so hübsch von Ihnen erzählen, daß Sie sich selbst nicht wiedererkennen.»

Als ich sie fragte, ob ich meine Tonwaren – sie standen zwischen uns unter dem Tisch – ins Shoreham mitnehmen solle, um sie Mr. Wagner zu zeigen, da kicherte sie wieder. «Ich würde mir nicht die Mühe machen. Wenn Sie ihm genügend Shoreham-Porzellan zeigen, ist es viel wirkungsvoller.»

Als der Sekretär am nächsten Morgen in sein Büro ging, blieb er bei meinem Stuhl stehen und sagte, er habe gehört, daß er um ein Uhr eine Verabredung mit mir habe. Das sei eine ausgezeichnete Idee, fügte er hinzu, er könne viel besser denken, wenn er außerhalb seiner Büro-Tretmühle sei.

Ich war schon zweiundzwanzig Tage in Washington, als ich mit dem Sekretär zusammen aß. Es war ein großartiges Essen. Wir tranken eine Flasche Château d'Yquem. Ich hatte noch nie von solchem Wein gehört, aber ich erinnere mich daran, weil die Flasche fünf Dollar kostete. Ich trank nur ein Glas, und auch das erfreute ihn, denn er trank den ganzen Rest. Obwohl er freundlich war und sehr viel sprach, sank mir doch das Herz, denn er ließ mich überhaupt nicht zu Wort kommen, um meine Mission zu erklären. Dauernd erzählte er mir, wie genau er über den Südwesten Bescheid wisse. Er war vom Institut beauftragt worden, Gruppen von europäischen Archäologen zu all den Paradeorten zu führen, nach Frijoles und zum Canyon de Chelly und nach Taos und zu den Hopi Pueblos. Als ein österreichischer Erzherzog im Pekos-Gebirge auf die Jagd gehen wollte, war der Sekretär von seinem Chef und dem deutschen Botschafter aufgefordert worden, den Jagdausflug zu leiten, und er hatte es mit so viel Geschick getan, daß er und sein Chef von der österreichischen Krone in Anerkennung geleisteter Dienste einen Orden erhielten.

Dann mußte ich mir eine lange Geschichte anhören,

wie großartig ihn der Erzherzog empfangen habe, als er im darauffolgenden Sommer mit seinem Chef nach Wien reiste. Ich hörte von Bällen und Empfängen und erfuhr die Namen und Titel aller Leute, die er auf dem Landsitz des Erzherzogs kennengelernt hatte. Ich war betroffen, daß ein Mann von Welt, ein Fünfzigjähriger, ein Gelehrter von Rang, es der Mühe wert befand, sich vor einem jungen Burschen aufzuspielen, noch dazu vor einem von so bescheidener Herkunft, der ebensowenig mit den Hors d'œuvres fertig wurde, wie er mit einem Gericht Kokosnüsse fertig geworden wäre, die man ihm ohne Hammer serviert hätte.

Und nun stellen Sie sich mein Erstaunen vor, als er beim Likör ganz beiläufig erwähnte: «Übrigens ist es mir gelungen, eine Unterredung mit dem Direktor für Sie zu arrangieren. Er möchte Sie am Montag um vier Uhr sehen.»

Das war am Donnerstag. Ich verbrachte die Zeit bis zum Montag damit, noch etwas mehr über die Leute in Erfahrung zu bringen, unter die ich hier geraten war. Ich überredete Virginia Ward, mit mir ins Theater zu gehen, und sie erzählte mir, daß es immer sehr lange dauere, bis man beim Direktor etwas erreichen könne, ich solle aber den Mut nicht sinken lassen, sie würde das ihrige tun, um mich aufzuheitern. Sie wohnte bei ihrer Mutter, einer Witwe, die mich zum Essen einlud, und beide waren sehr nett zu mir.

Während der ganzen Zeit wohnte ich bei einem jungen Ehepaar, das mich sehr interessierte, denn es war anders als alle Leute, denen ich bisher begegnet war. Der Mann hatte eine Stelle im Kriegsministerium. Wie niederdrükkend ich es fand, wenn ich all die Hunderte von Menschen jeden Abend bei Sonnenuntergang aus dem großen Gebäude strömen sah! Ihr Leben schien mir so kleinlich, so sklavenhaft. Die Leute, bei denen ich wohnte, erweckten in mir ein Vorurteil gegen solch ein Leben. Ohne daß ich es wollte, erfuhr ich sehr viel über ihre Angelegenheiten. Sie besaßen nur eine kleine Wohnung und vermieteten mir ein Zimmer, so daß ich Einblick in manches erhielt und vieles mitanhören mußte. Sie hatten mich gebeten, nirgends zu erwähnen, daß ich ihnen Miete zahlte, da sie ihren Freunden gesagt hatten, ich sei bei ihnen zu Besuch. So hielten sie es mit allem; sie versuchten krampfhaft, den Schein zu wahren und zu leben, wie es das Gehalt gar nicht erlaubte. Wenn sie nicht besprachen, wohin die Frau im Sommer reisen sollte, sprachen sie über die Beförderungen in seiner Abteilung und wieviel seine Kollegen erhielten und wie sie es ausgaben und wieviele neue Kleider ihre Frauen besaßen. Und immer bangten sie um Einladungen zu einem Abendessen oder einem Empfang oder auch bloß zu einem Damentee. Wenn endlich die Einladung eingetroffen war, die sie ersehnt hatten, dann erhob sich die schrecklich wichtige Frage, was Mrs. Bixby anziehen sollte.

Der Kriegsminister gab einen Empfang; es sollte getanzt werden, und viel ausländische Uniformen würden zu sehen sein. Die Bixbys schwebten in bangen Zweifeln, bis sie eine Karte erhielten. Dann sprachen sie eine Woche lang von nichts anderem, als was Mrs. Bixby tragen würde. Sie fanden schließlich, daß sie für einen solchen Anlaß ein neues Kleid brauche. Bixby lieh sich von mir fünfundzwanzig Dollar und benutzte die Mittagspause, um mit seiner Frau einkaufen zu gehen und einen Seidenstoff auszusuchen. Das kam mir sehr seltsam vor. In New Mexico gingen die Indianerburschen manchmal mit ihren Frauen zum Händler und kauften ihnen einen Schal oder Baumwollstoff, aber wir fanden das ziemlich verachtenswert.

Am Abend des Empfangs fuhren die Bixbys sehr fröhlich in einem Taxi los; das Kleid gefiel beiden außerordentlich. Doch sie hatten Pech. Noch ehe der Abend halb verstrichen war, schüttete jemand ein Glas Rotwein über ihren Rock, und als sie nachts heimkamen, hörte ich, wie sie weinte und ihm Vorwürfe machte, weil er sich so aufgeregt und den ganzen Abend nur auf das verdorbene Kleid geblickt habe. Sie sagte, er habe aufgeschrien, als es geschehen sei. Das hat er zweifellos.

Jedes Taxi und jede Gesellschaft war mehr, als sie sich leisten konnten. Wenn er einen Regenschirm verlor, war es ein regelrechtes Unglück. Er war nicht faul, er war nicht dumm, und er wollte gern ehrlich sein, doch das elende Leben eines Ministerialbeamten schüchterte ihn ein. Er verstand es nicht besser. Er hielt es für unehrenhaft, in einem Geschäft oder auf einer Bank zu arbeiten. Durch das Zusammenleben mit den Bixbys wurde ich ganz niedergeschlagen, was mir bisher völlig fremd gewesen war. Während der Tage, da ich auf die Verabredungen warten mußte, wanderte ich oft stundenlang um die Zäune, die das Gelände des Weißen Hauses einschlossen, und beobachtete, wie der weiße Marmorobelisk von den prachtvollen Sonnenuntergängen erglühte – bis dann die Zeit gekommen war, wenn alle Angestellten aus den verschiedenen Ministerien hervorströmten. Viele Tausende waren es, und alle glichen mehr oder weniger dem Ehepaar, bei dem ich wohnte. Sie kamen mir vor wie Menschen, die in der Sklaverei lebten und eigentlich frei sein sollten. Ich erinnere mich aber vor allem an die prachtvollen, leicht dunstigen, traurigen Sonnenuntergänge, an die weißen Säulen und grünen Büsche und an den Schaft des Obelisken, der noch rosig war, wenn schon die Sterne hervorkamen.

Endlich wurde ich auch beim Direktor des Smithsonian Institute vorgelassen. Er hörte mir aufmerksam zu, er war voller Interesse. Er bat mich, in drei Tagen wiederzukommen und mit Dr. Ripley zu sprechen, der ein Gelehrter von Ruf und in prähistorischen indianischen Funden eine Kapazität war; er hatte selbst viele ausgegraben. Nun hob für mich eine aufregende und ziemlich ermutigende Zeit an. Dr. Ripley stellte die richtigen Fragen, und offenbar verstand er sein Fach. Er sagte, am liebsten würde er gleich mit dem nächsten Zug zu meiner Mesa fahren. Doch um Ausgrabungen zu machen, brauchte man Geld, und Dr. Ripley hatte keins. Dem Kongreß sei eine Eingabe zur Bewilligung vorgelegt worden. Wir müßten warten. Ich sollte meinen Einfluß bei unserem Kongreßmitglied einsetzen. Er nahm meine Töpfe an sich, um sie zu studieren. (Ich habe sie übrigens nie wiedergesehen.) Dann war da noch ein Dr. Fox, der mit dem Smithsonian Institute zu tun hatte und sich ebenfalls für die Funde interessierte. Von allen hörte ich mancherlei, was ich wissen wollte, doch ließen sie mich ewig warten. Natürlich war es sehr liebenswürdig, sich mit einem grünen Jungen so viel Mühe zu geben. Bald entdeckte ich, daß der Direktor und sein ganzer Angestelltenstab ein einziges Interesse hatten, vor dem alles andere zunichte wurde. Im nächsten Sommer sollte in Europa eine internationale Ausstellung veranstaltet werden, und nun zogen sie alle Drähte, um in Komitees berufen oder zu internationalen Kongressen geschickt zu werden – Ernennungen, bei denen sie alle Unkosten im Ausland vergütet erhielten und sie ihr Gehalt weiterhin bezahlt bekamen. In der Tat lag dem Kongreß eine Eingabe zur Bewilligung von Geldern für das Smithsonian Institute vor, doch gleichzeitig war eine Eingabe für die Ausstellung gemacht worden, und diese allein war es, die sie vorantrieben. Sie ließen mich noch den ganzen März und April warten, und zum Schluß kam doch nichts dabei heraus. Dr. Ripley erklärte mir, er bedauere es sehr, aber die Summe, die der Kongreß dem Institut bewilligt habe, reiche nicht noch für eine Expedition in den Südwesten aus.

Virginia Ward, die stets so freundlich zu mir gewesen war, ging am gleichen Tag mit mir zum Mittagessen, und sie mußte zugeben, daß mir übel mitgespielt worden war. Sie sei beinahe ebenso enttäuscht wie ich. Sie sagte, das einzige, was Dr. Ripley wirklich am Herzen läge, sei eine Gratisreise nach Europa und die Wahl in ein Komitee, damit er vielleicht einen Orden bekäme. «Und das möchte auch der Direktor», sagte sie. «Sie kümmern sich nicht viel um längst ausgestorbene Indianer. Um was sie sich kümmern, das ist eine Reise nach Paris und ein buntes Flickchen auf dem Mantelrevers.»

Der einzige andere Mensch, der sich außer Virginia aufrichtig für meine Angelegenheit interessierte, war ein junger Franzose, ein Attaché bei der französischen Botschaft, der öfters geschäftlich ins Institut kam, weil er mit eben jener Internationalen Ausstellung zu tun hatte. Er war nett und höflich zu Virginia, und sie machte mich mit ihm bekannt. Wir verabredeten uns oft zu Spaziergängen am Potomac. Er betrachtete meine Photographien und stellte mir so gescheite Fragen, daß es ein Vergnügen war, mit ihm zu plaudern. Seine Einstellung zu den Sachen gefiel mir; er dachte viel darüber nach, war kritisch und voller Respekt ihnen gegenüber. Ich bin sicher, daß er gern mit mir nach New Mexico gegangen wäre, wenn er genug Geld gehabt hätte. Er war noch ärmer als ich.

Ich schämte mich furchtbar, so zu Roddy zurückzukehren: vollkommen abgebrannt nach all den Ausgaben, die ich gehabt hatte, und ohne Ergebnis. Ich blieb noch den Mai über in Washington und versuchte, irgendeinen Posten zu bekommen, um mir wenigstens das Geld für die Rückfahrt zu verdienen. Die Briefe, die ich Blake schrieb, klangen eine Zeitlang sehr niedergeschlagen. Wenn ich vernünftig gewesen wäre, hätte ich meinen Kummer für mich behalten. Ich wußte, wie leicht er sich entmutigen ließ. Zu guter Letzt mußte ich ihn doch noch um Geld bitten, damit ich heimfahren konnte. Aus irgendeinem Grund ließ es auf sich warten, und ich mußte telegraphieren. Endlich verließ ich Washington, klüger, als ich gekommen war. Ich hatte keine Pläne, ich wollte nichts weiter, als zur Mesa zurückkehren und dort ein freies Leben führen und freie Luft atmen und niemals, niemals wieder Hunderte von kleinen schwarzröckigen Männern sehen müssen, die aus weißen Gebäuden hervorströmten.

Seltsam, wieviel trübseliger ihr Anblick ist als der von Männern, die aus einer Fabrik kommen!

Ich war furchtbar enttäuscht, als ich in Tarpin ausstieg und Roddy nicht an der Bahn war, um mich abzuholen. Es war spät am Nachmittag, schon beinahe dunkel, und ich ging sofort zum Mietstall, um mich bei Bill Hook nach Blake zu erkundigen. Hook hatte, wie Sie sich wohl erinnern, alle Transporte für uns bewerkstelligt und sich als guter Freund erwiesen. Er gab mir erfreut die Hand und sagte, Blake sei auf der Mesa.

«Ich glaube, er fühlte sich hier nicht mehr wohl. Er hat unsere Stadt in letzter Zeit gemieden. Du weißt, Tom, daß den Leuten die Mesa ziemlich egal war, solange ihr da draußen ein bißchen Robinson Crusoe gespielt und kurioses Zeug ausgegraben habt. Doch als es durchsickerte, daß Blake sehr viel Geld für die Sachen bekommen hatte, da wurden die Leute neidisch – sagten, die Ruinen draußen gehörten Blake nicht mehr als irgendeinem anderen. Mit der Zeit werden sie sich beruhigen; die Menschen sind nun mal so, wenn einer plötzlich viel Geld bekommt. Aber gerade jetzt herrscht sehr schlechte Stimmung gegen ihn.»

Ich sagte, daß ich nicht wüßte, wovon er rede.

«Willst du etwa sagen, du hättest nicht von dem Deutschen gehört, von Fechtig? Na, dann hat Roddy eine schöne Überraschung für dich bereit! Er hat ein gewaltiges Glück gehabt. Hat einen netten Haufen Geld für euern Kram erhalten.»

Ich bat ihn, mir zu erzählen, von welchem Kram er spräche.

«Von dem kuriosen Zeug natürlich! Da kam also dieser

Deutsche, Fechtig, vorbei; er war unterwegs, um indianische Sachen aufzukaufen, und er hat eure ganze Sammlung erstanden und viertausend Dollar dafür hingeblät-
tert. In Tarpin hat's deswegen eine furchtbare Aufregung
gegeben. Aber ich kann mich nicht beklagen. Ich hab'
den Mund gehalten. Hab' selber sehr gut dabei verdient.
Meine Maultiere hatten drei Wochen lang zu tun, den
Kram von dort oben runterzuschaffen, und ich hab dem
Deutschen einen Phantasiepreis gemacht. Beim Stellma-
cher hat er Kisten anfertigen lassen, die mit Stroh und
Sägemehl auf die Mesa gebracht werden mußten, und
oben hat er alles eingepackt. Hab' eins von meinen
Maultieren dabei eingebüßt. Erinnerst du dich noch an
meine Jenny? Die haben sie mit einer riesengroßen Kiste
auf dem Rücken nach unten geführt, aber da, wo sich der
Pfad so eng um einen vorspringenden Felsen schlängelt,
im Black Canyon an der Steilwand, da hat sie das Gleich-
gewicht verloren und fiel glatt bis nach unten und ihre
Traglast mit ihr. Mehr als dreihundert Meter. Wir sind
nie nach unten geklettert, um die Leichenschau abzuhalten, aber Fechtig hat wie ein Gentleman für sie gezahlt.»

Ich erinnere mich noch, daß ich in Hooks Büro auf dem
Sofa saß, denn stehen konnte ich nicht mehr, und der
Geruch von all den Pferdedecken machte mich krank.
Eine Minute später kippte ich um, wie ein Mädchen in
einem Roman. Hook schleifte mich nach draußen auf
den Bürgersteig und gab mir etwas Whisky aus seiner
Flasche.

Als ich mich besser fühlte, fragte ich ihn, wie lange der
Deutsche schon fort sei und was er mit den Sachen
unternommen habe.

«Oh, der hat sich vor drei Wochen aus dem Staube gemacht. Er hat keine Zeit verschwendet. Aber er hat jeden gut behandelt, auf den ist niemand sauer. Doch dein Partner, auf den sind sie wütend. Fechtig hat den Kram gleich selber mitgenommen, hat einen Güterwagen geheuert und ist selbst im Wagen mitgefahren. Jetzt schwimmt's wohl schon auf dem Wasser. Er hat's gleich nach Mexiko rübergeschafft und wollte es auf einen französischen Dampfer verladen. Anscheinend hat er Angst gehabt, die Hafenbehörde in den Vereinigten Staaten könnte ihm Schwierigkeiten machen. Über Mexiko kriegt man ja alles raus.»

Ich hatte erfahren, was ich wissen wollte. Ich ging zum Hotel und nahm mir ein Zimmer. Ohne mich auszuziehen, legte ich mich hin, um den Tagesanbruch abzuwarten. Hook wollte mich und mein Gepäck früh am nächsten Morgen zur Mesa hinaufbefördern. Alles, was ich in Washington hatte durchmachen müssen, war nichts im Vergleich zu dem, was ich in jener Nacht durchmachte. Blake mußte den Verstand verloren haben. Nicht eine Minute glaubte ich, daß er mich betrügen wollte, aber ich verfluchte seine Dummheit und Anmaßung. Ich hatte ihm nie gesagt, was ich den Dingen gegenüber empfand, die wir gemeinsam ausgegraben hatten, denn über solche Gefühle spricht man nicht. Aber er mußte es gespürt haben; er konnte nicht den ganzen Sommer und Herbst mit mir gelebt haben, ohne es zu wissen. Und doch hatte auch ich selbst erst in jener Nacht begriffen, daß mir mehr daran lag als an irgend etwas anderem in der Welt.

Beim ersten Tagesschimmer sprang ich aus dem verdammten Bett und ging zum Mietstall hinüber, um

Hook aus seiner Koje zu jagen. Wir frühstückten und fuhren mit seinem besten Gespann aus der Stadt. Auf dem Weg zur Mesa hatten wir eine Panne, eines der alten trockenen Räder zersplitterte. Hook mußte ausspannen und nach Tarpin zurückreiten, um ein anderes zu holen. Alles dauerte sinnlos lange, und der Nachmittag war halb vorbei, als er mich und meinen Koffer am Fuß des Black Canyon absetzte. Jeder Zoll des alten Wegs war mir teuer, jede Biegung um uralte Piñon-Wurzeln, jede gefährliche Stelle des Pfads an der Steilwand entlang und jede Windung in die Sicherheit des Gebüschs hinein. Die Wildjohannisbeere stand in Blüte, und wo der Pfad die Seite einer engen Schlucht emporklomm, war ihr Duft in der heißen Sonne so stark, daß er mich fast betäubte und die Lust mich überkam, mich hinzulegen und zu schlafen. Ich wollte alles sehen und berühren, wie ein heimwehkrankes Kind, wenn es nach Hause kommt.

Als ich oben auf der Mesa ankam, fielen die Sonnenstrahlen schräg durch die kleinen, verkrüppelten Piñons – das Licht umflutete sie so rot wie ein Feuer im Tageslicht, ja, sie schwammen förmlich darin. Endlich hatte ich wieder das wunderbare Gefühl, das ich sonst nirgends gehabt habe, das Mesa-Gefühl, in einer Welt zu sein über der Welt. Und die Luft, mein Gott, was für eine Luft! – Sanft, prickelnd, golden, heiß mit einem frostigen Beigeschmack, dazu der Duft von den Piñons – es war, als atme man die Sonne, als atme man die Farbe des Himmels. Tief unter mir lag die Ebene; Schatten zogen sich in Streifen über sie hin, violett und blaurot und rostbraun, bis sie an den Horizont stieß. Vor mir lag das flache Hochplateau der Mesa, dünn bewachsen mit einzelnen

Zedern, die nicht größer waren als ich, doch ihre gewundenen Stämme waren fast so dick wie mein Körper. Ich machte mich auf den Weg, und mein langer, schwarzer Schatten wanderte vor mir her.

Ich hielt gleich auf die Hütte zu; es waren von der Stelle, wo der Pfad aufs Hochplateau einmündete, noch ungefähr drei Meilen. Ich sah Rauch aufsteigen, ehe ich die Hütte selbst erspähte. Blake stand in der Tür, als ich hinkam. Ich blickte ihm nicht ins Gesicht, aber ich konnte spüren, daß er mich ansah.

«Sag nichts, Tom! Reiß mich nicht in Stücke, eh' du alles gehört hast», sagte er, als ich auf ihn zuging.

«Mir genügt, was ich gehört habe», platzte ich wütend heraus. «Warum mußtest du das tun, Blake? Warum mußtest du das tun?»

«Es war eine ganz seltene Gelegenheit, Junge! Ich hatte keine Zeit, dich zu fragen. Auf tausend Männer kommt etwa einer, der Altertümer kauft und sie gleich in bar bezahlen will. Ich konnt' ja absehen, wie deine Washington-Expedition ausgehen würde. Ich wußte, daß du große Summen erwartet hattest, genau wie ich. Aber das waren alles schöne Träume. Viertausend Dollar sind nicht so übel, die findet man nicht auf der Straße. Und er übernahm alle Unkosten. Es war nämlich eine furchtbar kostspielige Sache, all den zerbrechlichen Kram von hier fortzuschaffen. Wer hätte sie sonst kaufen sollen, möcht' ich mal wissen? Wir hätten alles wie die armen Indianer vor dem Harvey House Hotel aufstellen und für einen Dollar die Schale an die Touristen verkaufen können. Ich hab' die Gelegenheit beim Schopf gepackt, Tom, für uns beide!»

Ich sagte nichts, weil ich zuviel hätte sagen müssen. Ich

stand draußen vor der Hütte, bis das goldene Licht blau wurde und ein paar Sterne hervorkamen, kaum heller als der helle Himmel, und bis die Schwalben über uns hinwegflogen auf dem Heimweg zu ihren Nestern in den Felswänden. Es war die Stunde, wenn alles heimgeht. Aus Gewohnheit und aus Müdigkeit ging ich in die Hütte. Der Küchentisch war fürs Abendbrot gedeckt, ich konnte das Kaninchenragout riechen. Blake zündete die Laterne an und bat mich zum Essen. In die Schlafkammer ging ich erst gar nicht, denn ich wußte, dort waren die Regale leer. Ich hörte Blake sprechen, wie man Menschen sprechen hört, wenn man im Schlaf liegt.

«Wer sonst hätte sie gekauft?» sagte er dauernd. «Die Leute machen furchtbar viel Aufhebens um die Sachen, aber keiner will Bargeld dafür zahlen.»

Als ich ihm schließlich sagte, daß mir der Gedanke, sie zu verkaufen, niemals gekommen sei, da glaubte er bestimmt, ich würde lügen. Er erinnerte mich daran, daß wir immer davon gesprochen hätten, von der Regierung große Summen zu erhalten.

Ich gab zu, daß ich gehofft hatte, man würde uns für die Arbeit bezahlen und uns vielleicht eine Prämie für unsere Entdeckung zukommen lassen. «Aber ich habe nie daran gedacht, sie zu verkaufen, weil sie nicht mir gehörten – und dir auch nicht. Wir haben nicht das Recht dazu. Sie gehörten dem Land hier und dem Staat und allen Menschen. Sie gehörten Menschen wie dir und mir, die keine anderen Ahnen haben als diese, von denen sie erben können. Und da verkaufst du sie an ein Land, das so viele eigene Altertümer hat! Du hast die Geheimnisse deines Landes verkauft, wie Dreyfuß!»

«Der Mann war unschuldig! Das war ein Komplott», murmelte Blake. Es war ein Punkt, den er niemals durchgehen ließ.

«Einerlei, ob er schuldig ist oder nicht, du bist es! Wenn es nur jemanden in Washington gäbe, dem ich telegraphieren könnte, damit der Deutsche im Hafen zurückgehalten wird!»

«Das ist es ja gerade: Wenn's jemanden in Washington gäbe, der sich etwas draus machte, dann hätt' ich sie nicht verkauft. Aber du hast ja selber erlebt, wieviel sie sich draus machen!»

«Dann hätten wir sie aufbewahren können», entgegnete ich. «Ich hab' einen kräftigen Rücken, und ich bin nicht so arm, daß ich die Töpfe und Pfannen verkaufen müßte, die vor ein paar tausend Jahren meinen armen Großmüttern gehört haben. Ich hatte mir schon einen Plan gemacht, in der Bahn, auf der Rückfahrt!» (Es war gelogen, ich hatte keine Pläne.) «Ich wollte wieder eine Stelle bei der Bahn annehmen und unsere Funde hier oben aufbewahren und immer nach oben gehen, wenn ich einen freien Tag hatte. Ich weiß sie jetzt, seit ich in Washington war, noch viel mehr zu schätzen als vorher. Und nach der Ausstellung, nach ihrer Rückkehr aus dem Ausland, wären die Leute vom Smithsonian Institute bestimmt doch noch hierhergekommen. Ich hab' genug von ihnen gelernt, um eine Weile allein weiterzumachen.»

Blake wies mich darauf hin, daß ich vorankommen und eine Hochschule besuchen wollte. «Das Geld liegt jetzt auf der Bank, 's ist auf deinen Namen eingezahlt, und damit kannst du studieren. Du sollst kein Tagelöhner werden wie ich. Und wenn du später dein Ziel erreicht hast, dann kannst du mit mir teilen.»

«Glaubst du wirklich, ich würde das Geld anrühren?» Zum erstenmal blickte ich ihm voll ins Gesicht. «Genausowenig, wie wenn du's gestohlen hättest. Du hast es verkauft. Sieh zu, was du daraus machst! Ich möchte dir aber eine Frage stellen: Hast du wirklich gedacht, ich grabe diese Dinge aus für Geld?»

Rodney erwiderte, er hätte wohl gewußt, daß ich mein Herz an die Sachen gehängt hätte und stolz darauf gewesen wäre, aber er hätte immer angenommen, daß ich mit ihnen «mal ganz groß herauskommen» wolle, wie er auch, und daß es zu guter Letzt doch ums Geld gegangen wäre. «Wie alles», schloß er.

«Wenn der nette junge Franzose, den ich kennengelernt habe, mit mir hergekommen wäre und mir vier Millionen anstatt deiner viertausend Dollar geboten hätte, würd' ich's ihm doch abgeschlagen haben. Nie ist es bei mir ums Geld gegangen, wenn es sich um die Mesa und ihre Leute gehandelt hat. Sie waren etwas, das wie durch ein Wunder viele Jahrhunderte lang erhalten geblieben war und an dich und mich weitergegeben wurde, zwei arme, ungehobelte und ahnungslose Cowboys, und ich dachte, wir wären Manns genug, um etwas uns Anvertrautes in Ehren zu halten. Ich hätte ebensogut meine eigene Großmutter verkaufen können wie unsere Mutter Eva – jede lebende Frau hätt' ich eher verkauft als Mutter Eva!»

«Kannst dir deinen Kummer sparen», entgegnete Rodney grimmig. «Sie hat sich geweigert, uns zu verlassen. Sie sprang in den Black Canyon runter, und Hooks bestes

Maultier hat sie mit in die Tiefe gerissen. Ihre Kiste mußte extra breit gemacht werden, und sie drängte Jenny um einen Zoll zu weit von der Canyon-Wand weg.»

Das qualvolle Gespräch ging noch stundenlang so weiter. Ich wanderte in der Küche auf und ab und versuchte Blake klarzumachen, warum und auf welche Art mir diese Gegenstände so wichtig waren. Und leider gelang es mir. Er saß zusammengesunken auf der Bank, hatte die Ellbogen auf dem Tisch und hielt sich die Hände über die Augen, um sie gegen den grellen Glanz der Laterne zu schützen.

«Es ist nicht nötig, noch lange darüber zu reden», sagte er endlich. «Du bist mir weit überlegen, aber ich glaube doch, daß ich dich verstanden habe. Deine patriotische Rede hättest du mir schon etwas eher halten sollen. Ich hab' nicht gewußt, daß du den Kram wichtiger genommen hast als alle anderen Sachen, die man so zufällig entdeckt: eine Goldader oder ein Nest mit Türkisen.»

«Du hast ihm wohl auch noch mein Tagebuch als Draufgeld verehrt?»

«Nein», sagte Blake, und seine Stimme wurde immer bedrückter und finsterer, «das liegt im Adlernest, wo du's versteckt hast. Es ist dein Privatbesitz. Ich hab' angenommen, daß ich einen Anteil an den Sachen hatte, die wir gemeinsam ausgegraben hatten – jedenfalls hast du immer so darüber gesprochen. Aber ich sehe jetzt, daß ich für dich wie ein Handlanger gearbeitet habe, und während du weg warst, hab' ich dein Eigentum verkauft.»

Ich erklärte ihm wieder, daß es weder mir noch ihm gehört hätte. Er holte etwas aus der Tasche seines Flanellhemds und legte es auf den Tisch. Ich sah, daß es ein Bankbüchlein war, und mein Name stand auf dem gelben Umschlag.

«Du kannst es ebensogut behalten», sagte ich. «Ich rühre es bestimmt niemals an. Du hattest kein Recht, es auf meinen Namen einzuzahlen. Die Leute in Tarpin unten sind wütend wegen des Geldes, und sie würden's mir übelnehmen.»

«Nein, das werden sie nicht tun. Kannst du mir nicht soweit vertrauen, daß ich das in Ordnung bringe?»

«Ich weiß nicht, wie weit ich dir vertrauen kann, Blake. Ich weiß nicht, woran ich mit dir bin!» sagte ich.

Er stand auf und begann, seine Jacke anzuziehen. «Es gibt wohl keine Entschuldigung, die du gelten lassen würdest, oder?» sagte er mit abgewandtem Gesicht und steckte den Arm in die Jacke.

«Wenn's eine Sache zwischen dir und mir wäre, schon», erklärte ich ihm. «Wenn du mein Geld beim Spiel verloren oder mir mein Mädchen ausgespannt hättest, dann hätten wir uns schlagen können und wären vielleicht Freunde geblieben. Aber das hier ist anders.»

«Ich versteh'. Du bist sehr deutlich.» Während er sprach, hantierte er still herum, holte seinen alten Rucksack vom Nagel an der Wand und öffnete seinen Koffer und nahm Unterzeug und Socken und ein paar Hemden heraus. Nachdem er sie in den Rucksack gesteckt hatte, warf er ihn über die eine Schulter und den Wassersack aus Segeltuch über die andere. Ich ließ ihn seine Vorbereitungen treffen, ohne ein Wort zu sagen. Er trat an das Schrankfach über dem Herd und steckte sich ein paar Riegel Schokolade in die Tasche, dann seine Pfeife und den Tabaksbeutel. Ich warnte ihn, er würde sich das Genick brechen, wenn er in der Finsternis versuchen wollte, den Weg hinunterzureiten.

«Ich reite nicht den Weg runter», antwortete er schroff. «Ich nehme den Schleichpfad. Mein Pferd grast im Kuh-Canyon.»

«Der Fluß hat Hochwasser. Ich hab's auf der Herfahrt gesehen. Es ist ein gefährlicher Übergang!» sagte ich.

«Vor ein paar Tagen hab' ich ihn auch schon überquert. Ich muß mich wundern, was für banale Ausdrücke du gebrauchst», sagte er spöttisch. «‹Gefährlicher Übergang!› – das steht auf den Straßenschildern der ganzen Welt.» Er ging aus der Hütte, ohne sich umzublicken. Ich folgte ihm bis zu dem V-förmigen Einstieg in der Felsplatte, der kaum breiter war als die Schultern eines Mannes, wo die aneinandergehakten Stämme als schwankende Leiter vor der Steilwand hingen. Ich wollte ihn zurückhalten, aber was ich von mir gab, war wieder nur eine Vorhaltung.

«Du wirst mit dem Rucksack an den Astgabeln hängenbleiben und abstürzen!»

«Das ist meine Sache!»

Mittlerweile hatten sich meine Augen an die Dunkelheit gewöhnt, und ich konnte Blake ganz deutlich sehen – die eigensinnige, geduckte Haltung seiner Schultern, die mir aufgefallen war, als er zum erstenmal in Pardee auftauchte und ununterbrochen trank. Ich fühlte eine schmerzende Sehnsucht in den Armen, sie auszustrecken und ihn zurückzureißen, aber da war etwas, das mich lähmte und daran hinderte. Er stieg nach unten und setzte seinen Fuß tastend auf die erste Astgabel. Dann wartete er einen Augenblick, rückte sein Bündel zurecht, knöpfte die Jacke bis zum Kinn hinauf zu und zog sich den Hut fester in die Stirn. Immer wehte ein Nachtwind durch den Canyon. Er packte den Stamm mit beiden Händen.

«Glückauf!» sagte er mit grimmiger Munterkeit. «Ich bin froh, Tom, daß du's bist, der mir das antut, und nicht ich dir!» Sein Kopf verschwand unter der Felsklippe. Ich hörte, wie die Bäume unter seinem Gewicht ächzten und wie die Ketten an den aneinandergehakten Stellen ein wenig klirrten. Ich legte mich in voller Länge auf die Felsplatte und lauschte. Ich konnte ihn noch lange Zeit hören, und ich empfand die Geräusche als etwas Tröstliches, wenn ich mir dessen auch nicht bewußt war. Dann schloß mich von allen Seiten die Stille ein. Als ich mich zum Schlafen hinlegte, wünschte ich, daß ich nie wieder aufzuwachen brauchte.

7

Am nächsten Morgen weckte mich das Wiehern meines Pferdes im Schuppen. Ich führte es hinunter an den Anfang des Weges, wo ich meinen Koffer stehen gelassen hatte, packte ihm die Sachen auf und ging zur Hütte zurück. In dieser Nacht blieb ich lange auf und wartete auf Blake, obwohl ich wußte, daß er nicht kommen würde. Ein paar Tage drauf ritt ich nach Tarpin, um mich nach ihm zu erkundigen. Bill Hook zeigte mir Roddys

Pferd. Er hatte es für sechzig Dollar an den Mietstall verkauft. Der Bahnhofsvorsteher erzählte mir, Blake hätte
eine Fahrkarte nach Winslow in Arizona gelöst. Ich tele-
graphierte dem Bahnhofsvorsteher und dem Fahrdienst-
leiter in Winslow, aber sie konnten mir keine Auskunft
geben. Pater Duchène kam vorbei, und ich erzählte ihm
die ganze Geschichte.

Er meinte, daß Blake eines Tages wiederkommen würde und daß ich ihn höchstens verfehlen könnte, wenn ich
auf die Suche ginge. Er riet mir, den Sommer über auf
der Mesa zu bleiben und mich weiter mit meinen Studien
zu beschäftigen und meine spanische Grammatik und
das Latein zu wiederholen. Er hatte Freunde längs der
ganzen Santa-Fé-Route und war überzeugt, er könnte
Blake auftreiben, wenn er Anzeigen in die Lokalzeitun-
gen längs der Strecke einrücken ließ, in Albuquerque und
Winslow und Flagstaff und Williams und Los Angeles.
Ich blieb ein paar Tage mit ihm zusammen, und dann
kehrte ich auf die Mesa zurück, um dort abzuwarten.

Den Abend, an dem ich zurückkehrte, werde ich nie
vergessen. Ich überquerte den Fluß eine Stunde vor
Sonnenuntergang und ließ mein Pferd zum Grasen auf
der breiten Talsohle des Kuh-Canyons zurück. Der Mond
stand schon am Himmel, obwohl die Sonne noch nicht
untergegangen war, und er war von jenem glitzernden
Silber, das die ersten Sterne haben, wenn man sie hoch in
den Bergen betrachtet. Die Himmelskörper scheinen, aus
der Tiefe eines Canyons gesehen, so viel weiter von uns
entfernt zu sein als sonst. Auf irgendeine Weise lenken
die Steilwände das Auge hinauf. Ich legte mich auf einen
Felsblock, der wie eine Insel aus dem Talgrund ragte,

und blickte nach oben. Salbeigesträuch und der blau-
graue Fels rings um mich her lagen schon im Schatten,
aber die Canyonwände hoch über mir waren von der
sinkenden Sonne in flammendes Rot getaucht, und die
Felsenstadt hob sich in goldenem Dunst von der dunklen
Höhle ab. Nach ein paar Minuten war auch sie grau
geworden, und nur die oberste Felsplatte glühte noch
im roten Licht. Als auch das verschwunden war, konnte
ich noch das kupferne Glimmen in den Piñon-Wipfeln
am Rande der obersten Felsplatte sehen. Der Himmels-
bogen über dem Canyon war silberblau mit einem blaßgelben Mond, und bald zitterten die Sterne daraus hervor, wie Kristalle, die man in durchsichtig klares Wasser
wirft.

Ich erinnere mich so deutlich an das alles, weil es die
erste Nacht war, in der ich wirklich auf der Mesa war – ich
meine, die erste Nacht, in der mein ganzes Ich da war.
Und zum erstenmal sah ich sie als ein Ganzes. Es fügte
sich alles in meinem Geist zusammen wie bei einer Serie
von Experimenten, wenn man zu erkennen beginnt, wohin sie eigentlich führen. In mir war etwas vorgegangen,
das es mir ermöglichte, alles beizuordnen und zu verein-
fachen, und der Prozeß, der jetzt in meinem Denken
stattfand, endete in einem Gefühl großer Glückseligkeit.
Es nahm völlig von mir Besitz. Die Erregung über meine
erste Entdeckung war, verglichen mit dieser, ein sehr
blasses Gefühl. Für mich war die Mesa nicht länger ein
Abenteuer, sondern eine religiöse Empfindung. Bei den
alten Lateinern hatte ich viel von der Verehrung der
Söhne für ihre Väter gelesen, und das war es, was ich für
die alten Stätten empfand. Früher war das Gefühl mit

anderen vermischt gewesen, doch seit sie nicht mehr da waren, genoß ich ungetrübt das Glück.

Was in jener Nacht begann, hielt den Sommer hindurch an. Ich blieb bis zum November auf der Mesa. Zum erstenmal studierte ich methodisch und mit Verstand. Ich eignete mir die spanische Grammatik an und las die zwölf Bücher der Aeneis. Ich studierte am Vormittag, und nachmittags war ich damit beschäftigt, den Unrat wegzuschaffen, den der Deutsche beim Zusammenpacken der Dinge hinterlassen hatte – die Ruinen aufzuräumen, damit sie für den wahrhaftigen Entdecker bereit seien, der in vielleicht hundert Jahren kommen würde. Ich darf wohl kaum hoffen, daß mir das Leben noch einen solchen Sommer schenkt. Es war die hohe Zeit meines Daseins. Jeden Morgen, wenn die ersten Sonnenstrahlen auf das Hochplateau der Mesa fielen, während die übrige Welt noch im Schatten lag, erwachte ich mit dem Gefühl, alles gefunden zu haben, wo ich doch eigentlich alles verloren hatte. Nichts konnte mich ermüden. Dort oben, allein, nächster Nachbar der Sonne, schien ich die Sonnenenergie irgendwie unmittelbarer zu empfangen. Und abends, wenn ich zuschaute, wie sie hinter dem Horizont der Ebene tief unten versank, fand ich stets, daß ich nicht noch eine weitere Stunde des verzehrenden Lichts hätte ertragen können, daß ich randvoll davon war und Schlaf und Dunkelheit brauchte.

Während des ganzen Sommers kletterte ich nicht einmal zum Adlernest hinauf, um mein Tagebuch zu holen – wahrscheinlich ist es noch heute dort. Mir war, als brauchte ich die Aufzeichnungen nicht. Es wäre ein Zurück gewesen. Ich wollte nicht zurückgehen und die Dinge

Schritt für Schritt bloßlegen. Vielleicht fürchtete ich, bei all den Einzelheiten das Ganze zu verlieren. Jedenfalls holte ich mir die Aufzeichnungen nicht.

Während jener Monate machte ich mir wegen des armen Roddy nicht viel Gedanken. Ich sagte mir, daß er mit Hilfe der Anzeigen bestimmt gefunden würde – ich kannte ja seine Gewohnheit, die Zeitungen zu lesen. Es gibt Zeiten, in denen die Lebenslust so gewaltig ist, daß sie durch nichts getrübt werden kann, und einfach zu springlebendig, um sich auf Dauer niederdrücken zu lassen. Wenn ich am frühen Morgen aus der Hütte zu meinem Platz in der Felsenstadt eilte, wo ich unter einer Zeder studierte, erschrak ich über meine eigene Herzlosigkeit. Aber wenn meine Füße dann die schmale, von Mokassins ausgetretene Trift im blanken Fels fühlten, war es wie ein guter Geschmack im Mund, und ich wurde wieder froh und vergaß Blake völlig, ohne es zu bemerken. Ich las zu schnell für mein Gefühl, deshalb begann ich, lange Stellen des Vergil auswendig zu lernen – wenn das nicht gewesen wäre, hätte ich leicht den Gebrauch meiner Stimme verlernen können oder mir angewöhnt, Selbstgespräche zu halten. Wenn ich jetzt in die Aeneis blicke, kann ich stets zwei Bilder sehen, das eine auf der Buchseite, und ein anderes dahinter: blaue und veilchenfarbene Felsen und grüngelbe Piñons mit flachen Wipfeln, kleine Häuser, die sich schutzsuchend zusammendrängten, ein schlichter Turm, der in ihrer Mitte aufragte, mächtig und still und kühn aufragte – dahinter eine dunkle Grotte und in deren Tiefen ein kristallklarer Quell.

Glück ist etwas, was man nicht erklären kann. Sie müs-

sen sich schon mit meinen Worten begnügen. Schwierigkeiten gab's hinterher genug, aber da war dieser Sommer, hochgestimmt und traurig, ein Leben für sich.

Im nächsten Winter ging ich nach Pardee und wohnte
wieder bei den O'Briens, arbeitete bei der Bahn, studierte
mit Pater Duchène und versuchte, etwas über Blake zu
erfahren. Jetzt, da ich bei der Bahn war, glaubte ich, daß
ich ihn leicht finden könnte. Ich fuhr nach Winslow und
nach Williams und horchte die Eisenbahner aus. Wir
gaben alle möglichen Anzeigen auf, ließen alle Angestellten der Santa Fé-Linie und die Polizei und die katho-
lischen Missionen nach ihm Ausschau halten und setzten
tausend Dollar Belohnung für den aus, der Blake fand.
Aber es kam nichts dabei heraus. Pater Duchène und
unsere Freunde dort unten suchen ihn noch immer. Doch
je älter ich werde, um so mehr verstehe ich, was ich an
jenem Abend auf der Mesa tat. Wer Treue und Freundschaft so vergilt, wie ich es tat, der muß dafür zahlen.
Meine Zukunft sehe ich nicht sehr rosig. Ich werde dann
zur Rechenschaft gezogen werden, wenn ich es am we-
nigsten erwarte.

Im Frühling, genau ein Jahr, nachdem ich mich mit
Roddy zerstritten hatte, landete ich hier und spazierte in
Ihren Garten, und alles übrige wissen Sie.

DRITTES BUCH

Der Professor

1

Alle wichtigen Ereignisse in seinem Leben, dachte St. Peter manchmal, waren durch Zufälle herbeigeführt worden. Seine Ausbildung in Frankreich war gewissermaßen ein Zufall gewesen und seine Ehe vor allem dank eines Umstandes glücklich verlaufen, mit dem weder er noch seine Frau unmittelbar zu tun hatten. Sie waren zwar junge Leute mit gutem Charakter und hatten sich sehr geliebt, doch wären sie vielleicht nicht glücklich geworden, wenn Lillian nicht von ihrem Vater ein kleines Einkommen geerbt hätte – nur sechzehnhundert Dollar im Jahr, und doch war es ein ausschlaggebender Unterschied. Manch ein unvergeßliches Interregnum ohne Dienstboten hatte ihm bewiesen, daß Lillian nicht knausern und armselig leben und sich abrackern konnte wie die Frauen einiger Kollegen. Wenn ihr das zugemutet wurde, war sie verbittert und ein anderer Mensch.

Tom Outlands Erscheinen war ein Glückstreffer gewesen, den er sich niemals hätte vorstellen können; sein seltsames Auftauchen, seine seltsamen Erlebnisse, seine Treue und Ergebenheit und sein früher Tod und nachträglicher Ruhm – wie phantastisch das alles war! Phantastisch war es auch, daß ein vagabundierender junger Mann ein Vermögen für jemanden hinterließ, dessen

Namen er nie gehört hatte, für «einen extravaganten, vagabundierenden Fremden». Der Professor mußte oft an den merkwürdig bitteren und unvermittelten Ruf des Baritons in Brahms' Requiem denken: «Sie sammeln und wissen nicht, wer es kriegen wird.» Die Heftigkeit dieser Stelle war ihm oft ungerechtfertigt erschienen, bis er sie im Licht der Geschehnisse seiner eigenen Familie las.

St. Peter fand, daß er es mit seinem Los gut getroffen habe. Er wollte sein Leben nicht noch einmal von vorn beginnen – er könnte vielleicht nicht mehr soviel Glück haben. Er hatte zwei Abenteuer erlebt: eines des Herzens, das sein Leben viele Jahre lang ausgefüllt hatte, und ein geistiges – eines der Phantasie. Im Augenblick, als die Morgenfrische der Welt für ihn etwas an Glanz zu verlieren begann, tauchte Outland auf und brachte ihm eine Art zweiter Jugend.

Während Outlands Studienjahre, lange nachdem sie aufgehört hatten, Schüler und Lehrer zu sein, war er wieder in der Lage, Dinge wie von neuem zu erleben, die ihm durch Gewohnheit längst langweilig geworden waren. Der Geist des jungen Mannes hatte jene Überfülle an Wärme, die sich dort bildet, wo große Keimkraft ist. An seinen Gedanken teilzuhaben, bedeutete, zu beobachten, wie die alten Standpunkte sich unter dem neuartigen Licht verwandelten.

Wenn die letzten vier Bände der «Spanischen Abenteurer» einfacher und überzeugender als die voraufgegangenen waren, so war das zum großen Teil Outland zu verdanken. Als St. Peter sein Werk begann, war ihm klar geworden, wie nachteilig es sich auswirken mußte, daß er seine frühe Jugend nicht in dem großen, bezaubernden Land im Südwesten verbracht hatte, das der Schauplatz aller Abenteuer seiner Helden gewesen war. Und als er bis zum dritten Band gekommen war, spazierte ein junger Knabe in sein Haus, der dort unten aufgewachsen war, ein junger Mensch mit Phantasie und mit einer Einsicht, die von seinen sehr merkwürdigen Erlebnissen herrührte, ein Jüngling, der alle Geheimnisse in der Tasche hatte, welche Steine und Wasserläufe und alte Fährten nur der Jugend verraten.

Zwei Jahre nach Toms Abgang von der Universität nahmen sie die Abschrift, die der Professor nach der Handschrift des Fray Garces in Spanien angefertigt hatte, und fuhren damit zusammen in den Südwesten. Als es auf den Herbst zuging, hatten sie jede Meile seiner Fährten zu Pferde zurückgelegt. Tom konnte einen Satz aus Garces' Tagebuch herauspicken und genau die Stelle finden, an welcher der Missionar an einem bestimmten Sonntag des Jahres 1775 den Rio Colorado überquert hatte. Wenn man ihm ein Pueblo nannte, konnte er stets die Route nennen, auf welcher der Priester das nächste Pueblo erreicht haben mußte.

Während dieser Sommerreise war es auch, daß sie zu Toms Blue Mesa fuhren. Sie erklommen die Leiter aus Kiefernstämmen, die zur Felsenstadt führte und weiter hinauf zum Adlernest. Dort holten sie Toms Tagebuch aus der Felsennische, in der er es vor Jahren eingemauert hatte, ehe er seine ergebnislose Reise nach Washington antrat.

Im nächsten Sommer reiste der Professor mit Tom nach Mexiko. Sie hatten noch einen dritten gemeinsamen Sommer in Paris geplant, doch daraus wurde nichts. Outland wurde durch die Formalitäten aufgehalten, die für die Anmeldung seines Patents erforderlich waren, und dann kam der August 1914. Pater Duchène, der Missionar und Priester, der Toms Lehrer gewesen war, kam auf seiner Rückreise nach Belgien durch Hamilton. Er eilte nach Hause, um seiner Heimat in irgendeiner Weise zu Diensten zu sein. Der rüstige alte Mann blieb nur vier Tage in Hamilton, doch innerhalb dieser Zeit hatte Tom seinen Entschluß gefaßt, ein Testament aufgesetzt, gepackt und sich verabschiedet. Er fuhr mit Pater Duchène auf der «Rochambeau» nach drüben.

Noch heute bedauerte es St. Peter, daß aus den geplanten Ferien mit Tom Outland in Paris nichts geworden war. Zusammen mit ihm hätte er gern einige Plätze wieder aufgesucht: wäre mit ihm durch den «Jardin du Luxembourg» spaziert, wenn die gelben Roßkastanien hell und schwer vom Regen waren, hätte mit ihm vor dem Delacroix-Monument gestanden, wenn die Sonne gleißend auf den bronzenen Figuren lag – die personifizierte Zeit, einen Jüngling davontragend, der mit ihr um die Siegespalme rang oder gar einen Triumph über sie erringen wollte? Nicht, daß es etwas ausgemacht hatte. Vielleicht hätte es Tom etwas ausgemacht, wenn nicht das Schicksal in einer einzigen großen Katastrophe alle Jugend und alle Triumphe hinweggefegt hätte, und fast auch die Zeit selbst.

Und wenn Tom nun vorsichtiger gewesen und nicht mit seinem alten Lehrer fortgegangen wäre? St. Peter fragte sich manchmal, was aus Tom geworden wäre, wenn erst

einmal die Falle des banalen Erfolgs über ihm zuge-
schnappt wäre. Er konnte sich keinen Tom vorstellen, der
ein «Outland» baute oder ein gemeinnützig gesinnter
Bürger Hamiltons wurde. Was für eine Veränderung
hätte sich seiner blauen Augen bemächtigt und der feinen langen Hand mit dem eigensinnigen Daumen, einer
Hand, die nie etwas angepackt hatte, das nicht als Symbol
für eine Idee stand? Eine solche Hand hätte, wenn er am
Leben geblieben wäre, zu anderen Zwecken gebraucht
werden müssen. Seine Kollegen, die Wissenschaftler,
seine Frau und die Stadt und der Staat hätten ihr mancherlei Pflichten auferlegt. Sie hätte Tausende von un-
nützen Briefen schreiben und Tausende von erheuchel-
ten Entschuldigungen abfassen müssen. Sie hätte mit
einer Unmenge Geld «hantieren» und das Werkzeug
einer Frau sein müssen, die immer mehr verlangt hätte.
All dem war er entronnen. Er hatte etwas Neues in der
Welt aufgebaut – und den Lohn, die bedeutungslosen
herkömmlichen Gebärden hatte er anderen überlassen.

2

Während all dieser Sommertage sandte der Professor
muntere Berichte seiner Tätigkeit an seine Familie in
Frankreich; doch in Wirklichkeit tat er sehr wenig. Auf
ziemlich planlose Art hatte er begonnen, das Tagebuch
mit Anmerkungen zu versehen, das Tom auf der Mesa
geführt und in das er jede Einzelheit über das Tagewerk
in den Ruinen und das Wetter und alles von der Alltags-
routine Abweichende eingetragen hatte. Es enthielt eine

gewissenhafte Beschreibung von jedem Werkzeug, das sie gefunden hatten, und von jedem Stück Stoff und jedem Tongefäß, und häufig waren seine Worte begleitet von einer anschaulichen Bleistiftskizze und von Vermutungen über den Gebrauch der Gegenstände und auch über das Leben, in dem diese eine Rolle gespielt hatten. Für St. Peter war der schlichte Bericht etwas beinahe Wunderbares, weil er so viele Dummheiten vermied und vieles verschwieg. Wenn Worte Geld gekostet hätten, hätte Tom sie nicht sparsamer verwenden können. Die Eigenschaftswörter waren rein beschreibender Natur, sie bezogen sich auf die Form und die Farbe und wurden benutzt, um die betreffenden Gegenstände darzustellen, nicht aber die Gefühle des jungen Entdeckers. Und doch spürte man hinter dieser Nüchternheit die glühende Phantasie, den Eifer und die Erregung des Jungen wie das Vibrieren in der Stimme eines Redners, der bemüht ist, seine innere Bewegtheit nicht spüren zu lassen, indem er sich in althergebrachte Phrasen flüchtet.

Als der erste August gekommen war, gewahrte der Professor plötzlich, daß er fast zwei Monate vergnüglich an einer Arbeit herumgetrödelt hatte, die nicht viel mehr als eine Woche erfordert hätte. Doch er hatte noch etwas anderes getan, und reichlich getan – etwas, das er vorher nie hatte tun können.

St. Peter hatte sich stets über Leute lustig gemacht, die von «Tagträumen» sprachen, wie er auch jene auslachte, die einfältig bekannten, daß sie «eine Menge Phantasie» hätten. Sein ganzes Leben lang hatte sich sein Geist nur mit Dingen beschäftigt, die wirklich der Fall waren. War er nicht bei der Arbeit oder vertrieb sich sonst irgendwie sinnvoll die Zeit, schlief er. Ein Dazwischen gab's für ihn nicht. Jetzt aber genoß er das Herumvagabundieren seines Geistes, als wäre er ein neues Körperorgan, das sich erst spät herausgebildet hatte, wie ein Weisheitszahn. Er entdeckte, daß er stundenlang auf seiner schmalen Landzunge am See liegen und die sieben reglosen Kiefern betrachten konnte, die sich voll Sonne sogen. Am Abend, nach dem Essen, konnte er ebenso unbeweglich dasitzen und träge und müßig den Sternen zuschauen. Er gab sich einer neuen geistigen Zerstreuung hin – und genoß eine neue Freundschaft. Tom Outland war nicht wieder durch die Gartenpforte gekommen (wie er es so oft in seinen Träumen gesehen hatte!), aber ein anderer Knabe war erschienen: der Knabe, den der Professor vor langer Zeit in Kansas, im Solomon-Tal, zurückgelassen hatte – der ursprüngliche, der nicht zurechtgestutzte Godfrey St. Peter.

Der Knabe und er hatten damals, in jenen fernen Tagen, die Absicht gehegt, weiterhin zusammenzuleben und Glück und Unglück miteinander zu teilen. Sie hatten es nicht geteilt, und zwar deshalb nicht, weil sie schlecht zusammenpaßten. Der junge St. Peter, der nach Frankreich gegangen war, um dort sein Glück zu versuchen, hatte einen regsameren Geist als der Zwilling, den er im Solomon-Tal zurückgelassen hatte. Nach seiner Aufnahme in den Haushalt der Familie Thierault erinnerte er sich nur noch sehr selten einmal, wenn er Heimweh hatte, an den anderen Jungen. Nachdem St. Peter dann Lillian Ornsley kennengelernt hatte, vergaß er, daß es den anderen Jungen jemals gegeben hatte.

Doch seit jetzt die Erinnerung an einen früheren Zustand lebhaft und deutlich zurückgekehrt war, fühlte der Professor, daß das Leben mit dem Jungen aus Kansas, so kurz es gewesen sein mochte, das allerwirklichste seiner Leben war und daß die dazwischenliegenden Jahre samt und sonders Zufälle und nur vom Außen diktiert waren. Seine Laufbahn, seine Frau, seine Familie waren gar nicht sein eigentliches Leben, sondern stellten nur eine Kette von Ereignissen dar, die ihm widerfuhren. All diese Dinge hatten nichts mit der Person zu tun, die er am Anfang gewesen war.

Der Mann, der er jetzt war, die Persönlichkeit, die seine Freunde kannten, hatte während seines Heranwachsens zu erstarken begonnen, vor allem während der Jahre, in denen er stets bewußt oder unbewußt das Verb «lieben» konjugierte – in Gesellschaft oder in der Einsamkeit, unter Menschen, bei Büchern, unter freiem Himmel und in der Weite des Landes, oder in der Einsamkeit der von Menschen wimmelnden Großstadtstraßen. Als er Lillian kennenlernte, war der Gipfelpunkt erreicht. Von damals bis heute war sein Dasein nur ein Hangeln von Haltegriff zu Haltegriff gewesen. Ein Ereignis führte zum anderen, eine Entwicklung zog eine andere nach sich, und das Grundmuster seines Lebens war das Werk dieses zweiten Mannes, des in Gesellschaft Lebenden, des Liebenden. Es war geformt worden durch all die Verpflichtungen und Bußen, die ihm daraus entstanden waren, daß er liebte und geliebt hatte. Weil es Lillian gab, gab es die Ehe und das geregelte Einkommen. Weil es die Ehe gab, gab es die Kinder. Weil es die Kinder gab, die Hingabe des Fleisches und des Geistes, wurden die Bücher geboren, wie die Töchter. Seine Geschichtswerke, davon war er überzeugt, hatten mit seinem ursprünglichen Ich nicht mehr zu tun als seine Töchter; sie waren die Ergebnisse der drängenden Bedürfnisse eines jungen Mannes.

Der Junge aus Kansas, der in diesem Sommer zu St. Peter zurückkehrte, war kein Gelehrter. Er war ein einfacher Mensch. Er interessierte sich nur für Erde und Wald und Wasser. Wo Sonne sonnte und Regen regnete und Schnee schneite, wo immer Leben entstand und verging, galten ihm die Orte gleichviel. Er war längst nicht so kultiviert wie Toms alte Felsenbewohner gewesen sein müssen – und doch war er furchtbar weise. Er schien an der Wurzel aller Dinge angelangt zu sein, bei dem ersten Begehren vor allem Begehren, bei der ersten Wahrheit vor allen Wahrheiten. Er schien, unter anderem, zu wissen, daß er ein Einzelner war und es immer bleiben mußte; er hatte nie geheiratet, war nie Vater gewesen. Er war Erde und würde wieder zu Erde werden. Wenn weiße Wolken wie aufgebauschte Segel über den See trieben, wenn die sieben Kiefern in der sinkenden Sonne rot aufleuchteten, war er voll tiefer Zufriedenheit und sagte sich: «So ist's recht» und nichts weiter. Wenn er auf eine knorrige Wurzel stieß, die in seinen Weg hineinragte, dann sagte er: «Das ist es.» Wenn die Ahornblätter an den Straßenbäumen gelb und wächsern wurden und sich weich anfühlten – wie die Haut alter Gesichter –, dann sagte er: «Das ist wahr; es ist Zeit.» All dies Erkennen bereitete ihm eine Art schwermütiger Freude.

Wenn er sich nicht wortlos und weit ins Erkennen verlor, dann holte er aus der Tiefe seines Selbst lang vergessene, unwichtige Erinnerungen an die frühe Kind-

heit, an seine Mutter, seinen Vater, seinen Großvater.
Sein Großvater, der alte Napoleon Godfrey, liebte es,
in tiefes, stetiges Nachdenken versunken, umherzuge-
hen und hin und wieder leise in sich hineinzukichern.
Manchmal, etwa am Familientisch, versuchte sich der
alte Mann aus Gründen der Höflichkeit zusammenzurei-
ßen und eine freundliche Frage zu stellen – fast immer
war sie wunderlich, und oft war es die gleiche, die er am
Tag vorher schon gestellt hatte. Die Jungen platzten vor
Lachen und wunderten sich, was für tiefsinnige Dinge
wohl ein so gründliches Nachdenken verlangten und zur
Folge hatten, daß ein Mann so töricht über das redete,
was sich vor seinen Augen abspielte. St. Peter glaubte
allmählich zu verstehen, worüber der alte Mann nachgedacht hatte, obwohl er erst zweiundfünfzig war und Napoleon weit in den Achtzigern gewesen war. Am Ende
sind es nur wenige Jahre, in denen ein Mann über seine
Situation nachsinnen kann, und er dachte, er könne sehr
wohl dem Ende seines Lebensweges ebenso nahe sein,
wie sein Großvater es zu seiner Zeit gewesen war.

Der Professor wußte natürlich, daß im Heranwach-
sen nur ein neues Geschöpf auf das ursprüngliche aufge-
pfropft und daß eines Mannes Leben in seiner Gesamt-
heit zum größten Teil dadurch bestimmt wurde, wie gut
oder wie schlecht sein ursprüngliches Ich und sein durch
die Sexualität verwandeltes Wesen zusammen auska-
men.

Was er aber nicht gewußt hatte, war, daß zu einem
bestimmten Zeitpunkt jenes ursprüngliche Wesen zu
einem Mann zurückkehren kann, unverändert durch alles Trachten und Streben, alle Passionen und alle Erfah-

rungen seines Lebens; unberührt sogar durch Neigungen und intellektuelle Betätigungen, die stark genug waren, um ihn unter seinen Mitmenschen auszuzeichnen und ihm, wie man so sagt, in der Welt einen Namen zu erwerben. Vielleicht geschah eine solche Rückkehr nicht oft, doch er wußte, daß es ihm widerfahren war, und er vermutete, daß es auch seinem Großvater widerfahren war. Er bedauerte sein bisheriges Leben nicht, aber es war ihm gleichgültig geworden. Es erschien ihm wie das Leben eines anderen Menschen.

Gleichzeitig mit anderen Seelenzuständen, die seine Verwirklichung des Knaben Godfrey begleiteten, kam ihm die Überzeugung (er sah sie nicht kommen, sie war da, noch ehe er ihr Näherkommen gewahrte), daß er sich dem Ende seiner Lebenstage näherte. Diese Überzeugung ergriff so ruhig von ihm Besitz und schien so selbstverständlich zu sein, daß er nicht viel Nachdenken daran verschwendete. Doch eines Tages merkte er, daß er sich die ganze Zeit auf das Wintersemester vorbereitete, ohne im geringsten zu glauben, er wäre im Wintersemester noch am Leben. Daraufhin hielt er es für richtig, zum Arzt zu gehen.

3

Der Hausarzt kannte St. Peter sehr gut. Überdies war Sommer, und er hatte viel Zeit. Er opferte dem Professor mehrere Vormittage und stellte sehr gründliche Untersuchungen an. Als sie beendet waren, sagte er St. Peter natürlich, daß ihm nichts fehle.

«Was hat Sie zu mir geführt? Irgendein Schmerz oder ein Unwohlsein?»

«Nein. Ich bin einfach dauernd müde.»

Dr. Dudley zuckte die Achseln. «Ich auch. Schlafen Sie gut?»

«Beinah zu viel.»

«Essen Sie ordentlich?»

«Ich esse gut – in jeder Beziehung. Ich bin mein eigener Küchenchef.»

«Immer ein Gourmet gewesen, und mit Ihrer Verdauung war stets alles in Ordnung. Ich wünschte, Sie würden mich mal zum Abendessen zu sich einladen. Haben Sie noch von dem Sherry?»

«Ein bißchen. Ich lasse ihn nicht sauer werden.»

«Das glaub' ich Ihnen aufs Wort. Aber weshalb meinten Sie, daß Ihnen etwas fehlt? Lassen Ihre Geisteskräfte nach?»

«Nein, nur meine Körperkräfte. Ich genieße es, gar nichts zu tun. Bin eigentlich aus Pflichtgefühl zu Ihnen gekommen.»

«Wie wär's mit einer Reise?»

«Schon der bloße Gedanke ist mir entsetzlich. Ich genieße es, wie gesagt, überhaupt nichts zu tun.»

«Dann tun Sie's auch weiterhin! Folgen Sie Ihrer Neigung! Es fehlt Ihnen nichts!»

St. Peter ging sehr zufrieden nach Hause. Er hatte Dr. Dudley nicht den wahren Grund mitgeteilt, weshalb er eine ärztliche Untersuchung gewünscht hatte. Solche Dinge erwähnt man nicht. Das Gefühl, daß er sich dem Ende seines Lebens näherte, war eine instinktive Gewißheit, wie man sie hat, wenn man im Dunkeln aufwacht und sofort weiß, daß der Morgen nicht mehr weit ist, oder wenn man querfeldein geht und plötzlich weiß, daß das Meer nicht mehr weit ist.

Jede Woche kamen Briefe aus Frankreich. Lillian und Louie schrieben abwechselnd, so daß der eine oder der andere ihm mit jedem abgehenden Schnelldampfer einen Brief schickte. Louie schrieb ihm, daß sie ihm, wo immer sie seien, ein Geschenk kauften, wenn sie einen besonders köstlichen Tag verbracht hatten. In Trouville zum Beispiel hatten sie ihm Dutzende jener leuchtenden Gummikappen gekauft, die er so gern beim Schwimmen trug. In Aix-les-Bains fanden sie in einem chinesischen Geschäft einen prachtvollen Morgenrock für ihn. St. Peter freute sich in Gedanken über sie. Er freute sich, daß sie drüben waren und daß er hier war. Ihre liebenswürdigen Briefe, die sie so fleißig schrieben, obwohl es doch so viele vergnügliche Dinge zu tun gab, verdienten es bestimmt, mehr als einmal gelesen zu werden. Gewöhnlich nahm er sie mit zum See, um sie dort noch einmal zu lesen. Wenn er aus dem Wasser kam, lag er im Sand und hielt die Briefe in der Hand, aber dann brachte er es nicht fertig, den Blick von den Kiefern zu lösen, die wie auf das blaue Wasser appliziert schienen, und von den reifen, gelben Zapfen, die von Harz troffen und sich um die Zweigspitzen drängten wie goldene Bienen, die ausgeschwärmt waren. Meistens nahm er die Briefe ungelesen wieder mit nach Hause.

Seine Familie schrieb ständig von Plänen für den nächsten Sommer, in dem sie ihn mitnehmen wollten nach Europa. Im nächsten Sommer? Der Professor zweifelte. Manchmal dachte er, daß er gern vor Notre Dame in Paris vorfahren würde, um die Kirche wiederzusehen, die wie ein unerschütterlicher Fels dort stand, während das Leben zerbrechlicher Generationen ihren Fuß umbrandete. Er hatte sie seit dem Kriege nicht mehr gesehen.

Doch wenn er im nächsten Sommer überhaupt irgendwohin reiste, dann in Outlands Land hinunter, um zu beobachten, wie sich die aufgehende Sonne über zackige Gipfel und unzugängliche Bergpässe erhob – und um den weiten, wilden, ungezähmten Ausblick zu genießen, der dem Herzen jedes Amerikaners teuer ist. Vielleicht allen Herzen teuer ist – oder sie wenigstens anrührt. Weshalb wäre sonst der Großvater seines Großvaters, der mit der «Grande Armée» so viele Meilen durch Europa und bis nach Rußland marschiert war, schließlich in die kanadische Wildnis gezogen, um dort den Kummer über die Niederlage seines Kaisers zu vergessen?

4

An der Universität begann das Wintersemester, und nun ging der Professor zu den Vorlesungen anstatt an den See. Er glaubte, bei der Sache zu sein, von seinen Assistenten hörte er jedenfalls keine Klagen, und auch die Studenten schienen voller Interesse zu sein. Er bemerkte jedoch, daß er keine Lust hatte, sich noch einmal die Mühe zu machen, die Namen von mehreren hundert neuen Studenten auswendig zu lernen. Es war nicht der Mühe wert. Er glaubte, daß seine Beziehung zu ihnen nur von kurzer Dauer sein würde.

Die McGregors kehrten aus ihren Ferien in Oregon zurück, und Scott amüsierte es, daß der Professor noch immer so hartnäckig in seinem alten Haus verankert war.

«Es wäre mir nie in den Sinn gekommen, Professor, Sie für einen Mann zu halten, der sich zwei Wohnungen leistet. Die anderen werden bald nach Hause kommen, und dann müssen Sie sich entscheiden, wo Sie wohnen wollen.»

«Ich kann mein Studio nicht verlassen, Scott. Das steht felsenfest.»

«Dann bleiben Sie doch! Um Himmelswillen, Sie haben doch wohl Anspruch auf zwei Häuser, wenn Sie das gern wollen.»

Die Begegnung fand auf der Straße statt, vor dem alten Haus. Der Professor ging müde die Treppe hinauf und legte sich auf die alte Couch, seinen Zufluchtsort vor der stets zunehmenden Müdigkeit. Er wußte wirklich nicht, was er wegen seines Wohnsitzes tun sollte. Er konnte sich's beim besten Willen nicht vorstellen, daß er je wieder im neuen Haus wohnen würde. Dort gehörte er nicht hin. Er erinnerte sich an ein paar Verse einer Übersetzung aus dem Altskandinavischen, die er vor langer Zeit in einem der wenigen Bücher seiner Mutter gelesen hatte, eine kleine zweibändige Ausgabe in Blaugold von Longfellow, die auf dem Salontisch lag:

> Für dich ward ein Haus gebaut,
> Eh' auf die Welt du kamst;
> Für dich ward die Grube gegraben,
> Eh' aus der Mutter du kamst.

Wenn er auf seiner alten Couch lag, konnte er fast glauben, schon in jenem Haus zu sein. Die abgenutzten Sprungfedern glichen der unechten Polsterung, die man in Särgen anbringt. Wieder einmal die fragwürdige amerikanische Art, mit ernsten Tatsachen umzugehen, dachte er. Warum so tun, als sei es möglich, das letzte harte Bett weichzumachen?

Er konnte sich an eine Zeit erinnern, da die Einsamkeit des Todes ihm Grauen eingeflößt hatte und der Gedanke ihm unerträglich war. Wenn nur seine Frau bei ihm im Sarge liegen könnte, so überkam es ihn oft, dann würde sein Körper schon nicht so empfindungslos sein, um aus ihrer Nähe keinen Trost zu gewinnen. Doch jetzt dachte er voller Dankbarkeit an eine ewige Einsamkeit als ein Enthobensein von jeglicher Pflicht und jeder Art von Anstrengung. Es war die erste und letzte Wahrheit.

Eines Morgens, als der Professor gerade im Begriff war, sein Haus zu verlassen, um zur Universität zu gehen, gab ihm der Briefträger zwei Briefe, von denen der eine Lillians und der andere Louies Handschrift zeigte. Er steckte sie in die Tasche. Ihre äußere Beschaffenheit beunruhigte ihn. Sie waren verdächtig dünn – als wären sie nicht voll fröhlicher Plaudereien, sondern als kündeten sie unvermutete Entschlüsse an. Er ging die Straße hinab, atmete die vom See gekühlte Morgenluft und versuchte, ein Gefühl panischer Angst zu überwinden.

Den ganzen Vormittag steckten die beiden Briefe in seiner Jackentasche. Obwohl sie so leicht waren, bewirkten sie doch, daß er die Schultern hängen ließ und jämmerlich müde aussah. Auch das Wetter war umgeschlagen; es war gegen Mittag plötzlich heiß und schwül geworden, als bereite sich ein Unwetter vor. Nachdem er seine Vorlesungen beendet hatte und wieder in sein Studio zurückkehrte, war ihm nicht nach Mittagessen zumute. Er holte die beiden Briefe hervor und schlitzte sie mit dem Zeigefinger auf, um es rasch hinter sich zu haben. Ja, alle Pläne waren umgestoßen, und zwar wegen der «frohesten» aller Erwartungen. Die Familie eilte heim, um alles für die Ankunft eines jungen Marsellus vorzubereiten. Sie wollten am sechzehnten mit der «Berengaria» fahren.

Lillian hatte noch ein Postskriptum hinzugefügt mit der Mitteilung, sie habe mit gleicher Post einen Brief an Augusta geschickt, die sich bei ihm die Schlüssel für das neue Haus holen würde. Sie wäre die richtige Person, um alles zu öffnen und das Reinmachen zu beaufsichtigen, und sie würde ihm alles abnehmen und darauf achten, daß alles in Ordnung war.

Also am sechzehnten wollten sie abreisen, und heute war der siebzehnte; sie waren schon auf hoher See. Die «Berengaria» war ein Schiff, das nur fünf Tage brauchte. St. Peter nahm seinen Hut und den Sommermantel und ging die Treppe hinunter. Auf halbem Wege blieb er plötzlich stehen, kehrte in sein Studio zurück und zog leise die Tür hinter sich ins Schloß. Er setzte sich und vergaß, den Mantel auszuziehen, obwohl es ein sehr heißer Nachmittag war und sein Gesicht vor Schweiß feucht war. Er saß bewegungslos da und atmete unregelmäßig; seine Hand lag verkrampft auf dem Tisch. Es mußte doch, so sagte er sich immer wieder, es mußte doch eine Möglichkeit geben, wie ein Mann, der stets nach besten Kräften seine Pflicht getan hatte, seiner eigenen Familie aus dem Wege gehen konnte, wenn für ihn die Stunde der Verzweiflung kam?

Er liebte seine Familie; er war zu jedem Opfer für sie bereit; doch gerade jetzt konnte er nicht mit ihnen leben. Er mußte allein sein. Das war notwendiger für ihn, als alles andere in seinem Leben je gewesen war, notwendiger sogar als in stürmischen Jugendtagen seine Heirat. Er konnte nicht wieder mit seiner Familie leben – selbst mit Lillian nicht. Vor allem nicht mit Lillian! Ihre Natur war stark und bestimmend, eine gemeißelte Fläche, ein Prägestempel, ein Siegel, unter dem er nicht länger mehr das Wachs sein konnte. Wollte man ihren Charakter in einem Wappen versinnbildlichen, dann müßte es eine Hand sein (eine schöne Hand), die flammende Pfeile hielt – die Pfeile ihrer heftigen Zuneigungen und Abneigungen und ihrer scharf umrissenen ehrgeizigen Ziele.

«In Zeiten großen Unglücks», sagte er sich, «möchte der Mensch allein sein. Er hat ein Recht darauf. Und es gibt kein größeres Unglück als jenes, das sich in der eigenen Brust abspielt. Was kann es Traurigeres geben in der Welt als den Verlust der Liebe – wenn man überhaupt jemals Liebe empfunden hat?»

Verlust bedeutete für ihn Verlust aller häuslichen und gesellschaftlichen Bindungen, Verlust des angestammten Platzes in der Familie der Menschheit schlechthin.

St. Peter ging an jenem Nachmittag nicht mehr aus. Er verließ sein Studio nicht. Er saß mit gebeugtem Kopf vor seinem Schreibtisch, überblickte sein Leben, versuchte zu entdecken, wo er jenen Fehler gemacht hatte, der daran schuld war, daß er jetzt allem entfliehen wollte, was ihm sonst so sehr am Herzen gelegen.

Gegen Abend trieb ihn die drückende Luft im Zimmer ans Fenster. Er sah, daß ein Gewitter aufzog. Große braunrote und violette Wolken jagten vom See herauf, und die Kiefern hinter dem Physiklaboratorium drüben waren schwärzer als Zypressen und schienen geduckt, als erwarteten sie etwas Unheilvolles. Dann brach der Regen los, und es wurde kalt.

Nach einer halben Stunde hatte es sich ausgeregnet, doch nun setzten schwere Böen ein. Der Wind würde ihn schützen, dachte er. Selbst Augusta würde sich heute abend schwerlich die Treppe heraufplagen. Es schien eigentümlich, daß man sich vor Augusta fürchtete, aber gerade jetzt fürchtete er sie. Er glaubte, daß er wenigstens heute sicher war. Obwohl es erst fünf Uhr war, sah der Himmel schwarz aus, und das kleine Zimmer war dämmerig und kühl. Er zündete das Gasöfchen an und legte sich auf die Couch. Die Flammen zeichneten ein flakkerndes Muster auf die Wand. Er lag da und beobachtete das Lichterspiel, gedankenleer. Ohne es zu wollen, schlief er ein. Lange Zeit schlief er tief und friedlich. Dann störte ihn der Wind, der an Heftigkeit zunahm. Er hörte irgendwelche Geräusche – ein Klappern, ein Schlagen. Er drehte sich auf die andere Seite und schlief noch tiefer.

Als St. Peter endlich erwachte, war das Zimmer stockdunkel und voller Gas. Er fror und fühlte sich betäubt und elend und ziemlich wirr im Kopf. Es wurde ihm klar, daß das Ereignis, dessen Kommen er schon so lange geahnt hatte, endlich eingetroffen war. Der Sturm hatte die Gasflamme ausgeblasen und das Fenster zugeworfen. Jetzt sollte er aufstehen und das Fenster öffnen. Und wenn er nun nicht aufstand...? Bis zu welchem Grade mußte ein Mann sich bemühen, einem Unglücksfall vorzubeugen? Wie würde das englische Gesetz in einem solchen Fall entscheiden? Er hatte sich das Leben nicht genommen – aber war er verpflichtet, sich das Leben zu bewahren?

5

Um Mitternacht lag St. Peter in seinem Studio auf der alten Couch, in Wolldecken gehüllt und eine Wärmflasche an den Füßen. Er wußte, daß es Mitternacht war, denn die Turmuhr von Augustas Kirche hinter dem Park schlug gerade zwölf. Augusta war im Zimmer; sie saß auf ihrem alten Nähstuhl neben der Petroleumlampe, in einen Wollschal gehüllt. Sie las in einem abgegriffenen Erbauungsbüchlein, das sie stets in der Handtasche bei sich trug. Dann richtete er das Wort an sie:

«Wann kamen Sie, Augusta?»

Sie stand auf und trat an die Couch.

«Fühlen Sie sich wohl, Herr Professor?»

«O ja, sehr, danke. Wann kamen Sie?»

«Keine Minute zu früh, Sir», erwiderte sie ernst und mit leisem Vorwurf in der Stimme. «Sie haben meine Warnung wegen des alten Ofens in den Wind geschlagen, und beinah wären Sie erstickt. Ich kam gerade noch rechtzeitig, um Sie rauszuziehen.»

«Rauszuziehen? Wirklich? Wohin denn?»

«Vor die Tür. Ich kam während des Sturms her, um die Schlüssel fürs neue Haus zu holen – ich hab' Mrs. St. Peters Brief erst heute abend vorgefunden, als ich von der Arbeit nach Hause kam, und dann bin ich gleich hierhergegangen. Als ich die Haustür aufmachte, hab' ich schon das Gas gerochen, und ich wußte, daß der Ofen mal wieder was angestellt hatte. Ich nahm an, Sie wären ausgegangen und hätten vergessen, den Ofen abzustellen. Als ich im ersten Stock war, hörte ich einen dumpfen Fall, und da wußt' ich im Nu, daß Sie hier oben sind und daß es Sie erwischt hat. Ich lief rasch die Treppe rauf und riß die beiden Fensterflügel im obersten Flur auf und zog Sie aus dem Zimmer, an die frische Luft. Sie lagen auf dem Fußboden.» Sie senkte die Stimme. «Hier drin war's ganz entsetzlich!»

«Mir ist, als wäre Dr. Dudley hiergewesen?»

«Ja. Als ich den Ofen abgestellt und alles aufgerissen hatte, lief ich nach nebenan und rief den Arzt an. Ich dachte, es wäre besser, wenn ich nicht sagte, was passiert war; ich bat ihn nur, sofort zu kommen, weil Sie plötzlich erkrankt seien. Sie waren bald wieder bei Bewußtsein, aber Sie sackten immer wieder weg.» Augusta war offensichtlich peinlich berührt vom Fehlverhalten des Ofens und dem Zustand, in dem sie den Professor vorgefunden hatte. Es war ein häßlicher Unfall, und sie wollte nicht, daß die Nachbarn etwas darüber erfuhren.

«Sie haben sehr viel Geistesgegenwart, Augusta, und anscheinend sind Sie auch sehr kräftig? Sie sagten, Sie hätten mich auf dem Fußboden gefunden? Ich dachte, ich hätte hier auf der Couch gelegen. Ich kann mich noch erinnern, daß ich aufwachte und glaubte, es rieche nach Gas.»

«Sie waren betäubt, aber wahrscheinlich haben Sie versucht, aufzustehen und zur Türe zu gelangen, ehe Sie bewußtlos wurden. Als ich Sie fallen hörte, war ich noch auf dem Treppenabsatz vom ersten Stock. Soweit ich mich erinnern kann, habe ich noch nie jemanden fallen hören, und doch wußte ich sofort, was es war.»

«Es tut mir leid, daß ich Ihnen einen solchen Schreck eingejagt habe. Hoffentlich haben Sie von dem Gas keine Kopfschmerzen bekommen?»

«Ende gut, alles gut, wie man so schön sagt. Aber ich glaube, Sie sollten nicht sprechen, Sir. Könnten Sie nicht wieder schlafen? Wenn es Ihnen lieber ist, kann ich bis morgen früh hierbleiben.»

«Ich wäre Ihnen sehr, sehr dankbar, wenn Sie über Nacht bei mir bleiben könnten, Augusta! Es wäre mir eine Beruhigung. Ich komme mir etwas verlassen vor – zum erstenmal seit Monaten.»

«Das kommt daher, weil Ihre Familie zurückkehrt! Ja, ich bleibe gern, Sir.»

«Sie tun so etwas wohl sehr oft – bei anderen Leuten wachen und aufbleiben?»

«Ach, wenn ich in einem Haus nähe und dort zufällig jemand krank wird, dann werde ich manchmal darum gebeten.»

Augusta setzte sich an den Tisch und nahm wieder ihr frommes Büchlein zur Hand. St. Peter lag mit halb geschlossenen Augen da und beobachtete sie – sah in ihr das Menschengeschlecht selbst, wie nach einem endgültigen Abschied aus dieser Welt von Mann und Frau.

Wäre ihm Augusta eher in den Sinn gekommen, wäre er rechtzeitig von der Couch aufgestanden. Ihr Bild würde ihm ohne Umschweife deutlich gemacht haben, was getan werden mußte.

Augusta, so sann er, war stets von erzieherischem, von heilsamem Einfluß gewesen. Wenn sie für die Familie nähte, frühstückte sie bei ihnen im Haus – das gehörte zur Abmachung. Sie kam früh, manchmal gleich von der Kirche her, und frühstückte mit dem Professor, noch bevor die übrigen Familienmitglieder aufgestanden waren. Sehr oft äußerte sie eine weise Bemerkung oder ein taktvolles Urteil, mit dem man den Tag beginnen konnte. Sie scheute sich durchaus nicht, Dinge zu sagen, die haargenau und betrüblich der Wahrheit entsprachen, und obwohl sie ihm unangenehm waren, eilte er mit der Erkenntnis an seine Arbeit, daß sie ihm gut taten und daß er sie gar nicht oft genug hören konnte. Augusta war wie der Geschmack von bitteren Kräutern; sie war jene blütenlose Seite des Lebens, der er immer entflohen war – doch wenn er sich ihr stellen mußte, merkte er, daß sie nicht nur widerwärtig war. Manchmal rief sie Mrs. St. Peter an, daß sie diesmal einen Tag später kommen würde, weil in der Familie, in der sie gerade nähte, ein Sterbefall eingetreten sei und man sie brauche. Wenn er sie dann am nächsten Tag beim Frühstückstisch traf, sah sie nur ein wenig ernster aus als üblich. Während sie ein umfangreiches Frühstück zu sich nahm, beantwortete sie seine höflichen Fragen nach der Krankheit oder der Beerdigung mit gebührender Feierlichkeit und ging dann schnell zu einem anderen Gesprächsthema über, ohne die geringste Traurigkeit in der Stimme. Er pflegte immer zu sagen, es mache ihm nichts aus, Augusta von den Todesfällen sprechen zu hören, die sich in ihrer Umgebung so häufig zu ereignen schienen, denn ihre Art, vom Tod zu sprechen, ließ diesen weniger unerfreulich erscheinen. Jede Sentimentalität, die aus der Angst vor dem Sterben entspringt, war ihr fremd. Sie sprach vom Tod wie von einem harten Winter oder einem regnerischen März oder von sonst einem betrüblichen Naturgeschehen.

Während St. Peter warm und entspannt, aber durchaus nicht schläfrig dalag, kam ihm der Gedanke, daß er gerade jetzt keinen anderen Menschen so gerne um sich sähe wie Augusta. Gereift und vernünftig war sie, gewiß, und stand mit beiden Beinen auf der Erde, und dennoch war sie, bei all ihrer Nüchternheit und zupackenden Art, freundlich und treu. Er verspürte sogar ein Gefühl instinktiver Dankbarkeit zu ihr, das er nicht näher definieren konnte, das aber trotzdem echt war. Und wenn man zugab, daß etwas echt war, dann genügte das – einstweilen.

Wenn er ganz ehrlich zu sich selbst war, mußte er gestehen, daß er seiner Familie gegenüber keine Dankbarkeit empfand. Lillian hatte die besten Jahre seines Lebens gehabt, fast dreißig Jahre, und fröhliche Jahre waren es gewesen; nichts würde daran etwas ändern können. Doch sie waren vorbei. Seine Töchter waren den Jahren entwachsen, in denen sie ihn dringend brauchten. In gewissen seltsamen Stimmungen würde Kitty stets zu ihm kommen. Rosamond jedoch hatte ihm damals bei der Einkaufsreise nach Chicago bewiesen, wieviel Kummer eine Tochter ihrem Vater bereiten konnte. Immerhin: Augusta war noch da, eine Welt voller Augustas, mit denen man zu neuen Ufern aufbrechen konnte.

Den ganzen Nachmittag hatte er dort am Tisch gesessen, an dem Augusta jetzt las, und hatte sein Leben überdacht und herauszufinden versucht, wo er jenen Fehler begangen hatte. Vielleicht lag der Fehler einfach in der geistigen Einstellung. Er hatte es nie gelernt, ohne Freude zu leben. Und er würde es nun lernen müssen, genauso, wie er vermutlich in einem Lande mit Prohibition würde lernen müssen, ohne Sherry zu leben. Theoretisch wußte er, daß ein Leben ohne Freude und ohne leidenschaftlichen Kummer möglich, ja, vielleicht sogar angenehm ist. Doch war es ihm nie in den Sinn gekommen, daß er vielleicht so würde leben müssen.

Obwohl er während des ganzen Sommers antriebslos gewesen war, hatte er doch die Wahrheit gesprochen, als er Dr. Dudley sagte, er sei nicht melancholisch. An Selbstmord hatte er ebensowenig gedacht wie an eine Unterschlagung von Geldern. Selbstmord hatte er immer für ein schweres, soziales Vergehen angesehen – ausgenommen in sehr unheilvollen Zeiten, als eine Art Protest. Doch als er sich seinem Untergang durch einen Unglücksfall gegenübergestellt sah, hatte er keinen Willen gespürt, Widerstand zu leisten, sondern hatte es dem Zufall überlassen, dem Zufall, der sein Leben so oft bestimmt hatte. Er konnte sich nicht erinnern, daß er von der Couch aufgesprungen war, doch erinnerte er sich an eine Krise, an einen Augenblick heftigster Erstickungsqual.

Daß er vorübergehend in die Bewußtlosigkeit geglitten war, schien sich als heilsam ausgewirkt zu haben. Er hatte etwas nicht länger festgehalten – und dieses Etwas war von ihm gewichen: etwas sehr Kostbares, das er mit vollem Bewußtsein wahrscheinlich nicht hätte aufgeben können. Er bezweifelte es, ob seine Familie jemals begreifen würde, daß er nicht mehr der Mann war, von dem sie sich verabschiedet hatten; sie werden glücklich viel zu sehr mit ihren eigenen Angelegenheiten beschäftigt sein. Wenn seine Teilnahmslosigkeit sie verletzte, konnten sie doch unmöglich so verletzt werden, wie er es durch sie bereits war. Aber er fühlte wenigstens Boden unter den Füßen. Er glaubte zu wissen, wo er stand, und daß er beiden mit Mut gegenübertreten konnte: der «Berengaria» und der Zukunft.

Nachwort

Diesen Roman einer Midlife-Crisis hat die Autorin
selbst eine «böse, grimmige kleine Geschichte» genannt,
eine «middle-aged Story, in einer middle-aged Stimmung» geschrieben. Ein Willa befreundeter Literatur-
professor, der den Roman zu ihren bedeutendsten Wer-
ken zählt, fand ihn sogar «erschreckend». Es ist die Geschichte einer Resignation, die viel vom Lebensgefühl der
Autorin widerspiegelt.

Godfrey St. Peter, dem die «grimmige Geschichte»
widerfährt, ist mit zweiundfünfzig Jahren im gleichen
Alter wie Willa Cather 1925, als der Roman erschien. Er
fühlt sich erschöpft und ausgebrannt, als er sein Lebenswerk beendet hat und zu Ruhm gekommen ist. Seine
Frau, die den unverhofften Geldsegen in einem neuen
Haus anlegt, findet ihn verändert, der Familie entfremdet; «etwas ist mit dir geschehen». Er habe sich veraus-
gabt, meint der Professor, zu lange an beiden Enden
gebrannt. Es sei ein Irrtum gewesen, erklärt er seiner
Frau nur halb im Scherz, eine Familie zu gründen und in
die mittleren Jahre zu geraten; «wir hätten beide zusammen, solange wir jung waren, einen malerischen Schiffbruch erleiden sollen». Ganz so lebensmüde und ausgebrannt fühlt sich Willa Cather nicht, doch sie findet sich
ihrer Zeit entfremdet, unberührt von den Moden und
Stimmungen des Jazz-Zeitalters. «Irgendwann um 1922
herum» sei die Welt für sie entzwei gebrochen und habe

sie zum Teil der vergangenen Hälfte gemacht. Als persönlichsten aller Cather-Romane hat die Lebensgefährtin Edith Lewis *Das Haus des Professors* betrachtet, deshalb sei er auch symbolischer angelegt als die anderen.

Als offensichtliche Symbole drängen sich Haus und Zimmer als erstes auf. Das alte Haus mit seiner Dachstube ist des Professors Lebensraum, hier hat er sein großes Werk geschrieben, hier ist er im eigentlichen Sinne «zu Hause». Das neue Haus schreckt ihn, «dort gehörte er nicht hin». Tom Outland, der Freund und Schüler, der ihm die zweite Jugend bescherte, ist Teil dieses alten Hauses. Es ist die Kammer für St. Peters schöpferische Produktion, so wie die Nähstube im Oberstock des McClung-Hauses in Pittsburgh fünfzehn Jahre lang Willa Cathers Fluchtburg und schöpferische Heimat gewesen ist, auch als sie längst in New York lebte. Das eigene Zimmer hat für Willa die gleiche, eminent wichtige Lebensrolle gespielt, die Virginia Woolf ihm zugeschrieben hat. Schon als Kind hat Willa auf dem eigenen Zimmer bestanden, wie sie es später in den Sommerpensionen und im eigenen Ferienhaus in Neuengland tat. Wie Thea Kronborg im *Lied der Lerche* brauchte sie die Arbeitsstube, sparsam ausgestattet und möglichst unterm Dach, als Hülle für ihr Ich und Wurzelboden ihrer schöpferischen Phantasie. Das Dachzimmer, das ihm fast zum Sarg wird, ist des Professors spirituelle Heimat.

Auch die Form des Romans ist als Symbol gedacht. Der Einschub von Tom Outlands Geschichte, die ein Viertel des Umfangs ausmacht, bedeutet die Öffnung in einen weiteren Raum, ein Jenseits, das der Geschichte ihre Dimension gibt. Willa Cather hat das so erklärt: Sie habe mit dieser Erfindung die Komposition holländischer Bilder nachahmen wollen, die sie in Paris gesehen hatte, kurz bevor sie ihr Manuskript begann. Da gebe es wohnlich möblierte Zimmer und Küchen voll von Speisen und Kupfergeräten, und auf den meisten Bildern sehe man durch ein offenes Fenster Schiffsmasten oder die weite See. So habe sie des Professors Haus absichtlich angefüllt mit einer Menge von Zeug, «amerikanischem Besitztum, Kleidung, Pelzen, kleinlichem Ehrgeiz, bebenden Eifersüchteleien, bis man fast erstickt. Dann wollte ich das Fenster aufreißen und die frische Luft einlassen, die von der Blauen Mesa weht».

Die Mesa selbst ist wiederum Symbol – für den erhabenen Raum der Natur wie für unverdorbene Jugend. Die luftigen Höhlenwohnungen und die edle Form von Gerät und Schmuck ihrer Bewohner sind Gegenstücke zu Materialismus und Protzerei des Marsellus-Haushalts. Alter und Besitzgier haben die holde Dreieinigkeit der St. Peterschen Frauen verändert. Rosies Heirat mit dem reichen Marsellus hat sie und Lillian verhärtet und Kathie eifersüchtig gemacht; die Einkaufs-Orgie in Chicago stürzt den Professor in tiefe Depression.

Als Pfadfinder in diese Gegen-Welt der Mesa ist Tom Outland vor zwanzig Jahren im Haushalt St. Peter erschienen. Er kam in dem Moment, als sich «die Morgenfrische der Welt» für den Professor abzunutzen begann und brachte ihm eine zweite Jugend. Tom selbst ist das Symbol für ewige Jugend. Zu früh gestorben, um in die Fallen der kommerziellen Auswertung seiner Erfindung zu geraten, lebt er als spiritueller Begleiter des Professors fort. Die Lektüre von Toms Tagebuch wird für St. Peter zur Begegnung mit dem eigenen, seinem eigentlichen Ich. Es wird ihm zur Fährte in die Kindheit, zur Begegnung mit dem Knaben, der er einmal war, mit dem wahren, noch nicht vom Leben veränderten Godfrey St. Peter. Von diesem Knaben hatte er sich getrennt, als er nach Frankreich ging und sich den Leidenschaften hingab, die ihm Frau, Beruf, Erfolg einbrachten. Jetzt sieht er, daß Liebe und Karriere nicht sein eigentliches Leben, daß sie ihm bloß «widerfahren» waren. Sein wirkliches Ich und sein einzig echtes und wahrhaftes Leben war das des Jungen in Kansas, der kein Gelehrter, doch ein Weiser war. Er wußte, was St. Peter erst jetzt begreift: daß er ein Einzelgänger war und immer bleiben werde. In der Endzeitstimmung, die ihn zum halbgewollten Selbstmordversuch führt, trennt er sich von seinem bisherigen Leben und den Passionen, die sein Motor waren. Liebe und Ehrgeiz haben ihn verlassen, er nimmt Abschied von sich wie von einer fremden Person. Was er gewinnt aus diesem Beinahe-Tod, vor dem Augusta, die Schneiderin, ihn rettet, das ist seine erste, ursprüngliche Natur, das ist der Mann, als der er gedacht war und den alle Erfolge und Leiden und Lebenserfahrungen nicht verändert haben. Seine Familie würde bei der Heimkehr kaum bemerken, daß der, von dem sie vor Wochen Abschied genommen hatten, nicht mehr vorhanden ist. In einem Akt der Selbstaufgabe hat sich St. Peter selbst gefunden. So ist der Roman, wie Willa Cather in einer Widmung an Robert Frost geschrieben hat, «really a story of letting go with the heart».

Sabina Lietzmann

Die Ausgabe der Werke von
WILLA CATHER

DIE FRAU, DIE SICH VERLOR · A LOST LADY

DER TOD HOLT DEN ERZBISCHOF
DEATH COMES FOR THE ARCHBISHOP

MEINE ANTONIA · MY ÁNTONIA

UNTER DEN HÜGELN DIE KOMMENDE ZEIT · O PIONEERS!

DAS LIED DER LERCHE · THE SONG OF THE LARK

LUCY GAYHEART

SEI LEISE, WENN DU GEHST · ONE OF OURS

SAPPHIRA UND DIE SKLAVIN · SAPPHIRA AND THE SLAVE GIRL

ALEXANDERS BRÜCKE · ALEXANDER'S BRIDGE
MEIN ÄRGSTER FEIND · MY MORTAL ENEMY

DAS HAUS DES PROFESSORS · THE PROFESSOR'S HOUSE

SCHATTEN AUF DEM FELS · SHADOWS ON THE ROCK

Sabina Lietzmann hat zu jedem Band ein
Nachwort geschrieben.
Die Bände sind einzeln zu beziehen.

Albrecht Knaus Verlag

GOLDMANN

FrauenLeben

*»Sie war eine jener mutigen Frauen, die sich
ins offene Wasser hinauswagen... Sie hatte das Zeug
zu einer Königin.«*

Frankfurter Allgemeine Zeitung

Patricia Soliman,
Coco   41151

Catherine David,
Simone Signoret   41202

Brenda Maddox,
Nora   41200

Deirdre Bair,
Simone de Beauvoir   41482

Goldmann · Der Taschenbuch-Verlag

GOLDMANN

Bestseller

*Tom Clancy und Sidney Sheldon, Utta Danella
und Danielle Steel, Heinz G. Konsalik und
Marie Louise Fischer, Colleen McCullough und Gillian Bradshaw,
Charlotte Link und Irina Korschunow –
internationale Weltbestseller garantieren Spannung und
Unterhaltung auf höchstem Niveau.*

Goldmann · Der Bestseller-Verlag

GOLDMANN

Bestseller

Tom Clancy und Sidney Sheldon, Utta Danella
und Danielle Steel, Heinz G. Konsalik und
Marie Louise Fischer, Colleen McCullough und Gillian Bradshaw,
Charlotte Link und Irina Korschunow –
internationale Weltbestseller garantieren Spannung und
Unterhaltung auf höchstem Niveau.

Peter Forbath,
Der letzte Held   9605

Margaret George,
Heinrich VIII.   9746

Frank Baer,
Die Brücke von Alcántara   9697

Robert Shea,
Der Schamane   41519

Goldmann · Der Bestseller-Verlag

GOLDMANN TASCHENBÜCHER

Das Goldmann Gesamtverzeichnis erhalten Sie im Buchhandel oder direkt beim Verlag.

Literatur · Unterhaltung · Thriller · Frauen heute
Lesetip · FrauenLeben · Filmbücher · Horror
Pop-Biographien · Lesebücher · Krimi · True Life
Piccolo Young Collection · Schicksale · Fantasy
Science-Fiction · Abenteuer · Spielebücher
Bestseller in Großschrift · Cartoon · Werkausgaben
Klassiker mit Erläuterungen

✳ ✳ ✳ ✳ ✳ ✳ ✳ ✳ ✳

Sachbücher und Ratgeber:
Gesellschaft / Politik / Zeitgeschichte
Natur, Wissenschaft und Umwelt
Kirche und Gesellschaft · Psychologie und Lebenshilfe
Recht / Beruf / Geld · Hobby / Freizeit
Gesundheit / Schönheit / Ernährung
Brigitte bei Goldmann · Sexualität und Partnerschaft
Ganzheitlich Heilen · Spiritualität · Esoterik

✳ ✳ ✳ ✳ ✳ ✳ ✳ ✳ ✳

Ein SIEDLER-BUCH bei Goldmann
Magisch Reisen
ErlebnisReisen
Handbücher und Nachschlagewerke

Goldmann Verlag · Neumarkter Str. 18 · 81664 München

Bitte senden Sie mir das neue kostenlose Gesamtverzeichnis

Name: _____

Straße: _____

PLZ / Ort: _____